KB078576

멱운 장편 소설
FUSION FANTASTIC STORY

전공
삼국지

전공 삼국지 1□

멱운 장편 소설

초판 1쇄 찍은 날 § 2016년 2월 4일
초판 1쇄 펴낸 날 § 2016년 2월 15일

지은이 § 멱운
펴낸이 § 서경석

편집책임 § 한준만

펴낸곳 § 도서출판 청어람
등록번호 § 제387-1999-000006호
등록일자 § 1999. 5. 31
어람번호 § 제1-2349호

주소 § 경기도 부천시 원미구 부일로 483번길 40 서경B/D 3F (우) 14640
전화 § 032-656-4452 팩스 § 032-656-4453
http://www.chungeoram.com
E-mail § chungeorambook@daum.net

ⓒ 멱운, 2015

ISBN 979-11-04-90631-2 04810
ISBN 979-11-04-90353-3 (세트)

※ 파본은 구입하신 서점에서 교환하여 드립니다.
※ 저자와 협의하여 인지를 붙이지 않습니다.
※ 이 책은 도서출판 청어람과 저작자의 계약에 의해 출판된 것이므로,
   무단 전재 및 유포·공유를 금합니다.

10

먹운 장편 소설

FUSION FANTASTIC STORY

진공

삼국지

도서출판
청어
람

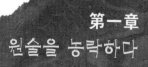

第一章
원술을 농락하다

　합비에서 출발한 도응은 쉬지 않고 말을 달려 환현에 이르렀다. 미리 명을 받은 서성은 환현에 도착해 도응을 기다리고 있었다. 서성이 성을 나와 도응을 맞이하고 공수하며 말했다.

　"오시느라 수고 많으셨습니다. 그런데 왜 서현으로 오시지 않고 이곳에서 보자고 하셨습니까?"

　도응은 가쁜 숨을 몰아쉰 뒤 미소를 짓고 대답했다.

　"환현은 궁벽한 곳에 위치했지만 식량 생산량이 풍부해 회남의 곡창으로 손색이 없네. 이런 땅에 가뭄이 들어 민생이 피폐해졌으니 위무하러 오는 건 당연하지 않은가?"

"그런 일이라면 제게 분부하셔도 되지 않습니까? 지금 장강의 전황이 위급한데 주공께서 자리를 비우시면 군사들의 사기가 저하될까 우려됩니다."

도응은 서성의 정색한 태도에 너털웃음을 터뜨리고 말했다.

"하하, 내 다음부터는 주의하겠네. 하지만 내가 이리로 온 진짜 이유는 꼭 가봐야 곳이 있어서네. 오늘 환현 군민을 위무하고 군사들에게도 휴식을 취하게 한 후 내일 바로 심양(尋陽)으로 출발할 걸세."

심양이라니! 심양은 여강 최서단이자 장강 북쪽에 위치한 궁벽한 지역이었다. 건곤일척의 승부가 벌어지는 상황에서 뜬금없이 심양에는 왜 간단 말인가. 서성이 의아한 얼굴로 그 이유를 묻자 도응은 그의 어깨를 두드리며 대답했다.

"그건 내일 출발할 때 얘기해 줌세."

이튿날 오전, 도응은 다시 군마를 점검하고 채비를 서둘러 곧장 심양으로 내달렸다. 그리고 서성은 여강을 지켜야 했기에 도응을 따라가지 않고 여강의 치소인 서현으로 돌아갔다.

이때 어디서 나타났는지도 모르게 서주군 3천 명이 교유와 진의의 통솔하에 심양성 아래로 모여들었다. 이리하여 도응이 친히 이끌고 온 군사와 서성이 파견한 군사까지 합쳐 총 6천

명이 마침내 심양성에 집결했다.

심양현령 장도(張塗)는 도응이 장강 맞은편의 예장군 시상(柴桑)을 공격할 것이라는 얘기를 듣더니 갑자기 꿇어 엎드려 죄를 청했다.

"주공, 용서하십시오. 주공께서 장강을 건너신다는 연락을 사전에 받지 못해 미처 전선을 준비하지 못했습니다. 지금 나루에는 짐배와 작은 배 10여 척이 고작입니다. 이 배로는 절대 대군이 강을 건널 수 없습니다. 소관을 죽여주십시오."

도응은 미소를 짓고 장도를 부축해 일으켜 세우며 말했다.

"어서 일어나시오. 본 사군이 미리 배를 준비하라고 명을 내리지 않았는데, 어찌 이것이 그대의 죄겠소?"

"그럼… 주공의 대군은 어떻게 강을 건넌단 말입니까?"

도응은 여전히 만면에 웃음을 띤 채 장도의 어깨를 두드려주었다.

"배는 이미 마련돼 있소이다. 그대는 병참 보급 임무만 제대로 수행하면 되오. 그리고 강을 건너는 데 성공하면 그대의 관직을 높여주겠소."

원술 시대 때부터 외진 이 작은 성의 현령을 지내온 장도는 도응의 말에 눈이 번쩍 뜨였다.

"아군은 장강을 건너 시상에 뿌리를 내리고 팽려택에 수군 기지를 건설한 다음, 다시 회남 재해 지역의 일부 백성을 심양

동부로 이주시켜 새 성지를 세울 생각이오. 이토록 지난한 임무를 이쪽 지리에 밝은 그대가 맡아줘야 하지 않겠소?"

장도는 크게 기뻐 연달아 머리를 조아리며 감사하다고 말했다. 하지만 마음속으로는 계속 배가 어디에 준비되어 있는지 의심을 지울 길이 없었다.

*　　　　*　　　　*

이튿날 아침, 즉 정월 스무사흘 날 아침에 6천 보기는 대열을 짓고 심양 나루로 남하해 도응의 명을 기다렸다.

북쪽 기슭에 다수의 서주 대오가 출현하고 도응의 대장기까지 펄럭이자, 원술이 시상에 배치한 수비군들은 넋이 나가 황급히 성문을 걸어 잠그고 방어 태세를 갖추었다.

이어 서둘러 전령을 보내 원술이 임명한 예장태수 금상에게 구원을 청하고, 천 리 밖 원술에게도 급보를 알렸다.

시상 수장 송겸(宋謙)은 지금 대체 무슨 일이 벌어지고 있는지 영문을 몰라 얼떨떨해했다.

"며칠 전만 해도 도응이 춘곡을 공격하고 있다는 소식을 받지 않았는가? 그런데 어떻게 천 리 밖 심양까지 올 수 있었지? 게다가 저런 배 몇 척으로 강을 건널 심산은 아니겠지? 그럼 혹시 도응의 수군이 하류에서 거슬러 올라오고 있단 얘긴가… 아니, 그것도 아니지. 그랬다면 벌써 급보가 날아왔을 테니까."

물론 송겸과 장도의 의문이 풀리기까지 그리 오랜 시간이 걸리진 않았다.

진시(辰時:오전 7시~9시)가 막 지났을 무렵, 장강 상류의 형주 강하군 경내에서 방대한 선단이 빽빽하게 강을 메우고 물보라를 일으키며 순풍에 돛 단 듯 기세등등하게 장강을 내려온 것이다.

이 광경에 서주군은 물론 원술군 병사들까지 벌어진 입을 다물지 못했다.

잠시 후 이 배들이 심양 나루에 정박했는데, 기함 갑판에는 흰 도포에 은빛 갑옷을 입은 젊은이가 당당하게 서 있었다. 그는 배에서 내리지도 않은 채 나루의 도응을 향해 예를 갖춰 공수하고 큰소리로 말했다.

"유기가 도 사군께 인사 올립니다! 문화 선생의 요청으로 최대한 빨리 날짜를 맞춰 사군을 뵈러 왔는데 늦지 않아 다행입니다!"

도응도 유기를 향해 답례하고 크게 웃으며 말했다.

"공자, 수고 많았소. 공자가 직접 수군을 이끌고 구원 온 이 은혜를 어찌 말로 다 갚겠소이까. 훗날 공자가 황조를 대신해 장선을 정벌할 때, 이 도응이 꼭 군사를 보내 공자를 돕겠소이다!"

"그런 말씀 마십시오. 만약 중명 선생의 가르침이 없었다면 오늘 제가 어찌 이 자리에 있었겠습니까? 문화 선생 얘기를 들으니 애석하게도 스승님이 기주에 사신으로 갔다고 하더군요. 스승님의 대은에 직접 감사를 표하지 못해 송구할 따름입니다."

갑작스러운 형주 수군의 출현에 송겸은 당혹감을 감추지 못했다.

형주군과 원술군이 한 배를 타고 서주에 대항하는 구도로 여긴 까닭에 예장의 수군은 이미 장강 동쪽으로 대부분 차출된 상태였다.

그런데 뜻밖에 강하 수군이 도응과 손을 잡고 쳐들어오자 허약한 원술군 후방은 적군에게 무방비로 노출된 꼴이나 다름없었다.

도응의 명이 떨어지자 서주군을 모두 실은 강하의 대소 전선은 순풍을 타고 호호탕탕하게 시상 나루로 진격해 들어갔다.

시상 수장 송겸은 육전에서 서주군을 절대 당해낼 수 없다는 사실을 잘 알고 있었다. 이에 그는 수상에서 결판을 보기 위해 군사들의 사기를 북돋아 시상 나루에 정박한 전선 40여

척을 이끌고 강심으로 나아갔다.

적선이 출격하자 유기는 기함 선두에 서서 최전방의 한 장수에게 명을 내렸다.

"홍패, 적에게 우리 강하 수군의 위용을 똑똑히 보여주시오!"

홍패, 즉 감녕(甘寧)은 즉각 몽동 선단을 지휘해 물살을 가르며 앞으로 나아갔다.

사실 감녕은 황조의 부장이었지만 중용되지 못해 실의에 빠져 세월을 허송하고 있었다. 이때 유기가 감녕의 재능을 알아보고 그를 새로 발탁한 것이다. 이런 이유로 감녕은 자신을 알아준 유기의 은혜에 보답하기 위해 언제나 목숨을 걸고 싸웠다.

사졸들을 제치고 강하 수군 선두에 선 감녕은 시석(矢石)도 두려워하지 않은 채 송겸이 타고 있는 기함을 향해 그대로 돌진했다.

민첩하고 근접전에 유리한 몽동 선단의 돌격에 미처 준비가 없었던 시상 수군은 큰 혼란에 빠졌다.

이 틈을 타 유기도 군사를 이끌고 진격해 배 안에서 비 오듯 화살을 날리자 화살에 맞고 물로 떨어지는 자가 부지기수였다.

감녕은 몽동 선단 최전선에서 적의 전선 사이를 휘젓고 다니며 작은 배는 그대로 들이받아 침몰시키고, 큰 배에는 갈고리를 걸고 올라가 배 안을 아수라장으로 만들어 버렸다. 그의 눈부신 활약에 전세는 점점 강하 수군 쪽으로 기울기 시작했다.

도응과 가후는 수전에 익숙지 않은 관계로 전투에 참가하지 않고 북쪽 기슭의 작은 산에 올라 전투를 지켜보았다.

시간이 흐르면서 전세가 점점 강하 수군에게 유리하게 돌아가자 도응은 여유로운 표정을 지으며 말했다.

"양굉이 매수한 저자가 이토록 의리가 있었는지 꿈에도 몰랐구려. 우리를 위해 목숨을 걸고 싸우고 있는 모습을 보시오. 남들은 양굉을 아첨꾼이다 뭐다 해도 그에게 외교 임무를 맡긴 건 내 평생에서 가장 탁월한 결정이었소."

가후 역시 미소 띤 얼굴로 대꾸했다.

"그야 사람의 재능을 알아보고 적재적소에 기용한 주공의 식견 덕분 아니겠습니까? 어쨌든 지금 강하 수군과 시상 수군의 수전을 직접 목도하고 나니 주공이 왜 시상을 돌파구로 삼았는지 이유를 알겠습니다. 홀로 분전하는 저 장수의 무용이 뛰어나긴 하나 유기의 선단이 원술을 압도할 수 있는 건 사실 지리적으로 상류에 위치한 이점 때문입니다. 만약 유기의 선단이 물을 거슬러서 공격했다면 이런 결과를 장담하기 어려웠겠죠."

도웅은 전투 상황을 계속 지켜보며 말했다.

"물론 그 점도 고려했지만 두 가지 더 중요한 요인 때문에 유수구나 우저를 버리고 시상을 장강 돌파의 거점으로 선택하게 되었소."

가후가 호기심이 생겨 그 이유를 묻자 도웅이 대답했다.

"첫 번째 이유는 팽려택 때문이오. 자경이 전에 내게 수군을 양성하기 좋은 장소로 소호와 팽려택을 추천했소. 그중 팽려택의 너비가 소호보다 훨씬 더 넓고, 수문 상황도 더욱 복잡해 수군을 조련하기 최적의 장소였소. 하지만 애석하게도 우리가 회남에서 수군을 조직할 때, 팽려택은 원술에게 신복하는 예장태수 주술이 관장하고 있었소. 이 때문에 어쩔 수 없이 차선책으로 안전한 소호에서 수군을 조련했던 것이오."

여기까지 얘기한 도웅은 미소를 띠며 말을 이었다.

"그러나 지금은 상황이 달라졌소. 주술이 병사하고 예장이 혼란에 빠지자 원술은 예장 수군 대부분을 하류로 이동시켰소. 우리 수군과 유요의 수군을 압박해 주도권을 잡으려 한 이 전략은 나무랄 바 없었지만 아군에게 기병(奇兵)을 출동시켜 팽려택을 점거할 절호의 기회를 제공하고 말았소. 유기의 수군까지 날 돕는 상황에서 이 기회를 차버리다면 팽려택 주변의 부로들에게 너무 미안하지 않겠소?"

가후는 고개를 끄덕이며 도응의 식견에 찬탄한 후 시상을 선택한 또 한 가지 이유를 물었다. 그러자 도응이 가후에게 되물었다.

"혹시 소호에서 내가 자포에게 반복해 달라고 한 얘기를 기억하시오?"

"물론이지요. 자포 선생은 그때 춘곡에서 장강 나루에 이르는 일대는 강동에서 인구와 성지가 가장 밀집된 지역이자 원술과 유요가 중시하는 요지여서, 아군이 설사 이곳에 터를 잡더라도 원술과 유요의 맹반격을 면하기 어렵다고 했었습니다."

"맞소. 자포는 간혹 너무 고지식하고 자만심이 강하지만 이 말은 어디 하나 틀린 말이 없소. 원술과 유요가 시종 이곳에서 일진일퇴의 공방을 벌인 건 바로 이 땅이 요지이기 때문이오. 따라서 아군이 억지로 이곳에 발을 들여놓는다 해도 결국 저들의 반격을 받게 돼 있고, 심지어 저들이 연합해 우리를 공격할 수도 있소."

도응은 잠시 숨을 고르고 말을 계속 이었다.

"그렇다 보니 문득 이런 생각이 들더구려. 경쟁이 치열한 강동 요지에 도강 교두보를 마련하기 어렵다면 차라리 중요도가 떨어지는 장강 남쪽을 노려보는 건 어떨까 하고 말이오. 그러던 차에 돌연 자경이 전에 언급했던 팽려택이 떠오른 것이오. 금상첨화로 유기의 수군까지 빌릴 수 있으니 이보다 더 이상적인 도강 교두보가 어디 있겠소?"

도웅의 조리 있는 설명에 크게 고개를 끄덕이던 가후는 문득 무슨 생각이 떠올랐는지 도웅에게 급히 물었다.

"참, 손권이 손분과 오경을 대신해 아군에게 투항하고 자진해서 아군을 돕겠다고 한 말은 과연 진짜일까요?"

"음, 솔직히 말해서 나도 진위 여부를 모르겠소. 아군 세작이 확인한 손권의 말은 모두 사실이었고, 유엽을 시켜 알아본 손권의 도강 시점도 사실로 판명 났소. 여러 번 그를 떠봤을 때조차 전혀 빈틈을 찾을 수 없었고 말이오. 그래서……."

도웅은 잠시 주저하다가 다시 말을 꺼냈다.

"그래서 미리 안전장치를 해두고 왔소. 선생은 일찌감치 출발해 모르겠지만 자경에게 밀서 한 통을 주고 결정적인 순간에 도강을 포기하라고 명했소. 만약 중간에 판단 착오가 생기면 우리 수군이 적에게 몰살당하는 참극이 벌어질 수도 있을 테니까요."

"하지만 만일 손분과 오경이 거짓 투항한 것이 아니라면……."

가후가 머뭇거리며 말끝을 흐리자 도웅은 고개를 숙이고 나지막이 탄식했다.

"하, 이번만큼은 정말 속임수이길 바라고 있소. 만약 이것이 아군을 유인하려는 손권의 속임수가 아니라면 손분과 오경에게 너무 미안할 것 같소이다."

'게다가 불쌍한 손상향의 얼굴은 또 어찌 본단 말인가.'

도웅이 마음속으로 몰래 자책하고 있을 때, 사방에서 함성이 울려 퍼지며 한 병사가 승전보를 전해왔다.

"주공, 적군 기함의 대장기가 쓰러졌습니다! 강하 수군이 적군을 물리쳤습니다!"

군사들의 환호성에 고개를 든 도웅이 멀리 전장을 바라보았다.

시상 수군은 이미 궤멸되기 시작해 기함의 대장기가 꺾이고 그 자리에는 형주군 깃발이 꽂혔으며, 적선은 온통 형주 수군 차지가 돼 있었다.

또한 배에 가득 탄 서주 사병들도 시상 나루에 발을 디딤으로써 이번 도강 작전은 완벽하게 성공을 거둔 셈이었다.

이제는 시상성을 공략해 서주군의 장강 이남 교두보를 마련하는 문제만 남았지만, 군사들이 대부분 송겸을 따라 출전한 관계로 이것 역시 전혀 어려움이 없어 보였다.

상황 파악이 끝나자 도웅은 가후에게 명을 내렸다.

"내 대신 유요에게 편지 한 통만 써주시오. 아군이 시상을 손에 넣었다고 알리고, 정식으로 양군이 동맹을 맺어 원술을 협공하자고 요청하시오. 그리고 일이 성사된 후에는 양군이 장강과 도서령(桃墅嶺)을 경계로 영토를 나누고 영원히 서로 침범하지 않기로 약속하자고 전하시오."

가후가 재빨리 붓을 들어 편지를 다 쓰자 도응은 이를 허저에게 건네며 명했다.

"믿을 만한 병사 하나를 장 현령에게 보내 쾌선 한 척을 준비시키라고 하고, 그 병사에게 수로로 우저로 가 유요에게 편지를 전하라고 하시오."

가후는 엷게 미소를 띠고 말했다.

"주공, 우저가 춘곡 하류에 위치해 있는데 수로로 간다면 원술 수군의 눈을 피할 수 있을까요? 아무래도 이 편지를 유요에게 전할 뜻이 없으신 모양입니다."

도응은 호탕하게 웃음을 터뜨린 후 다시 가후에게 분부했다.

"하하, 역시 선생의 눈은 속이기 어렵구려. 이 편지는 당연히 원술에게 주려는 것이오. 그리고 원술에게도 따로 편지 한 통을 보내야겠소. 아군이 시상을 점령한 건 절대 땅에 욕심이 있어서가 아니라 유표를 도와 장사의 역적 장선을 토벌하기 위함이니 잠시 시상과 역릉(歷陵), 해혼(海昏)을 빌려달라고 하시오. 만약 이를 승낙한다면 해마다 양초 3만 휘를 지대로 지불하겠다고 이르시오."

"원술이 기한을 물으면 어떡할까요?"

"3년으로 하시오. 3년 정도면 자경이 최강의 장강 수군을 길러낼 수 있지 않겠소?"

                    *   *   *

　건안 3년 정월 스무사흘 날 저녁.

　이미 장강 남쪽 강상에 천라지망(天羅地網)을 펼쳐 놓은 원
술은 불을 놓아 서주 수군의 공격을 유인하라고 명했다. 이어
그는 환한 얼굴로 강기슭의 석산에 올라 자신의 수군이 서주
수군을 섬멸하는 장관을 감상하고자 했다.

　손권과 염상, 서소 등도 원술 옆에 시립하여 긴장되고 흥분
된 표정으로 서주 수군이 생죽음에 내몰릴 광경을 기대했다.

　그런데 어찌 된 일인지 아무리 기다려도 서주 수군은 코빼
기 하나 비치지 않았다. 인내심에 한계가 온 원술은 더 이상
참지 못하고 척후선을 보내 적정을 정탐하라고 명했다. 그런
데 척후병이 돌아와 올린 보고에 원술 등은 그만 아연실색하
고 말았다.

　서주 수군이 오늘 밤 나루를 나온 것은 사실이나 남쪽으로
얼마 내려오지 않은 상황에서 다시 유수구로 돌아가 단단히
방어 태세를 갖추고 있다는 것이었다.

　"대체 이게 무슨 조화란 말인가?"

　원술은 단단히 화가 나 발을 동동 구르더니 손권 쪽으로

분노의 시선을 돌렸다. 손권의 얼굴은 이미 흙빛이 되어 온몸에서 땀이 비 오듯 흘러내렸다.

정신이 혼미한 와중에도 핑곗거리를 찾던 손권은 급히 두 무릎을 꿇고 원술에게 간했다.

"주공, 아군의 계획이 들통 난 게 분명합니다. 도응은 이를 알고 즉각 철수한 것이고요. 제 목을 걸고 말씀드리지만 전 절대 주공을 배신하지 않았습니다. 간악한 도응이 만약 이 사실을 미리 알았다면 필시 장계취계를 써서 도리어 아군을 기습했을 것입니다."

염상도 손권의 말에 동조했다.

"손권의 말이 일리가 있습니다. 손권의 사항계에 빈틈이 노출됐다거나 그가 대담하게 도응과 결탁했다면 도응은 분명 우리의 계획을 역이용해 역공을 취했을 것입니다. 하지만 지금 도응이 단순히 물러난 것으로 보아 방금 전에 우리의 계획을 눈치챈 것이 확실합니다."

이 말에 원술은 노기를 참지 못하고 고래고래 소리를 질렀다.

"샅샅이 조사해서 기밀을 누설한 놈을 당장 내 앞에 끌고 와라! 내 친히 이놈의 목을 베고 삼족을 멸하리라!"

손권은 무리들을 따라 예, 예 하고 대답한 후 속으로 다행이라며 한숨을 내쉬었다.

'도웅이 장계취계를 쓰지 않았기에 망정이지 하마터면 목이 달아날 뻔했…….'

속으로 이렇게 뇌까리던 손권은 순간 무슨 생각이 들었는지 다리에 힘이 쫙 풀리고 온몸에 전율이 일어나 바지에 오줌을 쌀 뻔했다.

'그럼 도웅이 장계취계를 쓰지 않았을 뿐, 내 거짓 항복을 다 알고 있다는 말 아닌가? 소호의 수군을 몰살시키려 한 날 가만 놔둔 건 분명 치밀한 계획으로 나를 옴짝달싹 못하게 만든 다음 원술 앞에서 모든 내막을 폭로하려는 게야! 합비에서의 내 행적이 낱낱이 밝혀진다면 내 목이 떨어지는 건 물론 외숙과 사촌형, 아니, 멸문지화를 당할 수도 있어!'

이런 생각이 들자 손권의 얼굴은 흙빛이 아니라 아예 창백하게 질려버리고 말았다.

＊　　　　＊　　　　＊

정월 스무닷새 날.

오전에 도웅이 서주군을 이끌고 시상을 급습했다는 소식이 들어왔다.

오후에는 형주 수군이 갑자기 나타나 서주군과 함께 시상을 공격해 송겸이 전투 중에 형주 장수 감녕에게 살해당하고,

또 시상 수비군이 성문을 열어 서주군에게 투항했다는 청천벽력 같은 비보가 춘곡으로 날아들었다.

원술은 편지를 읽자마자 발기발기 찢어버리며 노호하더니 당장 모든 병마를 집결시켜 시상으로 출격하라고 명했다.

이때 염상이 이를 한사코 만류하며 간했다.

"주공, 대군을 출동시켜 시상을 되찾는 건 어렵지 않습니다. 하지만 우리 주력군이 서진한 틈을 타 유요가 쳐들어오면 어찌합니까? 게다가 맞은편에는 서주 수군까지 우리를 호시탐탐 노리고 있습니다."

이 말에도 원술은 분노를 가라앉히지 못하고 노발대발했다.

"그럼 어쩌란 말인가? 우리 후방이 언제든 도응의 위협에 놓이도록 그냥 두고 보란 말인가?"

서소도 다급히 원술에게 권했다.

"주공, 잠시 노여움을 가라앉히십시오. 시상을 탈환해야 하는 건 맞지만 그 전에 선행되어야 할 일이 있습니다. 당장 유요와 정식으로 동맹을 체결하고 함께 도응의 침입에 대항하기로 약정하여 뒷걱정을 완전히 차단한 다음 출격하는 것이 순리입니다."

염상도 이를 거들었다.

"중웅의 말이 옳습니다. 전에 유요가 제기한 상호 인질 교환을 받아들인다면 아무 걱정 없이 시상으로 출격할 수 있습니다."

원술이 주저하며 아무 대답도 없자 이번에는 손권이 앞으로 나가 무릎을 꿇고 진언했다.

"주공, 저에게 속죄할 기회를 주십시오. 제가 우저로 가 유요를 만나 이번 동맹을 꼭 성사시키겠습니다."

하지만 돌아온 건 원술의 분노의 발길질이었다. 손권을 힘껏 걷어찬 원술은 여전히 분이 풀리지 않은 목소리로 고함을 질렀다.

"네놈이 끼어들면서부터 이런 사달이 난 것 아니냐! 이쪽저쪽 다니며 배신이나 일삼는 저놈을 끌고 가 당장 목을 베라!"

손권은 혼비백산이 돼 살려 달라고 애걸했지만 원술의 추상같은 명에 호위병들이 득달같이 달려들어 그를 끌고 나가려고 했다.

이때 염상은 원술 휘하에 경험 많은 장수가 부족한 지금 손권을 죽이면 오경과 손분이 전열을 이탈할까 염려가 됐다.

이에 손권이 적과 내통한 증거가 없는 상황에서 그를 죽이면 군심이 흐트러질 우려가 있으니 잠시 그를 옥에 가두고 사태를 철저히 조사한 다음 문죄해도 늦지 않다고 간청했다. 그제야 원술은 마지못해 명을 거두고 손권을 잠시 하옥한 후 차후에 정죄하기로 결정했다.

한바탕 소동이 벌어진 뒤 염상과 서소, 진분 등은 현재의 위기를 타개하려면 유요와 손을 잡는 것이 최선의 방법이라고 극력 권했다.

　하지만 원술은 사세삼공의 후예인 자신이 유요 따위에게 고개를 숙이고 동맹을 청하기가 죽기보다 싫었을뿐더러 어렵게 얻은 외아들을 인질로 보내는 것이 마음에 걸려 쉽사리 결정을 내리지 못했다.

　시간만 허비하며 밤이 찾아왔을 때, 시상에서 벌어진 변고로 강상을 철통같이 방어하던 원술 수군이 상류에서 내려오는 수상한 배 한 척을 발견했다. 그런데 조사해 보니 뱃사공의 품속에서 도응이 유요에게 보내는 편지가 나오는 게 아닌가!

　원술이 이 편지를 보고 또다시 분통이 터져 길길이 날뛰고 있을 때, 편지를 건네받은 염상은 이를 꼼꼼히 읽고 잠시 생각에 잠기더니 원술에게 말했다.

　"주공, 이상한 점을 발견하시지 못했습니까? 동맹 체결 같은 대사라면 신분이 높은 관원을 파견하는 것이 정상입니다. 그런데 도응은 이런 무명잡배를 보냈을 뿐 아니라 빤히 감시가 강화될 줄 알면서도 수로를 이용하게 했습니다. 따라서 여기에는 다른 뜻이 숨어 있는 게 확실합니다."

"다른 뜻이라니? 대체 그게 무슨 말인가?"

"일부러 우리에게 이 편지를 보게 하려는 것이죠."

원술이 크게 놀라며 의아한 표정으로 물었다.

"도응이 이러는 이유가 대체 뭔가?"

"도응은 자신이 유요에게 제시한 조건을 주공께 똑똑히 알리려는 것입니다. 강동 토지를 장강과 도서령을 경계로 나누는 건 우리로서는 절대 받아들일 수 없는 조건입니다. 지금 점령한 단양은 물론 강동 요지를 모두 내주고 예장군으로 들어가라는 건 목숨을 내놓으란 말과 같으니까요. 도응은 이런 조건을 내세움으로써 우리의 입지를 더욱 축소시키려는 심산입니다."

이 말에 원술이 전전긍긍해하자 염상이 원술을 안심시켰다.

"하지만 너무 초조해하지 마십시오. 도응 같은 간적 놈이 설마 그 땅을 순순히 유요에게 내줄 리 있겠습니까? 분명 후속 조치가 있을 것입니다. 그러니 주공께서는 일단 유요와 연락을 취해 순망치한의 이치로 동맹 체결을 설득한 다음 상황에 따라 임기응변으로 대처하시면 됩니다."

원술은 가슴이 답답한 듯 한참 동안 표정이 굳어 있더니 종내 고개를 끄덕이고 무기력하게 대답했다.

"내 그리하도록 하겠네. 서소를 우저로 보내 유요가 어떻게 나오는지 두고 보도록 하세."

　서소가 우저로 달려가 유요를 만났을 때, 이미 시상의 소식을 전해들은 유요는 남의 불행에 기쁜 기색을 감추지 않았다.
　그는 오히려 기고만장한 태도로 원술에게 가혹한 조건을 제시했다. 단양군 경내에서 군사를 모두 철수시키고 외아들 원요를 인질로 보내며 전에 강탈해 간 양초를 배로 갚으라는 것이었다.
　서소는 이 조건에 흠칫 놀라 감히 응낙하지 못하고, 순망치한의 이치로 유요를 설득함과 동시에 근시안적으로 사태를 바라봐선 안 된다고 권유했다.
　유요의 모사 시의 역시 눈앞의 작은 이익을 탐하다간 제 발을 찍는 결과가 빚어질 수 있으므로 적당한 선에서 원술과 타협하라고 극력 권했다. 하지만 근거지를 원술에게 빼앗겨 독이 오를 대로 오른 유요는 서소와 시의의 충고를 무시한 채, 서소에게 당장 춘곡으로 돌아가 자신의 요구 사항을 똑똑히 알리라고 호령했다.
　체면까지 버리고 어렵게 몸을 숙였는데 이런 치욕적인 결과가 돌아오자, 자부심 강한 원술이 얼마나 분노했을지는 가히 짐작하고도 남음이 있다.
　유요의 요구 조건을 수용할 수 없어 대책 마련에 부심하고 있을 때, 마침 서주 사자인 장간이 원술을 찾아왔다.

　장간은 원술에게 공손히 예를 갖추고 도응의 서신을 전했다.

　도응은 먼저 조카의 예로 안부를 물은 후 겸허한 어조로 본론을 꺼냈다.

　자신이 시상을 점령한 건 절대 원술의 토지를 빼앗으려는 의도가 아니라 우군인 유표군과 연락을 취하기 위함이었으며, 다만 사태가 긴박해 바로 알릴 겨를이 없어 시상의 군대와 충돌을 빚게 된 점에 대해 용서해 달라고 간청했다.

　이어 유표를 도와 역적 장선의 반란을 진압할 수 있도록 시상과 이웃한 역성, 해혼 두 성을 잠시 빌려달라고 부탁했다.

　도응의 서신은 원술의 심기를 자극하기에 충분했다.

　시상을 점령한 것도 모자라 역성과 해혼까지 빌려달라니!

　하지만 땅을 빌리는 대가로 3년 동안 매년 군량 3만 휘를 지급하겠다는 말에 원술은 자연스럽게 방금 전 무리한 요구를 해온 유요와 비교가 되지 않을 수 없었다.

　게다가 양쪽으로 수세에 몰린 상황에서 서주군과 개전했다간 득이 될 게 없다는 판단 아래 원술은 마침내 결정을 내리고 말했다.

　"시상과 역성 두 성만 2년간 너희들에게 빌려주겠다. 해마다 식량 4만 휘를 바쳐 땅을 빌려준 내 은혜에 보답하라. 이것이 내 최후통첩이다."

원술의 요구에 장간은 주저 없이 고개를 끄덕여 응낙했다. 도응으로부터 시상 한 곳만이라도 빌릴 수 있다면 모든 요구 조건에 응하라는 명을 받았기 때문이다.

이 일이 마무리되자 장간은 다시 원술에게 공수하고 말했다.

"명공, 우리 주공의 자그마한 부탁 하나만 부디 들어주십시오."

"말하라!"

"간적 손권 놈을 넘겨주십사 청합니다."

벌써 손권의 존재를 잊고 있었던 원술은 이 말에 호기심이 생겼다.

"손권을 넘겨달라고? 그 이유가 무엇인가?"

"우리 주공의 말을 그대로 전하겠습니다. 전쟁에서는 속임수를 마다하지 않는다고 하나 손권은 명공의 손을 빌려 형의 원한을 갚기 위해 아군의 수군도독 노숙 앞에서 세 치 혀로 감언이설을 잔뜩 늘어놓았습니다. 심지어 혈서까지 써가며 노숙에게 춘곡을 습격하라고 꼬드기는 바람에 하마터면 귀 군과 아군 간에 전면전이 벌어질 뻔했습니다. 이토록 가증스러운 놈을 죽이지 않는다면 가슴속에 쌓인 원한을 어찌 풀겠습니까!"

원술은 처음 듣는 얘기에 놀라움을 감추지 못했다.

"그런 일이 있었단 말인가?"

"이는 명명백백한 사실입니다. 노숙은 공을 탐하다가 손권의 궤계(詭計)에 떨어져 자칫 전화를 일으킬 뻔한 죄로 수군도독직을 박탈당하고 수군 찬군교위로 한 등급 강등됐습니다. 그러나 사사로운 원한 때문에 양군의 전쟁을 야기해 강동 생민을 구렁텅이로 몰아넣으려 한 손권의 죄는 만 번 죽어 마땅합니다. 그러니 아군이 이 간적 놈을 주살하여 무고한 강동 만민을 위무하고, 또 명공을 위해 심복 대환을 제거하겠습니다."

이 말에 원술은 도응이 혹시 무슨 수작을 부리려는 건 아닌지 몰라 실눈을 뜨고 장간을 노려보더니 말했다.

"돌아가 네 주공에게 전해라. 손권이 내 손을 빌려 형의 원수를 갚으려 한 사실은 나도 이미 알고 있고, 또 지금 중벌에 처해졌으니 아무 염려하지 말라고 말이다."

"명공, 하지만 우리 주공이 손권을 꼭 합비로 데려오라는 명이 있었습니다."

장간은 다급한 마음에 한 번 더 간청했지만 원소는 이를 단호히 거절했다.

"손권은 내 신하다. 그를 처벌하는 건 내 소관이니 더는 떠

들지 말라."

장간은 원술의 심기를 건드릴까 두려워 입을 꼭 다물었지만 머릿속은 복잡하기 짝이 없었다.

'주공이 이렇게까지 거짓말을 늘어놓게 한 이유가 대체 뭘까? 정말 노 도독의 관직을 강등하고 손권을 죽일 생각인 걸까? 아니면 설마 손권을……'

＊   ＊   ＊

최종적으로 서주군은 해마다 식량 4만 휘를 지불하고 팽려택 서쪽의 시상과 역성 두 성을 빌리는 데 성공했다. 이는 도응과 원술이 각각 한발씩 양보한 결과였다.

이로써 가장 난처한 입장에 처한 쪽은 오히려 유요가 되고 말았다. 그는 협상 결과를 듣고 도응과 원술에게 한바탕 욕을 퍼부었다.

하지만 무슨 소용이랴. 이미 유요에게 고개를 숙인 것도 모자라 치욕적인 요구 조건을 들은 원술은 시상 사태가 해결되자마자 당장 유요와 결판을 보려고 나섰다.

그는 친히 휘하 주력군을 이끌고 수륙 양면으로 우저와 석성, 단양에 맹공을 퍼부었다.

한편 옥에 갇힌 손권은 이미 죽을 각오를 하고 있었다.

진상이 폭로돼 자신 때문에 무고하게 목숨을 잃게 될 가솔들을 생각하면 그저 미안한 마음만 들 뿐이었다.

이처럼 그가 자포자기에 빠져 있을 때 뜻밖에 조치가 내려졌다. 원술이 자신을 풀어주며 도응의 성동격서 속임수에 넘어갔다는 영문도 모를 말과 함께 자신의 기지와 충용으로 서주 중신 노숙을 속인 일에 대해 칭찬한 후, 자신을 공조종사(功曹從事)로 강등시키고 전투에 참여해 공을 세워 속죄하라고 명하는 것이 아닌가.

목이 달아날 줄 알았는데 외려 전쟁에 나가 자신의 가치를 증명하라는 말에 손권은 뛸 듯이 기뻤다. 하지만 원술이 왜 자신에게 이렇게 대하는지 몰라 궁금증만 커져갔다. 그리고 얼마 후 모든 내막을 자세히 듣고 난 뒤에는 머릿속이 혼란에 빠졌다.

"도응이 왜 굳이 이런 방법까지 써가며 날 구해준 거지? 원술 앞에서 일부러 날 부각시킨 이유가 대체 뭘까?"

여기에 억울한 사람이 또 한 명 있었으니, 그는 다름 아닌 노숙이었다.

노숙이 작은 공로도 세우지 못했다고 하나 사졸을 잃은 것도 아니어서 징벌까지 받을 정도는 아니었다.

하지만 도응은 사람을 보내 노숙이 손권의 계략에 떨어져 자칫 군사를 모두 잃고 자신을 욕되게 할 뻔했다는 구실로 그의 수군도독 지위를 박탈하고 찬군교위로 강등함은 물론 식읍(食邑) 1백 호를 삭탈했다.

물론 노숙은 성격이 신중하고 돈후한 사람인지라 여기에는 분명 도응의 깊은 뜻이 담겨 있을 것이라고 여겼다. 이에 원망 한마디 없이 묵묵히 이를 받아들이고 도응의 설명을 기다리기로 했다.

며칠 후, 도응은 교유와 진의에게 5천 군사를 이끌고 시상, 역성 두 성을 지키라고 한 뒤 속히 환현으로 돌아갔다.

그는 노숙과 서성도 환현으로 불렀는데, 이는 여강군 치소를 환현으로 옮기는 문제에 대해 논의하기 위함이었다.

회의가 마무리될 때쯤 도응은 노숙이 궁금해하는 문제를 꺼냈다.

"내 자경에게 누명을 씌운 건 모두 강동 대계를 성사시키는 데 꼭 필요했기 때문이오. 그대도 충분히 이해하리라 믿소."

노숙은 이미 다 알고 있었다는 듯 만면에 미소를 띠고 응대한 뒤 고개를 갸웃거리며 물었다.

"주공, 손권이 사항계를 써서 하마터면 아군이 사지에 몰릴 뻔했는데, 일부러 원술 앞에서 이런 놈을 띄워주고 중용하게끔 유도한 이유가 무엇입니까?"

도응은 손가락 두 개를 펴 보이며 대답했다.

"두 가지 이유요. 첫째는 손권을 죽이는 것쯤이야 일도 아니기 때문이오. 손권이 합비로 왔을 때 내 앞에서 얼마나 진실을 말했는지 판단하기 어려웠지만 적어도 손상향에 관한 얘기만큼은 절대 거짓이 아니라는 것이었소. 전에 손분과 오경이 목숨을 건지려 내게 항복하고, 또 손상향을 인질로 삼은 일에 대해 원술은 모르는 것이 확실했소."

"그럴 가능성이 큽니다. 원술은 천성적으로 의심이 많고 남을 용납할 만한 아량이 없습니다. 만약 아군이 손가의 인질을 잡고 있다는 사실을 알았다면 혹여 아군과 내통할까 두려워 절대 손분, 오경에게 춘곡 방어를 맡기지도, 또 손권을 보내 사항계를 쓰지도 않았을 것입니다."

"바로 그 얘기요. 손권 역시 원술의 성격을 잘 알고 있기 때문에 절대 원술 앞에서 먼저 이 사실을 밝힐 리가 없소. 그랬다간 목이 달아날 수도 있으니까요. 그래서 손권을 죽이는 것쯤은 쉬워도 너무 쉽다고 말하는 것이오. 손상향의 일을 원술에게 알리기만 하면 손권은 죽은 목숨이나 다름없소."

노숙은 첫 번째 이유에 고개를 끄덕여 동의한 후 다시 두 번째 이유를 물었다. 그러자 도응은 유쾌하면서도 온화한 미소를 띠고 대답했다.

"둘째 이유는 바로 손권의 능력과 지모, 야심 때문이오. 자경이 날 여러 해 따라다녔지만 내가 누구의 계략에 떨어지거나 속임수에 넘어간 걸 본 적이 있소? 하지만 손권은 이를 해냈소. 난 그의 거짓 항복의 진위를 분별해 내지 못해 장계취계의 대책을 세우는 건 고사하고, 외려 계략에 빠질까 두려워 철군을 명할 수밖에 없었소. 이런 속임수와 이런 연기는 생전처음 본 것이었소."

도응은 잠시 숨을 고르고 말을 이었다.

"더욱 흥미로운 건 손권이 능력과 지모뿐 아니라 야심까지 품고 있다는 사실이오. 그는 절대 원술 밑에서 신하로 있을 자가 아니오. 이렇게 되바라진 아이를 죽게 놔두기는 너무 아까워 차라리 그를 살려두고 지원 사격해 원술 앞에서 능력을 맘껏 펼칠 기회를 주는 게 낫다는 생각이 들었소. 게다가 그가 자신의 재주를 한껏 드러내 더 크게 중용된다면 원술의 관에 못을 박을 자는 다름 아닌 손권이 될 것이오."

"아군이 손권의 치명적인 약점을 잡고 있으니, 그가 원술 휘하에서 크게 중용될수록 아군에게는 더 유리해지겠군요."

노숙이 무덤덤하게 한마디 더 덧붙이자 도응은 더욱 즐거운 표정을 짓고 말했다.

"자경, 며칠 있다가 사람을 손권에게 보내 단도직입적으로 이르시오. 내가 그의 지모와 재주를 아끼고 있으니 원술 휘하에서 공을 세우고 업적을 쌓는 데 우리 도움이 필요하다면 얼마든지 말하라고요."

노숙이 고개를 끄덕여 알겠다고 대답한 후 도응의 심모원려(深謀遠慮)에 탄복해 마지않을 때, 진웅이 편지 한 통을 들고 방 안으로 들어와 쓴웃음을 짓고 말했다.

"주공, 제 형장이 쾌마로 편지를 보내왔는데 기주에서 큰일이 일어난 모양입니다. 그리고 그 일에 양 장사가 깊게 관여됐다고 합니다."

도응은 아무렇지도 않다는 듯 미소를 띠며 말했다.

"별것도 아닌 일에 무에 그리 놀라시오. 양 장사가 기주에서 또 무슨 큰일을 벌였는지 들어나 봅시다."

第二章
양광과 아의의 해후

　원상이 원담을 데리고 기주로 돌아온 날, 원상은 원소에게 득의양양하게 사건의 경과를 알리고 급히 부중으로 돌아가 양굉을 불러들였다.

　바로 자신을 적자로 봉하는 데 극구 반대하고 나선 전풍과 저수를 제거하기 위함이었다. 원상은 양굉을 보자마자 단도직입적으로 말했다.

　"중명 선생, 내 매부에게 전풍과 저수 두 간신을 어찌 제거하면 좋을지 물었더니 바로 선생을 추천해 주더구려. 이번에 대사를 이룰 수 있도록 날 꼭 도와주시오."

양굉은 도옹이 또 자신에게 귀찮은 임무를 맡겼다며 속으로 언짢은 기색을 지었다. 하지만 겉으로는 환하게 웃으며 곰곰이 생각에 잠기더니 원상에게 공수하고 말했다.

"기왕 주공의 명도 있고 하니 감히 직언 하나를 올리겠습니다. 사실 지금 공자에게 전풍과 저수를 제거할 절호의 기회가 찾아왔습니다."

이 말에 원상은 눈빛이 형형하게 빛나며 재빨리 양굉 쪽으로 바짝 다가갔다.

양굉은 습관처럼 주위를 살피고 조심스럽게 얘기를 꺼냈다.

"최근 업성에 기주의 대군이 이미 역경성을 꽁꽁 포위하여 공손찬을 섬멸하는 건 시간문제라는 소문이 돌고 있습니다. 기왕 그렇다면 공자는 왜 원 공께 친히 역경으로 가 싸움을 독려하라고 종용하지 않습니까? 전풍과 저수가 원 공의 친정에 단호히 반대해 분노를 살 테니, 그를 기다렸다가 저들의 수급을 취하면 그만입니다."

하지만 원상은 어안이 벙벙한 표정으로 물었다.

"그게 무슨 말이오? 알아듣게 좀 설명해 보시오."

양굉은 웃는 낯으로 차근차근 설명했다.

"실은 아주 단순한 논리입니다. 역경을 공파하고 공손찬을 섬멸하는 이런 개세의 대공에 원 공은 필시 마음이 흔들리게 돼 있습니다. 이때 공자가 나서서 원 공께 친히 역경 공성을 지휘하고 앉아서 대공을 누리라고 권한다면 원 공은 결코 이를 거절할 리 없습니다. 그런 다음······."

"잠시만!"

원상은 다급히 양굉의 말을 끊더니 낮은 목소리로 말했다.

"이런 대공이라면 당연히 내가 차지해야 맞는 것 아니겠소?"

양굉은 답답하다는 듯 쓴웃음을 지으며 대꾸했다.

"기주 4로 대군은 각기 국의, 안량, 문추, 장기 네 장수가 통솔하고 있습니다. 현재 공자의 위망으로 그들을 능히 지휘할 수 있다고 보십니까?"

이 말에 원상의 얼굴에 불쾌한 기색이 드러나자 양굉은 재빨리 머리를 조아리고 말했다.

"이는 다 공자를 위해 드리는 말씀입니다. 역경을 공파하고 공손찬을 섬멸하는 공로는 실로 대단해서 원 공의 마음도 동할 것이 확실한데, 공자가 그 공을 원 공께 양보하지 않고 외려 가로채려 한다면 원 공의 총애를 잃을까 걱정됩니다."

원상은 양굉의 말이 일리가 있다고 여겨 고개를 끄덕인 후 계속 얘기하라고 말했다.

"다음은 전풍과 저수에게 원 공의 북상을 단호히 반대하도록 만드는 겁니다."

"어떻게 전풍과 저수에게 이를 반대하게 한단 말이오?"

"그게……."

양굉은 잠시 주저하더니 말을 이었다.

"굉이 생각해 둔 방법이 있습니다만 아직 완벽하게 정리되지 않았으니 잠시만 시간을 주십시오. 천의무봉(天衣無縫)의 계책이 완성되면 다시 공자에게 아뢰겠습니다."

원상은 크게 기뻐 손뼉을 치며 말했다.

"좋소, 그리 합시다. 참, 오늘부터는 역관으로 돌아가지 말고 이곳에서 기거하시오. 부친도 이미 매부의 사람들을 후대하라고 명하셨소. 묘계가 떠오르면 당장 나를 찾아오는 것, 절대 잊지 마시오."

"여부가 있겠습니까."

이어 원상은 사람을 불러 양굉에게 좋은 객방을 마련해 주고 미녀에게 시중을 들게 하라고 명했다.

차디찬 역관에서 가시방석에 앉은 것처럼 원소군의 감시를 받던 양굉은 원상의 배려에 연신 머리를 조아리며 감사를 표했다.

오랜만에 누리는 호사 가운데서도 양굉의 머릿속은 온통 전풍과 저수를 모해할 생각으로 가득했다.

사흘이 지나 이들을 사지로 몰아넣을 계략이 완성되자 양굉은 즉시 원상을 찾아가 묘계를 바쳤다. 양굉의 설명을 듣는 원상의 얼굴에는 회심의 미소가 가득 번지며 양굉의 뛰어난 계략에 칭찬을 연발했다.

이어 그는 당장 심복인 심배와 봉기를 불러 구체적인 계획을 논의하려고 했다.

그런데 이때 호위병 하나가 다급히 원상 앞으로 달려와 보고했다.

"공자, 성안의 병사 말에 따르면 조조의 사자 만총이 찾아와 이미 역관에 묵고 있다고 합니다."

"뭐? 조조가 또 사신을 파견했다고? 그래, 왜 왔다고 하더냐?"

조조와 사이가 좋지 않은 원상이 심드렁하게 물었다.

"그 이유는 아직 모르겠습니다."

호위병의 대답에 원상이 인상을 찡그리자 양굉이 급히 자리에서 일어나 말했다.

"공자, 제가 만총이 온 이유를 몰래 알아보겠습니다. 우리 주공과 조조가 현재 겉으로는 우호 관계를 맺고 있어서 만총도 제 방문을 거절하기 어려울 것입니다. 그가 온 목적을 알아낸 후 대응책을 세우시지요."

"좋소, 그럼 중명 선생이 수고 좀 해주시오. 조조 놈아, 하내에서 본 공자에게 무례를 범하더니 원담과 몰래 결탁해 무슨 일을 꾸미는 것이냐? 흥, 이번에는 절대 네놈이 원하는 대로 되지 않을 것이다!"

양굉은 고랑 등 수종들을 거느리고 거들먹거리며 만총이
묵고 있는 역관으로 향했다.

역관에 이르렀을 때 만총은 이미 예물을 가지고 원담을 만
나러 간 뒤였지만 출발한 지 얼마 되지 않았다는 얘기에 양굉
은 급히 말을 몰아 그의 뒤를 추격했다.

하지만 양굉이 만총 일행을 따라잡았을 때, 만총은 이미 원
담 부중 문 앞에 당도해 말에서 내리고 있었다. 양굉이 만총
을 부를까 말까 주저하고 있는데, 갑자기 원담 부중의 대문이
열리고 시끌벅적한 소리가 나며 사람들이 밖으로 걸어 나왔
다.

맨 앞의 원담과 곽도, 신평 형제 외에 뜻밖에 전풍, 저수 등
원소의 폐장입유에 반대하는 기주 관원들이 그 뒤를 따르는
것 아닌가.

이 장면을 본 양굉은 크게 당황해 서둘러 자리를 피하려고
했다. 하지만 이미 때는 늦어 원담의 눈에 발각된 뒤였다. 도
응이라면 이를 가는 원담은 도응의 총신 양굉을 보자 분노를
억제하지 못하고 크게 소리를 질렀다.

"양굉 필부 놈아, 또 무슨 일을 꾸미려 여기에 왔느냐?"

고함 소리에 양굉은 하는 수 없이 말 머리를 돌렸다. 그는

말에서 내려 원담에게 예를 행한 후 멋쩍게 대답했다.

"일을 꾸미다니요? 저는 만총 선생이 업성에 왔다는 얘기를 듣고 역관으로 그를 만나러 갔었습니다."

"역관으로 백녕 선생을 만나러 갔다면서 여긴 무슨 일이냐?"

"백녕 선생이 이리로 갔다는 얘기를 듣고 급히 만날 일이 있어서 찾아온 것입니다."

그러자 만총이 입을 열어 무심한 어조로 물었다.

"중명 선생은 무슨 일로 절 찾으셨는지요?"

이미 온몸이 땀으로 흠뻑 젖어 변명거리를 찾느라 고심하던 양굉은 만총 뒤에 서 있는 한 사람을 보고 흠칫 놀라 자기도 모르게 괴성을 내질렀다.

"아—!"

여기까지 말한 양굉은 급히 손으로 입을 막았다. 만총 뒤에 서 있던 자는 다른 사람이 아니라 바로 양굉의 애제자, 소년 아의였다!

한 해 반 동안 보지 못한 사이, 아의는 확실히 키도 크고 몸도 건장해져 있었다.

그는 애어른처럼 침착하고 무표정한 얼굴로 양굉을 바라보고 있었다. 마치 모르는 사람을 대하는 것처럼.

양굉도 입을 꼭 다물고 슬쩍 아의를 쳐다보았다. 마음이야 당장이라도 달려가 그를 껴안아주고 싶었지만 꾹 참았다. 만약 그랬다간 제자의 목숨은 오늘 이후로 없어질 테니까 말이다.

"아, 뭔가? 왜 소리를 지르는 것이냐?"

원담은 양굉의 괴이한 행동에 또다시 열불이 나 분통을 터뜨렸다. 양굉은 급히 정신을 차리고 공수한 후 아무렇게나 둘러댔다.

"용서하십시오. 갑자기 급한 일이 생각나 저도 모르게 소리를 질렀나 봅니다. 공자, 백녕 선생, 그리고 여러 대인들, 우리 주공이 맡긴 일이 있어서 바로 돌아가 봐야겠습니다. 그럼 이만 물러가겠습니다!"

이어 양굉은 말을 탈 정신도 없어 성큼성큼 큰 걸음으로 재빨리 자리를 빠져나갔다. 그러는 동안 한 번도 고개를 뒤로 돌리지 않았다.

얼떨떨한 표정으로 이 광경을 지켜보던 원담과 만총 등은 양굉의 무례한 행동에 화를 버럭 내고 욕을 퍼부었다.

오직 한 사람, 아의만이 양굉의 초라한 뒷모습을 응시하며 마음속으로 몰래 중얼거렸다.

'스승님, 감사합니다.'

*　　　　*　　　　*

"아무래도 이 계책은 완벽하지 않아 보입니다. 주공 앞에서 전풍, 저수에 의해 모든 사실이 밝혀지면 우리의 명성은 땅에 떨어지고 맙니다."

심배와 봉기는 양굉의 계책을 듣고 꺼림칙한 기분을 지울 수가 없었다. 하지만 양굉은 넋이 나간 듯 시종 고개를 숙이고 아무 말도 없었다.

원상이 언짢은 투로 심배와 봉기의 말을 반복하고서야 양굉은 꿈에서 깨어난 듯 정신이 돌아와 되물었다.

"아, 방금 뭐라고 하셨습니까?"

원상이 짜증 섞인 목소리로 다시 한 번 반복했다.

"정남과 원도가 선생에게 만일 부친 앞에서 모든 일이 탄로 나면 어찌하느냐고 물었소이다."

양굉은 그제야 무슨 말인지 알아듣고 웃음을 띠며 대답했다.

"딱 잡아떼면 되지 않습니까? 어쨌든 전부 근거 없는 말에다가 글로 남길 일도 없는데, 전풍과 저수에게 무슨 증거가 있어서 이를 증명하겠습니까?"

심배와 봉기가 여전히 탐탁지 않은 표정을 짓자 양굉이 그들의 기색을 살피고 말했다.

"그럼 이렇게 하시죠. 먼저 원도 선생이 나서서 전풍, 저수와 부화해 원 공의 역경 친정을 반대하도록 종용하십시오. 그런 다음 원 공께 이를 아뢰는 날 원도 선생은 병을 칭탁해 자리에 나오지 않고, 대신 공자와 정남 선생이 그들의 불경죄를 끝까지 추궁하며 목을 베야 한다고 청하면 되지 않습니까?"

심배와 봉기는 양굉의 말을 듣고 잠시 의견을 교환한 후 얼굴을 찌푸리며 말했다.

"전풍은 기주별가에 저수는 별가종사입니다. 기주 중신 둘을 동시에 제거하게 되면 파급력이 너무 커서 주공께서 이런 결정을 내린다는 보장이 없습니다."

양굉은 대수롭지 않다는 듯 바로 대꾸했다.

"그럼 둘을 따로따로 처리하면 됩니다. 아무나 먼저 골라 목이 잘리게 한 다음 그 죄명으로 다시 다른 사람을 엮으면 쉽게 해결되지 않겠습니까?"

이 말에 심배의 눈이 반짝 빛났다.

"중명 선생은 왜 미리 이런 좋은 방법을 알려주지 않았습니까?"

"만약 제가 직접 손을 쓴다면 전풍과 저수쯤이야 번거롭게 따로따로 처리할 필요가 없었기 때문입니다."

양굉은 낯짝 두껍게 자화자찬한 후 원상에게 고개를 돌리고 말했다.

"게다가 공자가 급히 저들을 제거할 방법을 찾아보라고 하서서 시간이 낭비되는 각개격파 계책은 염두에 두지 않았던 것이고요."

이 말에 원상은 이를 드러내고 웃음을 지어 보였다. 이어 심배와 봉기가 다시 의논을 거친 뒤 원상에게 건의했다.

"공자, 전풍과 저수의 직위가 높고 명성이 자자해 한꺼번에 처리하기는 곤란하므로 각개격파 계책이 좋을 듯합니다. 우선 전풍을 처리한 다음 그 죄목을 이용해 저수를 엮어버린다면 가능성이 충분합니다."

원상은 재삼 고려한 끝에 심배와 봉기의 의견을 받아들여 각개격파 계책을 채택했고, 양굉도 이에 반대하지 않았다.

원상이 자신의 계책을 모두 수용하고 재주를 크게 칭찬했지만 양굉은 조금도 기쁜 마음이 들지 않았다. 난리통에 헤어져 생사조차 몰랐던 아의가 이 기주성 바로 눈앞에 있는데도 함께 부둥켜안고 울기는커녕 감히 아는 척조차 할 수 없는 현실이 너무 안타까웠기 때문이다.

이에 양굉은 서둘러 원상에게 작별 인사를 하고 자신의 객방으로 돌아와 고랑 등에게서 빨리 소식이 오기만을 오매불망 기다렸다.

날이 저물었을 무렵, 고랑 일행이 마침내 돌아오자 양굉은 일각도 지체 없이 물었다.

"어찌 됐느냐? 아의와는 연락을 취해 보았느냐?"

고랑은 잠시 주위를 둘러보더니 만면에 희색을 띤 채 목소리를 낮춰 대답했다.

"대인의 서신을 아의 공자에게 몰래 전했습니다요."

그러고는 한숨을 내쉬고 저간의 상황을 설명했다.

"휴, 말도 마십시오. 아의 공자가 만총 곁을 촌보(寸步:몇 발짝 안 되는 걸음)도 떠나지 않는 바람에 오늘은 허탕을 치나 했습니다. 그래서 이만 돌아오려는데 마침 공자가 측간을 가는 것 아니겠습니까. 그때 몰래 뒤를 따라가 편지를 찔러주고 왔습죠. 공자도 저희 의도를 눈치챘는지 전혀 당황해하지 않고 아무 일도 아니라는 듯 측간으로 들어갔습니다."

"오, 그래? 수고 많았다. 이만 돌아가 쉬어라."

양굉은 들뜬 목소리로 수종들에게 명을 내리고 마치 큰일을 성사시킨 양 안도의 한숨을 길게 내쉬었다.

*   *   *

이틀이 지난 납월 스무아흐레 날 오후.

장하 동쪽 나루의 한 허름한 민가에서 양굉은 초조한 기색을 감추지 못한 채 계속 집 안을 서성거렸다.

사람들의 눈을 피해 왕래하는 발길이 잦은 나룻가와 가장 바쁜 오후 시간을 택했건만 조마조마한 마음은 쉽게 가시지 않았다.

하지만 다행히 그가 기다린 지 얼마 지나지 않아 방문을 열고 젊은이 하나가 들어왔다. 양굉이 오래전부터 보고 싶어 하던 아의, 즉 사마의가 일반 백성의 포의를 입고 고랑 등의 안내를 받아 마침내 양굉 앞에 모습을 드러냈다.

두 사제의 상봉은 꽤나 감동적이었다.

아의는 한 걸음 한 걸음 천천히 양굉 앞으로 다가가 두 무릎을 꿇고 엎드렸다. 입술이 떨리며 무언가 말하려고 했지만 끝내 입에서는 아무 말도 나오지 않았다.

그저 두 줄기 뜨거운 눈물을 내쏟다가 감정에 겨워 와락 양굉의 허리를 껴안고 소리 없이 흐느꼈다. 양굉 또한 온 얼굴이 눈물로 범벅돼 아의 머리의 방건을 어루만지며 그 위에 눈물과 콧물을 동시에 흘렸다.

곁에서 이 광경을 지켜보던 고랑 등도 저도 모르게 코가 시큰거리며 눈가에 눈물이 맺혔다. 감격적인 해후가 끝난 후 이들은 두 사제만의 시간을 내주기 위해 방을 나와 밖에서 보초를 섰다.

한참 동안 소리 없는 통곡이 이어지다가 아의가 먼저 눈물을 닦고 목멘 소리로 입을 열었다.

"스승님, 제가 오랫동안 자리를 비우면 만총에게 의심을 살

수 있습니다. 분부가 있으면 얼른 말씀해 주십시오."

양굉도 눈물을 닦으며 대답했다.

"아니다, 돌아갈 필요 없다. 내 너를 삼공자 부중으로 데려갈 것이다. 네가 나와 삼공자 부중으로 간다고 만총이 감히 널 어찌할 수 있겠느냐?"

"죄송하지만 전 지금 스승님을 따라갈 수 없습니다."

"그게 무슨 말이냐?"

양굉은 멍한 눈으로 아의를 바라보다가 왜 그런지 알겠다는 듯 말했다.

"네 형 사마랑 때문이냐? 설마 내가 몸을 빼낼 방법을 마련해 두지 않고 이런 말을 하겠느냐?"

"꼭 형님 때문만은 아닙니다. 조적 놈 무리에게 전 가족이 몰살당한 복수를 해야 합니다! 그놈 곁에 머물며 기회를 엿보다가 똑같이 그놈 가족을 절멸해 제 가족의 원혼을 위로할 것입니다!"

"하지만 조조가 이 사실을 알게 될까 걱정이구나."

아의는 고개를 가로젓고 대답했다.

"아니오. 조적 놈은 절대 모릅니다. 여남에서 유비의 습격을 받았을 때 단 네 명만이 살아남았습니다. 저와 천자, 황후, 동 국구입니다. 그분들은 결코 절 배신할 리 없습니다. 조적 놈에게는 이곽, 곽사의 반란군이 제 가족을 몰살했다고 말해

놓아 여전히 그런 줄 알고 있습니다."

"반군여반호(伴君如伴虎)라고 했다. 임금을 모시는 건 호랑이를 옆에 두는 일과 같으니라! 게다가 조조는 간악하기로 이름나 조금이라도 의심을 사는 날에는 모든 사실이 발각될 수도 있단다. 그러니 하루라도 빨리 조조 곁을 떠나는 것이 어떻겠느냐?"

"아무 걱정 마십시오. 조적 놈이 제 형장을 깊이 신뢰해 그럴 일은 전혀 없습니다. 그래서 말인데, 서주로 돌아가면 도 사군에게 믿을 만한 세작을 제 형장 부중으로 몰래 보내라고 하십시오. 제 형장이 조적 놈의 기밀문서를 관장하고, 또 기밀 회의 때도 매번 참석하고 있습니다. 그리하면 조적 놈의 일거일동과 모든 계략을 사전에 도 사군에게 알릴 수가 있습니다."

양굉은 불안한 마음을 거두기 어려웠지만 아의의 태도가 너무 완강해 하는 수 없이 그러마고 대답했다.

이때 아의가 품속에서 비단 요대를 꺼내 두 손으로 받쳐 들고 정중한 어조로 말했다.

"스승님, 이는 동 국구가 도 사군에게 전하라고 한 요대입니다. 이번에 천행으로 스승님을 뵙게 됐으니, 서주로 가면 꼭 이 요대를 도 사군에게 바치십시오."

"대체 이게 무슨 요대인데 주공에게 바치라는 것이냐?"

양광은 영문도 모른 채 아의가 받쳐 든 요대를 건네받아 자세히 살펴보니 뜻밖에 수공이 아주 섬세했다.

뒷면은 자색 비단을 안에 덧대 꼼꼼히 꿰맸고, 앞면은 비단 위에 백옥으로 작은 용을 정교하게 조각해 넣었다.

정미(精美)하기 그지없는 요대를 보자 양광도 심상치 않은 생각이 들어 물었다.

"동 국구가 무슨 의도로 이 요대를 준 것이냐?"

"당연히 이유가 있습니다."

아의는 공손하게 대답한 후 요대 뒷면 한쪽을 가리키며 말했다.

"잘 보십시오. 여기는 동 국구가 등에 요대를 비춰 보다가 그만 실수로 불똥을 떨어뜨려 작은 구멍이 난 자리입니다."

양광이 자세히 들여다보니 아의가 가리킨 곳에 정말 불에 타 작은 구멍이 나 있었다. 그런데 구멍 안쪽에 희미하게 흰색 비단이 드러나 있고, 비단에는 암홍색의 핏자국이 서려 있었다. 양광이 궁금증을 참지 못하고 무엇인지 묻자 아의가 목소리를 낮춰 대답했다.

"바로 천자의 밀서입니다. 조적이 권력을 멋대로 휘두르고 기군망상(欺君罔上)이 도가 지나치며 조정의 기강을 마구 훼손하여 천자께서는 조적을 뼛속 깊이 증오하고 계십니다. 이에 혈서를 요대에 감춰 국구인 동승에게 하사하고, 충의지사를 규합해 조적 간당(奸黨)을 뿌리 뽑으라고 명하셨습니다."

"혈‥ 혈조(血詔)라고?"

양굉은 순간 낯빛이 돌변하며 소리를 내질렀다.

"맞습니다. 요대 안에는 혈조 외에 연명으로 된 문서 하나
가 있습니다. 동 국구와 조정 대신 네 명, 그리고 서량태수(西
涼太守) 마등(馬騰) 장군이 거기에 서명하고 간당을 제거하고
사직을 붙들기로 맹세했습니다. 또한 동 국구와 마등 장군 등
은 반드시 도 사군이 합세해야 대사를 이룰 수 있다는 데 의
견을 같이했습니다."

양굉이 여전히 어안이 벙벙한 표정을 지으며 아무 대답도
못 하자 아의가 계속 말을 이었다.

"스승님도 이 혈조가 얼마나 큰 의미를 가지고 있는지 잘
아실 겁니다. 이 혈조를 손에 넣는다면 누구라도 군사를 일
으키는 데 바른 명분을 얻어 천하의 제후들을 한데 끌어모을
수 있습니다. 도 사군의 총명예지(聰明叡智)라면 그 안에서 무
수한 정치적 이득을 얻어낼 수 있으니, 이를 꼭 도 사군에게
바치십시오. 도 사군은 필시 크게 기뻐하며 스승님에게 중상
을 내릴 것입니다."

양굉은 이 무시무시한 물건을 혹여 들킬세라 재빨리 품속
에 꽁꽁 숨겼다. 이어 아의가 다시 말을 건넸다.

"참, 한 가지 일이 더 있습니다. 만총이 이번에 기주로 온 이

유는 말로는 화친 요청이지만 실제로는 원담과 몰래 손을 잡기 위함입니다. 그가 적자의 자리를 계승하고 병권을 잡는 데 최대한 협조하여 원담, 원상 형제간에 갈등을 격화시키고 내부 분열을 유도함으로써 어부지리를 취하려는 심산입니다."

"그래, 어떤 방법으로 일을 진행한다더냐?"

"원담은 지금 두 가지를 준비해 놓았습니다. 하나는 몸이 완쾌되는 대로 원소에게 대장 국의 막하로 가 공을 세워 속죄하겠다고 요청할 예정입니다. 이 기회를 이용해 국의와 장기 등 기주 장수들을 자기편으로 구슬릴 생각인 거죠. 다음으로는 원소에게 역경으로 친정을 나가도록 종용하여 원소의 환심을 사고, 이 틈을 타 공을 세워 속죄한다는 이유로 군사를 요구해 병권을 다시 쥘 요량입니다."

"원소에게 친정에 나서라고 종용한다고? 누가 원담에게 이런 의견을 낸 것이냐?"

양굉이 놀라 던진 질문에 아의는 겸연쩍어하면서도 자랑스럽게 설명했다.

"바로 제 생각입니다. 원소의 대군이 역경을 포위 공격해 공손찬의 멸망이 조석에 달린 상황이라 원소가 필시 이런 대공에 군침을 흘릴 것이라고 여겼습니다. 또한 만총을 도와 원담의 신임을 얻어 형제 사이를 이간한다면 도 사군에게도 이익이 되리라는 생각에 원담에게 이 계책을 올렸습니다."

"허허, 이번에 네가 내 대사를 망쳐 놓았구나. 나 역시 원상에게 이미 원소의 역경 친정을 권하라고 말해놓은 상태란다."

"스승님도 저와 같은 생각을 하셨다고요?"

아의 역시 놀라 잠시 고민에 잠기더니 말했다.

"음, 원소의 비위를 맞추는 이런 말은 누가 먼저 말하느냐에 따라 결과가 크게 달라집니다. 지금 원담은 상처가 완치되려면 아직 멀어 단시간 내에 원소를 종용하기는 어렵습니다. 그러니 스승님이 돌아가 원상에게 먼저 이 말을 아뢰라고 하십시오."

"허, 내 목적은 그것이 아니란다."

양굉은 신음성을 터뜨리고는 도웅과 원상을 도와 전풍, 저수를 제거하려는 일과 자신이 직접 세운 계획에 대해 대략적으로 설명했다.

"헉, 낭패로군요!"

양굉의 설명이 채 끝나기도 전에 아의가 갑자기 소리를 지르고 말했다.

"제가 원담에게 이 의견을 올릴 때, 역경 전쟁을 가능한 한 빨리 종결짓는다는 구실로 일부 기주 중신을 포섭해 원소의 친정을 지지하게 하라고 건의했습니다. 그러자 원담이 가장 먼저 전풍과 저수를 지목해 그날 밤 그들이 원담 부중을 찾아왔던 것입니다."

여기까지 말한 아의는 난처해하는 양굉의 표정을 살피더니 주저하며 한마디 더 덧붙였다.

"또 원담의 말로는 전풍과 저수가 자신이 원소를 따라 출정하는 데 찬성했다고 합니다. 그들은 폐장입유에 단호히 반대하는 입장인지라 원담이 공을 세워 자신의 가치를 증명할 수 있길 바라고 있을 것입니다."

일이 자신의 예상과 전혀 엉뚱하게 진행되자 양굉의 표정은 한층 더 어두워졌다. 아의는 스승에게 죄를 진 것 같아 송구한 마음을 가지면서도 초조하게 말했다.

"스승님, 신시도 이제 절반이 넘었습니다. 당장 돌아가지 않으면 만총에게 의심을 살까 염려됩니다."

양굉은 어쩔 수 없다는 듯 아의를 다시 한 번 꼭 안아주고 당부했다.

"네가 기어코 조조 곁에 머물며 네 손으로 직접 가족의 복수를 하고 싶다면 말리지는 않겠다. 하지만 항상 조심해야 한다. 그리고 내 도움이 필요하다면 언제든지 찾아오너라."

"스승님, 감사합니다."

아의는 급히 두 무릎을 꿇고 머리를 조아린 후 마지막 말을 전했다.

"이번에 전풍과 저수를 제거하지 못한다고 해도 상심할 필요는 없습니다. 이들은 옛 법에 따라 원소의 폐장입유에 단호히 반대하는지라 아무래도 원담 편에 기울게 돼 있습니다. 현재 원담의 세력이 현격히 약화된 상황에서 이들의 지지를 받는다면 원상과의 내부 다툼도 더욱 치열해질 것이므로 도 사군에게 유리한 상황이 전개될 수 있습니다."

양굉은 고개를 끄덕여 대답한 후 아쉽지만 서둘러 아의를 돌려보냈다.

"오후 내내 보이지 않더니 대체 어딜 갔다 이제 온 거요?"

방금 전까지 아의를 만나고 원상 부중으로 돌아온 양굉은 원상에게 핀잔을 들었다. 물론 그 사실을 감히 밝힐 수 없었기에 양굉은 대충 이유를 둘러댔다.

"내일이 섣달그믐이어서 잠시 바깥 구경 좀 다녀왔습죠. 역시 번화한 성읍답게 거리가 시끌벅적하더군……."

"됐소, 됐소."

원상은 불쾌한 기색으로 양굉의 말을 자르더니 곁에 앉아 있는 심배를 가리키며 양굉에게 화를 냈다.

"그대의 계책에 따라 정남이 오늘 전풍을 찾아가 부친의 역경 친정에 연명으로 반대하자고 권하고 왔소. 그런데 결과가 어찌 된지 아시오?"

양굉은 제 발이 저려 기어 들어가는 목소리로 말했다.

"소신은 모릅지요. 설마 전풍이 계략에 떨어지지 않았습니까?"

심배가 원상을 대신해 대답했다.

"외려 욕만 실컷 먹고 왔습니다. 삼공자가 역경 병권을 탐내 절 보냈냐고 하면서요."

이 말에 원상은 더욱 화가 치밀어 크게 역정을 냈다.

"자신 있다고 큰소리 뻥뻥 치더니 이게 무슨 꼴이오? 게다가 전풍이 날 의심하기 시작해 부친께 이 사실을 알리는 날에는 큰일이란 말이오!"

양굉이 쭈뼛쭈뼛하며 난처한 기색을 짓자 원상도 부드러운 목소리로 물었다.

"그래, 다음 계획은 세워둔 거요? 어찌하면 전풍과 저수를 몰아낼 수 있겠소?"

"전풍도 원 공의 친정에 찬성한다니 일단 공자가 대공자보다 앞서서 원 공께 이를 간해 선수를 치십시오."

양굉은 먼저 이렇게 말한 후 뜸을 들이다가 입을 열었다.

"전풍, 저수를 처리하는 문제는 시간을 좀 더 주십시오. 제가 곧 옴짝달싹 못할 덫을 만들어놓겠습니다."

성질 급한 원상은 이 말에 코웃음을 쳤다.

"흥, 그대가 움직이길 기다리느니 차라리 내가 알아서 처리하리다. 됐소이다. 그대는 이제 그만 이 일에서 손을 떼시오."

"공자, 그럼 전 어쩌란 말입니까?"

"그걸 왜 나한테 물어보시오? 모레 내 매부를 대신해 부친께 새해 인사를 올리는 대로 서주로 돌아가시오."

순식간에 돌변해 버린 원상의 태도에 양굉은 머릿속이 캄캄해졌다.

변명을 늘어놓고 싶었지만 몇 마디 더 했다간 불벼락이 떨어질 것 같아 하는 수 없이 자리에서 물러나와 처소로 돌아갔다.

사태가 이 지경에 이르자 양굉도 더는 기주 일에 신경 쓰고 싶지 않았다.

아무 소득 없이 돌아가면 도응에게 질책이야 듣겠지만 일이 꼬인 게 자신의 잘못은 아니지 않은가. 이에 그는 허리에 찬 천자의 요대를 어루만지며 현재 자신의 가장 막중한 임무는 이 요대를 무사히 도응에게 전하는 것이라고 생각했다.

양굉은 할 일이 없어지자 남은 며칠이라도 여한 없이 즐기다 가기 위해 시첩들을 불러 진탕 마시고 놀았다. 그런데 이 와중에도 양굉이 요대에서 눈을 떼지 못하고, 가끔은 그 요대를 들고 멍하니 앉아 있자 시첩 하나가 궁금해서 물었다.

"대인, 이 요대가 뭐길래 그리 중히 다루시오?"

이 질문에 퍼뜩 놀란 양굉은 서둘러 아무것도 아니라고 둘러댔다. 하지만 시첩들이 이를 수상히 여겨 혹시 요대의 존재가 새나갈까 하는 두려운 마음에 으름장을 놓았다.

"이는 단순한 요대가 아니다. 수많은 사람의 목숨이 걸린 중요한 물건이다. 이 요대 안에는 명문가의 후예, 나보다 관직이 높은 사람은 물론 우리 주공 도 사군과 너희들이 모시는 원상 삼공자의 비밀이 담겨 있어서 만약 이 요대의 존재가 외부인에게 알려질 경우 큰 화가 닥치게 된다. 그러니 누구 앞에서도 절대 이 요대 얘기를 꺼내지 마라. 너희들이 이 요대를 봤다는 사실만으로도 삼공자에게 목이 달아나고 멸문지화를 면치 못할 것이다! 살고 싶다면 다들 입단속 철저히 하는 것 잊지 말아라!"

양굉의 추상같은 경고에 시첩들은 몸을 벌벌 떨며 머리를 조아리고 자신들은 절대 요대를 보지 못했다고 대답했다.

하지만 이튿날 정오, 즉 건안 2년 섣달그믐 정오에 양굉이 처소에서 한 말은 그대로 누군가의 귀에 들어갔다. 그는 다름 아닌 원담이었다.

원담은 입이 귀까지 걸려 물었다.

"확실히 믿을 만한 정보요? 이런 기밀을 대체 어떻게 얻었단 말이오?"

신평이 원담에게 공수하고 차분히 설명했다.

"이는 제가 원상 부중에 심어놓은 첩자로부터 들은 정보입니다. 원래 원상의 동태를 감시하려 몰래 시녀로 들여보낸 아이가 있었는데, 요 며칠 마침 양굉의 시중을 들다가 이 사실을 들었다고 합니다."

원담은 춤이라도 출 듯 어깨를 들썩이며 다시 물었다.

"그래, 양굉의 말 외에 더 알아낸 건 없소?"

"양굉이 곤히 잠든 틈을 타 그 시녀가 요대를 자세히 살펴봤는데, 요대 사이에 뭔가가 감춰져 있더랍니다. 함부로 뜯어볼 수 없었지만 요대에 불똥이 떨어진 구멍이 나 있었고, 구멍 안에 비단이 보였는데 그 위에 확실히 글씨 자국이 보였다고 합니다."

이 말에 원담은 흥분해서 책상을 내려치고 소리 질렀다.

"이는 분명 원상이 도응에게 주는 서신일 거요! 이처럼 은밀하게 전하는 것으로 보아 누구에게도 들켜서는 안 되는 내용이 적혀 있을 것이오!"

이때 곽도가 고개를 갸웃거리며 조심스럽게 신평에게 물었다.

"이는 혹시 반간계가 아닐까요? 중치가 심어놓은 첩자가 이미 발각돼, 원상 일당과 양굉이 일부러 우리에게 편지의 존재를 알렸을 수도 있잖소? 지난번 도응이 장간을 보내 썼던 방법처럼 말이오."

"공칙의 말처럼 처음에 나도 그런 의심을 했었소. 하지만 자세히 따져 본 후 그럴 가능성은 아주 낮다는 결론을 내렸소. 원상과 양굉이 그런 계략을 꾸몄다면 분명 우리 첩자에게 몰래 훔쳐보거나 편지를 베껴 쓸 시간을 주었을 것이오. 그런데 그 아이 말로는 요대의 세공이 정교하고 바늘땀이 촘촘해서, 뜯어보지 않는 이상 절대 편지 내용을 알 수가 없다고 했소."

신평은 여기까지 말한 뒤 한마디 더 덧붙였다.

"게다가 우리 첩자가 발각됐을 가능성도 아주 적소. 그 아이가 원상 부중으로 들어간 뒤 지금까지 아무런 접촉도 없다가 어젯밤 이 일을 알아내고서야 오늘 밖으로 나와 내게 보고한 것이오. 그러니 그 아이가 우리 첩자라는 사실을 미리 알고 있었을 리 없소."

곽도는 신평의 설명에 고개를 끄덕이며 수긍했다.

"듣고 보니 속임수는 없는 것 같구려."

"자자, 속임수든 아니든 일단 그 편지를 손에 넣는 것이 급선무요."

원담은 손을 휘저어 모사들의 말을 제지한 후 흥분된 목소리로 말했다.

"그 편지에 원상이 도웅과 결탁해 부친의 자리를 찬탈하려는 내용이 담겨 있다면 정말 좋겠구려. 움직일 수 없는 증거만 있다면 원상 놈이 아무리 총애를 받고, 요부가 간살을 떤다 해도 부친은 분명 원상을 가만 놔두지 않을 것이오!"

이처럼 아름다운 장면을 상상하던 원담이 급히 모사들에게 물었다.

"참, 첩자를 이용해 그 요대를 훔치는 게 좋겠소, 아니면 길거리에서 양굉을 가로막고 빼앗는 것이 좋겠소?"

신평은 두 손을 내저으며 원담의 생각에 반대를 표했다.

"양굉이 요대를 항상 몸에 두르고 있어서 훔치기란 거의 불가능합니다. 또한 한밤중을 이용해 손을 쓴다 해도 경비가 삼엄한 원상 부중을 빠져나오기 어렵습니다. 양굉이 일어나서 요대가 없어진 걸 알게 되면 모든 일이 물거품으로 돌아가 버립니다."

"그럼 사람을 시켜 길을 막고 빼앗자는 말이오?"

이때 곽도가 앞으로 나와 말했다.

"그건 너무 무모한 생각입니다. 함부로 사신의 길을 막고 몸을 뒤지기도 쉽지 않을뿐더러 요대를 보호하기 위해 병사들이 호위한다면 빼앗기는 힘들까 걱정입니다."

"훔치는 것도 안 된다, 빼앗는 것과 안 된다, 그럼 어쩌란 말이오?"

곽도와 신평 역시 미간을 찌푸리고 방법을 고심했다. 한참 후 곽도가 좋은 생각이 떠올랐는지 신평을 보고 물었다.

"양굉이 요대를 항상 허리에 두르고 있다는 말이 사실이오?"

"물론이오. 오늘 아침에도 우리 첩자가 요대 메는 걸 도와 줬다고 했소."

신평이 확실한 어조로 대답하자 곽도가 손뼉을 치더니 미소를 짓고 대답했다.

"대공자, 내일은 정월 초하루라 업성 성중에서 기주 백관들이 주공께 새해 인사를 올립니다. 양광도 서주를 대표해 주공께 새해 인사를 올릴 것입니다. 기주 관원들이 모두 모인 자리에서 요대의 비밀이 밝혀진다면 어떤 결과가 벌어질지 상상이 되십니까?"

곽도의 말에 원담과 신평은 무릎을 치며 크게 기뻐했다.

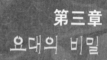

第三章
요대의 비밀

　건안 3년(198년) 정월 초하루의 날이 밝자, 양굉은 도응을 대신해 원소에게 신년 인사를 올리려고 발길을 서둘렀다.

　화려한 비단 도포를 입고 머리에는 진현관(進賢冠)을 썼으며 추위를 막기 위해 호피로 된 갓옷을 걸치고 아의가 보낸 천자의 아름다운 요대를 둘렀다. 그는 고랑 등에게 원소에게 바칠 예물을 들게 하고 바삐 문을 나서 원소의 부저로 향했다.

　부저 문 앞은 이미 원소에게 새해 인사를 올리러 온 기주 관원과 그들의 수종으로 발 디딜 틈이 없었다. 양굉은 예의 웃는 낯으로 만나는 관원마다 일일이 인사를 건넸다.

한창 기주 관원들과 인사를 나누는 와중에 양굉 앞에 마침 기주별가 전풍이 모습을 드러냈다.

"원호 선생, 새해 복 많이 받으십시오."

양굉이 공손하게 인사를 올렸지만 전풍은 거들떠보지도 않고 그대로 성안으로 들어가 버렸다. 한 달 전 양굉과 우연히 만나 얘기를 나누며 그의 후안무치한 행동에 상종할 사람이 아니라고 여겼기 때문이다.

양굉은 무안할 법도 했지만 아무 일도 없었다는 듯 전혀 개의치 않는 얼굴로 다시 사람들과 인사를 나누고 부저 안으로 들어갔다.

사세삼공인 원소의 성대한 신년 하례(賀禮)가 끝나고, 원소의 명에 따라 대당 안에서는 한바탕 연회가 벌어졌다. 풍악소리와 환소가 사방에 울리는 가운데 관원들은 서로 술잔을 주고받으며 신년을 축하하는 인사가 끊이지 않았다.

양굉도 만면에 웃음을 띠고 관원들 사이를 오가며 인사를 건널 때, 원담이 홀연 술잔을 들고 나타나 양굉에게 미소를 흘리며 말했다.

"중명 선생, 그간 우리 사이에 오해도 많았지만 새해를 맞아 묵은 감정은 다 풀기로 합시다. 내 선생보다 연배가 어리니

술을 한잔 올리겠소이다. 자, 귀 군과 아군의 우의 증진을 위해 건배합시다!"

양굉은 전혀 예상치 못한 원담의 호의에 흠칫 놀라 순간적으로 경계의 빛을 드러냈다. 하지만 이내 웃음을 짓고 답례한 후 함께 술잔을 들이켰다. 양굉이 술잔을 비우자 이번에는 신평이 양굉에게 다가가 미소를 짓고 말했다.

"중명 선생, 제 아우 신비가 도 사군에게 무례를 범했지만 도 사군은 넓은 아량으로 아우를 죽이지 않고 돌려보냈습니다. 이 은혜를 한시도 잊지 못한 터라 한잔 술로 선생과 도 사군에게 경의를 표하고 싶습니다."

양굉은 백팔십도 달라진 저들의 태도에 의아함을 가지면서도 자리가 자리인지라 경계심 없이 답례하고 술잔을 내밀었다.

양굉의 술잔이 빈 것을 본 원담이 국자를 들고 잔을 채워주겠다고 하자 양굉이 두 손으로 잔을 받쳐 들었다. 그런데 국자로 뜬 술이 술잔을 넘쳐 그만 양굉의 옷이 술에 젖고 말았다. 원담에 이에 짐짓 놀라며 황급히 사과했다.

"아이고, 죄송하구려. 이런 실수를 저지르다니. 여봐라, 중명 선생에게 갈아입을 옷을 내오너라."

말이 떨어지기 무섭게 시종 둘이 재빨리 옷을 가지러 갔고, 원담의 큰 목소리에 이목이 집중되자 원소도 무슨 일인지 관심을 보였다.

원담의 사과에 계속 괜찮다고 말하던 양굉은 순간 요대의 존재를 깨닫고 혹여 술에 혈조가 젖지 않았을까 걱정이 되었다. 이는 그야말로 대불경죄가 아닌가.

원담과 신평은 양굉의 표정이 변하는 것을 보고 틀림없이 뭔가 있다는 확신에 속으로 쾌재를 불렀다. 원담은 양굉이 요대 푸는 걸 도와주는 척하다가 재빨리 요대를 자신의 수중으로 가져왔다. 이에 당황한 양굉은 다시 요대를 빼앗아 오려 원담에게 급히 손을 내밀었다.

둘 사이에 요대를 두고 옥신각신하는 광경이 벌어지자 원소가 애들 장난 같은 실랑이에 화가 나 버럭 소리를 질렀다.

"멈춰라! 요대를 두고 채신머리없이 뭐 하는 짓들이냐?"

원소의 호통에 양굉이 잠시 멈칫한 틈을 타 원담은 마침내 그 요대를 빼앗아 왔다. 양굉은 눈이 붉게 충혈돼 바지가 벗겨지는 줄도 모르고 원담에게 달려가려고 했다. 이때 신평과 시종 둘이 양굉을 단단히 잡고 놔주지 않자 양굉은 분노의 고함을 내질렀다.

"나에게 왜 이러는 것이냐? 저건 내 요대란 말이다! 내 요대라고!"

처음부터 이 장면을 유심히 지켜보던 원소는 그냥 넘길 일이 아님을 직감하고 급히 물었다.

"담아, 지금 무슨 수작인 게냐?"

한동안 음울했던 원담의 얼굴에 마침내 환한 웃음꽃이 피며 그 요대를 들고 대답했다.

"소자가 실수로 중명 선생 몸에 술을 쏟아 죄송한 마음에 직접 옷 갈아입는 것을 도와주려 했는데, 무슨 영문인지 이 요대를 절대 손에서 놓으려 하지 않는 것입니다. 그래서 잠시 소동이 벌어졌습니다."

그러고는 요대를 찬찬히 살펴보더니 짐짓 기쁨과 경악이 동시에 담긴 소리를 내질렀다.

"요대 안에 서신이 있습니다! 무슨 서신인지 몰라도 요대 안에 서신이 꿰매져 있습니다!"

곽도가 이에 호응하듯 앞으로 나와 원소에게 공수하고 말했다.

"주공, 중명 선생이 서신을 이처럼 꽁꽁 감춘 것으로 보아 어쩌면 기주와 관련이 있을지도 모릅니다. 주공께서 좀 더 심문해 보심이 어떨까 합니다."

"기주와는 무관합니다, 무관하다고요!"

다급하게 소리를 내지른 양굉은 다시 원담을 바라보고 고함쳤다.

"혹시 일부러… 일부러 내 몸에 술을 쏟은 것 아닙니까?"

원담은 태연하게 웃는 낯으로 대꾸했다.

"그건 오해요. 그저 실수로 그런 것뿐이오. 내 새 옷과 요대를 마련해 드리리다."

"요대를 돌려주시오. 그리고 요대 안의 편지는 내 개인적인 물건이라 보여줄 수 없습니다!"

이 말에 원담은 교활한 웃음을 드러내더니 갑자기 원상을 향해 몸을 돌려 말했다.

"아우, 중명 선생이 이 편지는 그의 개인적인 물건이라 우리 형제에게 보여줄 수 없다는데 어쩌면 좋겠는가?"

원상은 본래 이 일과 전혀 무관했지만 양굉의 격렬한 반응과 원담의 교활한 웃음을 보고 자기도 모르게 제 발이 저려 떨리는 목소리로 대답했다.

"형님, 기왕 중명 선생의 사사로운 물건이라 하니 돌려주는 게 옳을 듯합니다."

원담은 흥 하고 코웃음을 치고는 두 무릎을 꿇고 원소에게 요대를 바치며 공손하면서도 득의양양한 목소리로 말했다.

"아우가 편지가 감춰진 요대를 중명 선생에게 돌려주라고 합니다. 부친의 뜻을 묻고 싶습니다."

원소 역시 지금까지 전개된 상황을 보고 요대 안에 필시 자기가 가장 아끼는 셋째 아들과 사위 도응 간에 주고받는 밀서가 들어 있을 것이라고 추측했다.

원소가 잠시 침묵을 지키고 있는 틈을 타 양굉은 재빨리 분석에 들어갔다.

'요대 안에 감춰진 건 천자의 혈조고, 이곳은 원소의 근거지인 기주 업성이란 말이지. 혈조가 나온다 해도 이를 입수하게 된 경로를 대충 둘러댄다면 원소가 날 죽일 이유는 없어. 어쩌면 상을 내릴지도 몰라. 그리고 원상과도 전혀 무관한 일이고……'

양굉은 여기까지 생각이 미치자 원담의 행동이 더욱 이해가 가지 않았다.

'그런데 원담이 왜 이런 방법까지 써가며 내 몸에서 요대를 빼앗아간 거지? 게다가 원상을 기어코 여기에 끌어들이려는 이유가 뭘까?'

골똘히 생각에 잠겨 있던 양굉의 머릿속으로 순간 한 가지 기억이 스쳐 지나갔다.

'설마…?'

이때 양굉의 머릿속에 그젯밤 시녀들 앞에서 혈조의 존재를 입막음하기 위해 을렀던 말들이 떠올랐던 것이다.

그 순간 양굉의 입가에 엷으면서도 음흉한 미소가 지어졌다.

"이야!"

양굉은 갑자기 괴성을 지르더니 젖 먹던 힘을 다해 신평 등을 뿌리치고 원담에게 달려들어 그를 바닥에 쓰러뜨렸다.

원담은 양굉이 요대를 빼앗으려는 줄 알고 이를 뺏기지 않기 위해 품에 꼭 안았다. 그런데 양굉은 뜻밖에 원담 허리춤에서 보검을 빼 들었다!

양굉은 보검을 원담의 목에 겨누고 미친 사람처럼 흥분해 외쳤다.

"가까이 오지 마라. 한 발자국이라도 더 움직이면 공자를 죽이겠다!"

순식간에 벌어진 사고에 대당 안은 아수라장으로 변했고, 원담의 호위병들은 주인을 구하러 달려들려다가 양굉의 경고에 멈칫하며 멈춰 섰다.

원소는 혹여 아들이 다칠까 염려돼 호위병들을 뒤로 물러나게 한 뒤 노호성을 터뜨렸다.

"양굉, 네놈이 죽으려고 환장했느냐?"

"원 공, 무례를 용서하십시오. 이 요대 안에 감춰진 물건은 제 구족의 목숨과 관련된 중요한 것이라 어쩔 수 없었습니다."

"대체 그것이 무슨 물건이란 말이냐?"

분노한 원소의 추궁에 양굉은 대답하지 않고 원상에게 몸을 돌려 엄숙하게 말했다.

"삼공자, 전 최선을 다했습니다. 제가 죽은 뒤 공자를 위해 전심전력한 정성을 보아 제 시신을 서주로 돌려 보내주십시오. 타향에서 고혼(孤魂)으로 남고 싶지 않습니다."

이 말에 원상은 크게 당황하고 몸이 떨려 말조차 나오지 않았다. 원소는 노한 눈으로 힐끗 원상을 노려보고는 양굉에게 오연히 말했다.

"이 행동이 어떤 결과를 가져올지 알고 있느냐? 네 주공 도응도 감당할 수 없는 일임을 명심해라!"

"원 공, 사태가 이렇게까지 크게 번졌는데 제가 어찌 삶을 도모하겠습니까!"

이어 양굉은 칼로 목을 겨누고 있는 원담에게 말했다.

"대공자, 묻고 싶은 말이 하나 있습니다. 솔직하게 대답해 주신다면 당장 공자를 풀어주고 원 공께 죽음을 청하겠습니다."

"찌를 테면 찔러라. 무슨 말이 그리 많으냐!"

원담이 태도를 굽히지 않고 당당하게 맞서자 원소는 변고가 일어날까 두려워 급히 원담을 제지하며 소리쳤다.

"현사는 진정하고 양굉의 질문에 대답하라!"

양굉은 원소에게 고개를 끄덕인 뒤 원담에게 물었다.

"누가 대공자에게 이 요대의 비밀을 알려주었습니까? 이 비밀을 알고 있는 사람은 공자 외에 또 누가 있습니까? 사실대로 말씀해 주십시오."

"그… 그걸 왜 묻는 게냐?"

원담이 당황해 말을 더듬는 사이, 양굉은 마치 누군지 알겠다는 듯한 표정을 짓고는 곧장 고개를 돌려 전풍을 매섭게 노려보고 크게 꾸짖었다.

"전풍, 그대로구려! 아무리 그대의 요구를 거절했기로서니 이런 식으로 내게 복수를 한단 말이오! 이 비밀을 일부러 원담 공자에게 흘려 무수한 충의지사를 해하고 나 양굉을 불충불의한 놈으로 만들려 하다니, 정말 독랄하기 짝이 없구나!"

상황이 백팔십도 돌변해 양굉이 갑자기 원담에게 겨누던 창끝을 전풍에게 돌리자 원소 이하 관원들은 하나같이 놀라 눈이 동그래졌다. 당사자인 전풍은 당연히 펄쩍 뛰며 발연대로해 노호성을 터뜨렸다.

"후안무치한 필부 놈아, 누구를 모략중상하는 것이냐! 이 일이 나와 무슨 관계가 있단 말이냐?"

"그때 본 사람이 아무도 없다고 딱 잡아떼는 꼴이 우습구려! 그대만이 이 요대에 감춰진 무시무시한 비밀을 알고 있지 않소? 내가 군자군의 기사 기밀과 벽력거의 원거리 사격 기밀을 함구했다고 대공자의 손을 빌려 날 사지로 몰아넣으려 한 것이 아니오?"

양굉을 만나긴 했지만 간신배 같은 그의 태도에 질려 말도 섞지 않았는데 이 무슨 황당한 소리란 말인가. 전풍은 분기탱천해 수염까지 곧추세우고 고함을 질렀다.

"네 이놈! 내가 언제 너에게 그런 요구를 했단 말이냐!"

"흥, 그대의 발뺌을 들어줄 시간이 없소이다. 하늘이 알고 땅이 알고 있으니 어디로도 도망치지 못할 것이오!"

양굉은 전풍을 준엄하게 꾸짖은 뒤 다시 원담에게 큰소리로 물었다.

"대공자, 이것이 마지막 기회입니다. 전풍 놈이 이 요대 안에 삼공자와 우리 주공의 밀서가 감춰져 있다고 알려주지 않았습니까? 그리고 편지 내용은 저들이 결탁해 원 공의 자리를 찬탈하려 한다고 했고요."

"헛소리 집어치워라! 전 별가가 어떤 분인데 그 따위 말을 한단 말이냐?"

이 말에 원상도 혼비백산이 돼 다급한 목소리로 소리쳤다.

"중명 선생, 말도 안 되는 소리 하지 마시오! 내가 언제 그런 마음을 품었단 말이오?"

"삼공자야 당연히 그런 마음을 품지 않았지요. 절대 그런 마음을 품었을 리 없습니다."

양굉은 고의로 원상을 치켜세운 후 준엄하게 얘기했다.

"하지만! 누군가는 그렇게 여기고 있습니다. 적어도 공자가 스승으로 존경하는 전풍은 말입니다."

전풍은 억울하고 분한 마음에 당장 양굉에게 달려들려고 했다. 하지만 궁지에 몰린 양굉이 혹여 원담을 해칠까 두려워한 곽도와 신비가 이를 제지하며 권했다.

"원호, 저런 소인 놈과 똑같이 행동하지 마십시오. 주공께서 여기 계시니 공정한 판결을 내려주실 겁니다."

양굉도 물러서지 않고 전풍을 가리키며 소리쳤다.

"내 한 가지만 묻겠소. 그대가 병문안을 핑계로 대공자 부중을 방문하고 돌아온 납월 스물여섯째 날 밤, 대공자가 다시 비밀리에 보낸 사람과 무슨 얘기를 나누었소? 솔직히 대답한다면 내 모든 죄를 인정하고 달게 벌을 받을 것이오. 어서 말해보시오!"

"납월 스물여섯째 날 저녁이라고?"

전풍이 어리둥절한 표정을 지으며 기억을 더듬고 있자, 양굉은 틈을 주지 않고 다시 한 번 버럭 소리를 질렀다.

"왜? 감히 대답할 수 없어서 그러는 것이오! 청렴결백한 척하며 남들을 속이는 연극 따위는 이제 집어치우시오! 그대의 위선적인 진면목을 오늘 이 자리에서 다 밝히고 말리라!"

양굉을 자극할까 봐 줄곧 침묵을 지키고 있던 원소가 전풍을 노려보며 냉랭한 투로 물었다.

"원호, 나도 납월 스물여섯째 날 무슨 일이 있었는지 들어야겠소."

전풍은 그날의 기억을 떠올리며 황급히 설명했다.

"그런 일이 있긴 있었습니다. 하지만 공칙이 못 만날 사람은 아니잖습니까? 그날은 역경 전황에 대해 함께 논의했습니다.

해를 넘긴 뒤 주공께 역경 친정 상소를 올려 일거에 공손찬을 섬멸하고 가능한 빨리 전쟁을 끝내자는 데 의견 일치를 보았고요."

그러자 양굉이 괴상야릇한 표정을 지으며 말을 툭 던졌다.

"가장 중요한 얘기는 왜 빠뜨리는지요? 그날 밤 그대는 공칙 선생과 또 다른 일도 논의하지 않았습니까? 가령 우리 주공인 서주 도 사군과 대공자, 삼공자에 관한 일 말이오."

"네가 그걸 어찌 아느냐?"

그날 밤 곽도와 밀담을 나눌 때 아무도 현장에 없었는데 양굉이 뜻밖에 밀담 내용을 알고 있자 전풍은 깜짝 놀라 소리를 질렀다.

양굉이 음흉한 미소를 지으며 대답했다.

"그런 것쯤은 능히 짐작할 수 있소이다. 그렇지 않다면 대공자가 어찌 이 요대의 비밀을 알고 있으며, 또 나를 핍박해 이 자리에서 요대의 비밀을 폭로하려… 으악!"

이때 갑자기 양굉이 비명을 지르며 바닥에 꽈당 하고 쓰러졌다.

알고 보니 양굉이 말하는 데 정신이 팔린 틈을 타 원담이 재빨리 칼을 쥔 양굉의 오른팔을 낚아챈 후 발로 양굉의 배를 세게 걷어찼던 것이다. 원담은 칼을 도로 빼앗아 엉덩방아를 찧고 넘어진 양굉의 목에 반대로 칼을 겨누었다.

"네 이놈!"

사람들 앞에서 큰 수모를 당한 원담은 눈이 시뻘게져 단칼에 양굉의 목을 벨 기세로 호통을 쳤다. 하지만 양굉도 이에 지지 않고 고래고래 소리를 질러댔다.

"대공자, 찌르려면 어서 찌르시오! 어서 찌르라고요! 하지만 전풍에게 이용당해 충신들을 모해한 공자도 절대 좋은 결말을 보지 못할 것이오!"

원담은 화를 참지 못하고 손에 쥔 보검을 높이 들어 양굉을 찔러 죽이려고 했다. 이때 갑자기 원소의 벽력같은 명령이 대당 안을 쩌렁쩌렁 울렸다.

"현사는 당장 칼을 거두어라!"

원담이 원소의 불호령에 멈칫하자 신평 등이 급히 달려가 원담을 만류하고 칼을 건네받았다. 원소는 관원들에게 각기 제자리로 돌아가라 명하고, 전풍과 원담, 원상을 앞으로 불렀다. 이어 양굉을 자신 앞에 무릎 꿇린 뒤 오늘 난리의 근원인 요대를 자세히 살펴보니 과연 그 안에는 서신이 감춰져 있었다.

원소는 굳은 얼굴로 양굉에게 물었다.

"이 요대 안에 감춰진 서신이 대체 무엇이냐?"

"용서하십시오. 설사 절 죽이신다 해도 말할 수 없습니다."

이어 양굉은 원상을 가리키며 말했다.

"그리고 이 일은 삼공자와는 전혀 무관합니다. 삼공자는 누명을 쓴 것이니 골육의 정을 해치지 않길 바랍니다."

원상은 사지에서 은인을 만난 듯 떨리는 목소리로 말했다.

"부친, 들으셨습니까? 소자는 이 일과 전혀 무관합니다. 믿어주십시오!"

"시끄럽다! 네가 관련이 있는지는 조사해 보면 자연히 나올 것이다!"

원소는 크게 호통을 친 후 다시 원담에게 물었다.

"너는 어떻게 이 요대에 밀서가 감춰져 있다는 것을 알았느냐?"

"그게……"

원담은 차마 아우의 부중에 첩자를 심어놓았다고 말할 수 없어 전전긍긍하며 이유를 둘러댔다.

"소자도 그 사실을 전혀 몰랐었는데, 방금 전… 방금 전에 우연히… 발견했습니다."

"어디서 헛소리냐! 누굴 바보로 아는 것이냐!"

원소는 원담의 말도 안 되는 변명에 화가 머리꼭대기까지 치밀어 그대로 원담의 가슴을 발로 걷어찼다.

이때 양굉이 재빨리 끼어들어 말했다.

"원 공, 대공자를 너무 나무라지 마십시오. 대공자는 단지 전풍의 꾐에 넘어가 사람들 앞에서 요대의 비밀을 밝히려 했을 뿐입니다."

전풍이 이 말에 펄쩍 뛰며 화를 냈지만 양굉은 전혀 개의치 않고 원소에게 말했다.

"다시 그날로 돌아가서 말씀드리면, 전풍은 군자군과 벽력거의 기밀을 알려주지 않은 일로 제게 앙심을 품었습니다. 그러더니 갑자기 도 사군이 삼공자를 지지하는 줄 안다면서 삼공자가 후계자가 되는 건 꿈도 꾸지 말라고 협박했습니다. 저역시 분한 마음에 이 요대를 치며 우리 주공이 삼공자가 후계자에 오르길 바라는 건 사실이지만 전풍에게 고개를 숙일 이유가 없고, 또 이 요대 안에 감춰진 물건이면 삼공자를 후계자로 만들 수 있다고 말했습니다."

"헛소리 집어치워라!"

전풍이 참지 못하고 욕을 퍼붓자 양굉은 원소의 눈치를 살피고 계속 말을 이었다.

"원 공, 감히 제 추측을 말씀드립니다. 전풍은 제가 무심코던진 말을 마음에 담아두었다가 이 요대에 우리 주공과 삼공자가 비밀리에 주고받는 편지가 있지 않을까 의심해, 복수를위해 대공자에게 이간을 부추기고 이 요대의 비밀을 사람들앞에서 밝히라고 사주한 것으로 보입니다."

묵묵히 양굉의 말을 듣고 있던 원소가 무거운 목소리로 물었다.

"그럼 이 요대 안에는 대체 어떤 비밀이 숨겨져 있는 것이냐?"

"전 말할 수 없습니다. 설사 절 죽이신다 해도 발설할 수 없습니다."

양굉은 머리를 조아려 대답한 뒤 조심스럽게 입을 열었다.

"원 공께서 직접 열어보시는 게 좋을 듯합니다. 안의 비밀을 확인한 후 제가 만약 사실을 왜곡했다거나 거짓을 고했다면 달게 죽음을 받겠습니다."

이에 원소가 작을 칼을 가려오라고 명한 뒤, 뭇 관원이 지켜보는 가운데 요대를 뜯어보니 안에는 과연 글자가 가득 적힌 비단 두 개가 있었다. 원소는 이를 꺼내 자세히 읽다가 갑자기 표정이 굳어지고 두 눈이 동그랗게 커졌다.

믿지 못하겠다는 듯 놀라움으로 가득하던 원소의 얼굴은 어느새 기쁨으로 바뀌더니 자기도 모르게 소리를 질렀다.

"정녕 이것이었단 말이냐!"

"부친, 대체 무슨 서신입니까?"

아무래도 상황이 심상치 않음을 깨달은 원담이 떨리는 목소리는 물었다. 그러나 원담에게 돌아온 것은 원소의 분노의 발길질이었다.

다시 한 번 아들을 걷어찬 원소는 노한 눈빛으로 아들을 쏘아보더니 대당이 울리도록 크게 소리쳤다.

"네놈 때문에 하마터면 대사를 그르칠 뻔하지 않았느냐!"

원담은 하얗게 얼굴이 질려 벌벌 떨었지만 원소는 아들과 시시비비를 가릴 겨를이 없었다. 그는 재빨리 서신을 소매 안에 감춘 뒤 흥분된 표정으로 관원들을 둘러보고 명했다.

"순심, 허유, 봉기, 심배 넷은 나를 따라 후당으로 간다. 나머지는 여기서 명을 기다려라."

순심 등은 '예' 하고 대답한 후 몸을 일으켜 총총히 원소를 따라 후당으로 들어갔다. 호명되지 못한 곽도와 신평은 원소가 원상 무리인 심배와 봉기만 부르고 왜 자신들을 부르지 않았는지 곰곰이 따져 보다가 이런 생각이 퍼뜩 들었다.

'그럼 저건 혹시 원상과 도응이 주고받은 밀서가 아니란 말인가?'

곽도와 신평이 깜짝 놀라 동시에 양굉에게 고개를 돌렸을 때, 양굉은 더없이 즐거운 얼굴로 자신들을 바라보며 고개를 끄덕이고 있는 것이 아닌가.

소인배의 득의양양하고 기고만장한 태도에 반쯤은 넋 놓고 서 있던 곽도와 신평은 속으로 크게 한숨을 내쉬었다.

'아, 저놈의 계략에 떨어진 게 분명하구나!'

이때 전풍을 이미 사지로 몰아넣기로 작정한 양굉은 원담을 부축해 주는 척하며 몰래 귓속말로 얘기했다.

"대공자, 오늘만 제가 공자의 사정을 봐드립지요. 그렇지 않으면 공자는 곤란한 일을 당하게 됩니다. '청산이 있는 한, 땔감이 걱정이랴'라는 말을 명심하십시오."

"그게 무슨 말이냐?"

원담이 소스라치게 놀라며 반문하자 양굉은 웃음만 지을 뿐 아무 대꾸도 하지 않았다. 원담이 다시 추궁하려 할 때 양굉이 태연자약하게 속삭였다.

"너무 힘 빼지 마시고 어떻게 요대의 비밀을 알았는지 해명할 준비나 하십시오. 원 공께서 물어보실 때 대답하지 못하면 난처한 일이 생깁니다요."

이 말에 원담은 멍한 얼굴로 고개를 숙인 채 '청산이 있는 한, 땔감이 걱정이랴'가 무슨 말일까 곰곰이 생각에 잠겼다.

관원들이 의혹에 휩싸여 초조하게 기다리는 가운데, 한참이 지나서야 원소와 순심 등 4인이 함께 대당 안으로 들어섰다.

원소와 이들이 만면에 희색을 띠고 걸어 나오자 원담과 곽도 등은 쿵쾅거리는 심장을 주체하지 못했다. 하지만 그 이유에 대해서는 전혀 알 길이 없었다.

"양 장사, 어서 일어나시오. 상이도 그만 일어나라."

원소는 양굉과 원상에게만 일어나라고 명한 뒤, 전풍과 원담은 본체만체하며 환한 웃음을 짓고 물었다.

"양 장사, 요대의 비밀을 왜 진즉 내게 알리지 않았소?"

양굉은 회심의 미소를 짓고 양손을 눈썹에 맞춘 뒤 공손하게 대답했다.

"원 공, 용서하십시오. 역경의 일이 아직 마무리되지 않아 혹여 원 공께 심려를 끼칠까 우려해 감히 알리지 못했습니다. 게다가 우리 주공의 명 없이 스스로 결정을 내릴 만큼 제 관직이 높지 않습니다."

"그럼 언제, 어디서 이 요대를 얻은 것이오?"

원소는 이 질문을 던진 뒤 양굉의 대답을 기다리지 않고 재빨리 이마를 치며 말했다.

"내 정신 좀 보구려. 사람들 앞에서 이런 걸 묻다니. 지금 대답할 필요는 없소."

양굉은 머리를 조아려 감사를 표한 후 의구심 가득한 얼굴로 말했다.

"하지만 원 공, 대공자가 어떻게 이토록 엄청난 요대의 비밀을 알았을까요? 이는 철저히 조사해 볼 필요가 있습니다. 이 비밀이 만약 조금이라도 새어 나간다면 어떤 결과를 빚을지 상상이 되십니까? 이런 중대한 사안을 이대로 넘길 수는 없습니다."

원소는 천천히 고개를 끄덕이고는 시선을 원담에게 돌렸다. 이에 놀란 원담은 온몸을 바르르 떨었다.

양굉이 태연자약하게 원담에게 물었다.

"대공자, 제 질문에 사실대로 대답해 주십시오. 납월 스물여섯째 날 저녁, 전풍 선생과 공자의 밀사 간에 무슨 얘기가 오갔습니까? 또 무슨 이유로 저 요대 안에 삼공자와 도 사군이 후계자 자리를 밀모한 편지가 감춰져 있다고 단정한 것입니까?"

원담은 두려운 마음에 입도 뻥긋 못하고 사시나무 떨 듯 몸을 떨었다. 원소가 이런 그를 향해 고함을 질렀다.

"어서 말해라! 양 장사가 목숨을 걸고 이를 지키지 않았다면 네가 몇 사람을 해할 뻔했는지 아느냐? 내 조력자의 목이 얼마나 날아갈지 알았느냔 말이다!"

'청산이 있는 한, 땔감이 걱정이랴!'

궁지에 몰려서야 전광석화처럼 이 말이 원담의 뇌리로 스쳐 지나갔다. 어쨌든 지금의 위기를 모면하면 훗날 반드시 기회가 찾아온다는 말 아닌가. 그러더니 원담의 손가락이 무의식중에 전풍을 가리켰다.

양굉은 이 기회를 놓치지 않고 웃음 띤 얼굴로 말했다.

"과연 원호 선생이었군요. 제가 말하지 않았습니까, 대공자는 이용당한 것이라고요."

"맞소, 맞소. 난 이용당한 것이오."

자신의 목숨을 구하고, 또 아우 부중에 첩자를 심어놓은 추행(醜行)을 들키지 않기 위해 원담은 거듭 고개를 끄덕였다. 이어 재빨리 원소에게 머리를 조아리며 말했다.

"소자, 죽을죄를 졌습니다. 전풍의 꼬드김에 넘어가 중명 선생 요대에 아우와 도 사군 간에 왕래하는 편지가 있는 줄 오인하고 그만… 그만……."

"대공자, 대체 그게 무슨 말입니까!"

전풍은 벌떡 일어나 소리를 지르고 답답한 마음에 가슴을 연신 두드렸다. 하지만 자신의 목숨을 보존하기 위해 이미 전풍을 팔기로 한 원담을 막을 수는 없었다.

원담은 바닥에 머리를 두드리며 하소연했다.

"소자의 죄는 만 번 죽어 마땅합니다! 납월 스물여섯째 날 저녁, 소자는 공칙을 전풍에게 보내 부친의 역경 친정에 대해 논의하라고 명했습니다. 그런데 공칙이 전혀 뜻밖의 소식을 가져온 것 아니겠습니까. 중명 선생이 아우와 도 사군이 주고받는 편지를 요대에 숨기고 있다고 말입니다. 소자는 단지 부친의 안위가 걱정돼 이를 밝히려다가… 그만 전풍의 이간계에 떨어지고 말았……."

"공자!"

전풍은 억울한 마음에 제자리에서 펄쩍펄쩍 뛰며 원담을 가리키고 고함을 질렀다.

"이건 모두 모함입니다!"

원담은 고개를 들지 못하고 작은 목소리로 말했다.

"공칙이 증인입니다."

이 말에 곽도가 급히 앞으로 나와 원소에게 머리를 조아리고 아뢰었다.

"소신이 증언할 수 있습니다. 대공자는 전풍의 이간계에 떨어진 것이 맞습니다."

곽도의 말에 관원들이 모두 탄성을 내지를 때, 조조군을 대표해 만총과 함께 신년 하례에 참석한 아의는 이 광경을 처음부터 쭉 지켜본 후 양굉의 임기응변에 혀를 내두르며 자신은 도저히 따라갈 수 없는 경지라고 여겼다.

"주공, 전풍이 참언(讒言)으로 대공자를 꼬드기고, 또 대공자와 삼공자의 골육지정을 이간하려 한 죄가 실로 크니 참형에 처해 마땅합니다!"

전풍을 제거할 절호의 기회가 찾아오자 심배는 즉각 꿇어엎드려 비분강개한 어조로 전풍의 참형을 간했다. 이어 기다렸다는 듯 원상의 무리가 일제히 전풍을 향해 포화를 퍼부었다.

원담의 무리 역시 재앙에서 벗어나기 위해 마지못해 부화뇌동했고, 중립을 지키던 관원들도 명철보신(明哲保身)을 위해 어쩔 수 없이 거수기 노릇을 했다.

관원들이 한목소리로 전풍의 사형을 주장하자 마침내 원소의 입에서 양굉과 원상이 그토록 바라던 명이 떨어졌다.

"여봐라, 전풍을 끌고 나가 목을 베고 효수하라!"

저수와 일부 기주 관원들이 전풍의 구명에 극력 나섰지만 원소가 전풍을 눈엣가시로 여긴 게 하루 이틀이 아닌 데다 원상 일당이 장애물을 제거하기 위해 사형을 부추기고, 원담 일당 역시 원소의 눈 밖에 날까 두려워 고개를 돌렸다.

결국 명신 전풍은 가련하게도 죽음을 피할 수 없었다. 그나마 시신을 온전히 보전할 수 있었던 건 원소가 마지막으로 베푼 자비 덕분이었다.

$$*\qquad\qquad*\qquad\qquad*$$

극소수의 기주 모사를 제외하고는 양굉의 요대에 어떤 경천동지할 비밀이 숨겨져 있는지 아무도 몰랐다.

심지어 원담과 그 일당 역시 요대에 대관절 어떤 비밀이 숨겨져 있기에 격노하던 원소의 얼굴에 갑자기 웃음꽃이 피었는지 몹시 궁금해했다.

원소가 바보가 아닌 이상, 조조와 줄곧 가깝게 지내온 큰아들에게 요대의 내막을 밝힐 리는 없었다. 조조의 귀에 이 소식이 들어가면 천자를 위험에 빠뜨릴 뿐 아니라 내용에 이용할 수 있는 무수한 인원과 수년 동안 군침을 흘렸던 마등

휘하의 서량 철기를 해칠 수도 있었기 때문이다.

이리하여 요대 안에 감춰진 비밀은 대다수 기주 관원의 거대한 마음속 수수께끼로 남았다.

이 사태의 장본인인 양굉 역시 요대를 어떻게 얻었는지 해명해야만 했다. 하지만 혈조의 당사자들이 모두 기주에 없는데다 아의가 양굉을 배신해 혈조의 비밀을 공개할 리 없었으므로 양굉은 원소와 기주 모사들 앞에서 거짓으로 자화자찬하기에 바빴다.

천자와 동 국구가 자신을 천하에 보기 드문 충신으로 여겨 특별히 사람을 보내 이 혈조를 전했다고 말이다.

물론 원소와 모사들은 양굉의 허튼소리를 완전히 믿지 않았다. 그렇다고 혈조의 내력을 자세히 조사한다고 해서 별로 득 될 것도 없었기에 양굉의 말을 한 귀로 듣고 한 귀로 흘려버렸다.

한편 원소의 모사들은 천자의 혈조와 조정 관원의 서명 문서를 두고 여러 차례 논의를 거쳐 이를 도웅을 핍박할 무기로 사용하기로 결정했다.

날로 강대해지는 서주로 하여금 조조와 대립각을 세우게 함으로써 기주 남쪽의 최대 강적 둘이 협력해 원소를 위협하지 못하도록 막을 생각이었다.

"주공, 이 혈조와 서명 문서를 그대로 베껴 서주로 보낸 다음 도응에게 화압(花押)하고 함께 조적을 토벌하도록 맹서하게 하십시오."

순심은 원소에게 이 계책을 올린 뒤 그 의도를 상세히 설명했다.

"지난번 도응은 충의를 앞세워 연주에서 멋대로 퇴병하고 조조와 동맹을 맺었습니다. 하여 천자의 혈조가 주공 수중에 들어온 지금, 그에게 문서에 서명하고 조적을 토벌하도록 명하십시오. 세간의 명성을 중시하는 도응은 불충의 오명을 뒤집어쓰고 민심을 잃을까 두려워 이를 따를 수밖에 없습니다. 그리된다면 혈조를 빌미로 도응에게 조적을 공벌하라는 명을 내릴 수 있고, 적어도 훗날 주공께서 남하하실 때 도응과 조조가 협심해 대항하는 일은 막을 수 있습니다."

"오, 그것 참 묘계로구려!"

원소는 손뼉을 치며 기뻐한 뒤 다시 물었다.

"그럼 누구를 사신으로 보내면 좋겠소?"

"심의 종질 순기(荀祈)를 추천합니다. 순기는 제 사촌동생 순구(荀衢)의 장자로, 자는 백기(伯旗)입니다. 어려서부터 유림에서 재명(才名)이 자자했고 군신의 대의를 깊이 알아 능히 사신의 임무를 완수해 내리라 확신합니다."

원소는 즉각 순심의 의견을 받아들여 순기를 종사중랑에 임명하고, 양굉과 함께 서주로 가 도응에게 혈조를 전한 후 문서에 서명하도록 설득하라고 명했다.

원소는 조조의 화친 요청을 받아들여 잠시 조조를 안심시킨 후 역경 친정에 나섰다.

원담, 원상 두 아들을 대동해 독전에 나선지라 심배에게 업성을 통괄하게 하고, 차자 원희를 청주도독에 임명해 청주로 파견했다.

조조는 친히 대군을 거느리고 남양으로 남하해 적성(積城) 전장에서 장제를 활로 쏴 죽였다. 이에 장제의 조카 장수가 나머지 부대를 이끌고 음현으로 후퇴했다.

유비는 일찌감치 극양에서 신야로 물러났고, 군사 서서는 조조의 거짓 편지 계략에 속아 곧장 조조군 진영을 향해 달려갔다. 이로써 남양 중북부 일대는 거의 대부분 조조의 수중으로 들어갔다.

한편 서서가 노모의 편지를 가지고 조조를 찾아오자 조조는 서서의 모친에게 어떤 위해도 가하지 않았다고 안심시킨 뒤, 거짓 편지를 보내자고 계략을 꾸민 자는 바로 자신의 손을 빌려 유비를 죽이려는 도웅이라고 알렸다.

서서는 사건의 경위를 모두 듣고 도웅을 뼛속 깊이 증오했다.

건안 3년 3월 초, 도웅은 군사를 거느리고 회남에서 팽성으로 돌아왔다. 이때 서주에 경사가 났으니, 바로 도응의 정실 원예가 아들을 순산한 것이다. 도응은 뛸 듯이 기뻐하며 팽성에 당도한 즉시 부인과 아들을 보러 달려갔다. 하지만 엉덩이를 붙일 사이도 없이 양굉이 순기를 데리고 와 뵙기를 청했다.

도응은 감히 원소의 사자를 홀대할 수 없어 연회를 베풀고 융숭하게 대접했다.

연회 자리에서 순기는 헌제의 혈조와 조정 대신의 서명 문서 사본을 꺼내 보이며 현란한 말솜씨로 도응에게 군신의 대의를 밝힌 후, 이 문서에 서명해 조적을 공벌하는 데 맹세하라는 원소의 요구를 전달했다. 이에 도응은 아무 망설임 없이 필묵을 대령하라고 명했다.

도응이 붓을 들어 문서에 자기 이름을 쓰려고 할 때, 곁에 있던 유엽이 헛기침을 하며 슬쩍 간했다.

"사안이 이토록 중대한데 상의 후 결정을 내리시는 게 어떻겠습니까?"

"상의는 필요 없소."

도응은 유엽의 요구를 일언지하에 거절한 후 의연하게 대답했다.

"조적이 권력을 농단하여 천자께서 혈조를 내려 도적을 토벌하라고 명하셨는데, 한실의 녹을 먹는 신하로서 어찌 주저

할 수 있단 말이오?"

그러더니 문서에 거침없이 서명하고 이를 순기에게 바치며 정중하게 얘기했다.

"백기 선생은 돌아가 악부께 아뢰시오. 악부께서 출병한다면 이 웅이 마땅히 서주의 모든 군사를 이끌고 북상해 외웅이 되겠다고 말입니다."

일이 이처럼 순조롭게 진행될지 예상 못 했던 순기는 크게 기뻐하며 도웅의 충정을 입이 닳도록 칭찬했다.

도웅은 웃음을 머금고 겸사의 뜻을 내비친 뒤 술잔을 들어 순기를 환대했다. 연회가 파하자 도웅은 직접 부중 문 밖까지 나가 순기를 전송하고, 양굉에게 역관까지 바래다주라고 명했다.

하지만 도웅은 대당 안으로 돌아오자마자 낯빛이 돌연 바뀌며 역정을 냈다.

"양 장사는 어쩌다가 의대조(衣帶詔)를 원소에게 넘겼단 말인가. 이 때문에 내 운신의 폭이 좁아지지 않았는가!"

"주공, 잠시만 진정하십시오. 아까 중명이 사건의 경과를 들려주었는데 피치 못할 사정이 있었더군요. 천자의 혈조를 원소에게 넘겨주지 않았다면 끝장날 뻔했습니다."

유엽은 양굉의 입장을 해명한 뒤 사건의 전말을 간략하게 설명하고 말했다.

"서명하는 것이야 이치상 당연한 일이라지만 어쨌든 조조와 어느 때 반목할지, 또 언제 개전할지는 우리 스스로 결정하기 어렵게 됐습니다."

그러자 도응이 손을 크게 휘젓고 대답했다.

"원소가 당장 개전하지만 않는다면 괜찮소이다. 원소가 서명 문서만 있으면 나와 조조 사이를 갈라놓을 수 있다는 계산이겠지만 이는 조조를 너무 얕본 생각이오. 내 장담하리다. 조조는 설사 내가 문서에 서명한 걸 안다 해도 절대 모르는 척할 것이오. 조조는 그리 바보가 아니오. 혼자서 원소에게 대항하기에도 벅찬데 나까지 핍박하는 어리석은 짓을 할 리가 없소."

가후는 조조에 대한 도응의 평가에 고개를 끄덕여 찬성을 표한 뒤 간했다.

"훗날 아군이 원소와 연합해 조조를 멸하든 아니면 조조와 연합해 원소에 대항하든 미리 전쟁 준비에 착수해야 합니다. 원소가 친히 북상해 역경 공격에 나섰기 때문에 공손찬은 오래 버티기 어렵습니다. 원소가 공손찬을 멸한 후 주력군을 모두 남쪽 전선으로 돌리고서야 준비하게 되면 때가 늦습니다. 따라서 하루 빨리 양초를 쌓고 군비를 정비하고 무기를 충분히 마련해 전쟁 준비에 만전을 기해야 합니다."

"문화 선생의 말이 옳소. 준비는 빠를수록 좋소이다."

도웅은 고개를 끄덕여 동의하고 진등에게 분부했다.

"원룡은 내일 당장 창고에 있는 식량과 무기, 치중 현황을 점검한 뒤 보고하시오."

第四章

도응과 조조의 목대

　도웅이 회남에서 돌아온 이후, 서주에는 오랜만에 평화롭고 안정된 나날이 찾아왔다. 그러나 한의 영토 곳곳에서는 난리가 끊이지 않았다.

　조조는 남양 중북부를 제압한 후 형주를 병탄할 야심으로 양양까지 쳐들어갔다. 하지만 유표, 유비, 장수 연합군의 완강한 저항에 막혀 결국 신야 전선에서 발이 묶이고 말았다.

　이에 하는 수 없이 북쪽 전선을 지키는 유표의 대장 등제(鄧濟)를 죽인 뒤 군사를 거둬 북상했다. 이어 일지 군마를 동쪽 여남에 파견해 무정부 상태나 다름없는 여남 지역 대부분을 차지하고, 양장 이통(李通)을 손에 넣는 성과를 올렸다.

또 이 기간 동안 관중의 군소 군벌인 영집장군(寧輯將軍) 단외는 장안으로 다시 돌아온 동탁의 잔당 이각을 죽였다. 그는 친히 이각의 머리를 들고 그의 가솔 2백여 명을 붙잡아 조조에게 투항하고 관중 대지를 고스란히 바쳤다.

이밖에 곽사 역시 반란을 일으킨 그의 부장 오습(伍習)에게 죽임을 당했고, 곽사의 목도 허도의 조조에게 바쳐졌다. 조조는 크게 기뻐 단외와 오습에게 상을 내렸다. 이로써 잠시 쇠락했던 조조의 세력은 다시 한 번 크게 확장되었다.

원소 역시 연이어 승전보를 울렸다. 역경 전투를 진두지휘한 원소는 공손찬을 구하러 온 장연의 흑산적 원군을 격퇴한 뒤 여세를 몰아 역경에 총공격을 퍼부었다. 공손찬은 성 밖에 열 겹의 성채와 참호로 공고한 방어막을 구축했지만 원소 주력군의 맹공을 당해내지는 못했다.

채 두 달도 안 돼 모든 외부 방어 시설이 무너지고 전투 중에 죽거나 항복한 자가 부지기수였다. 이에 공손찬은 하는 수 없이 잔여 부대를 이끌고 역경성 안으로 들어가 성을 사수했다.

초미지급의 상황에서도 공손찬은 가족과 비첩들만 데리고 역경성 중앙의 높은 누각으로 올라갔다. 그는 이곳에서 한 발자국도 움직이지 않은 채 음식과 서신을 바구니에 담아 운반하게 하고, 외부인의 출입을 완전히 차단해 버렸다.

성주가 싸울 마음을 잃고 누각에 틀어박히자 부하들의 민심 이반은 당연한 결과였다. 사병은 물론 장수들까지 무기를 버리고 속속 원소에게 투항하면서 공손찬의 멸망은 조석에 달리고 말았다.

강남 쪽에서는 원술이 압도적인 군사력 우세를 바탕으로 유요를 압박해 들어갔다. 유요군이 전력을 다해 저항했지만 원술군의 파상 공세에 못 이겨 석성과 단양 두 성을 연달아 빼앗기고 우저 대영에 철저히 고립되고 말았다.

승세를 탄 원술은 우저에서 유요를 쫓아내고 구용(句容)까지 추격하고서야 비로소 걸음을 멈추었다.

궁지에 몰린 유요는 부득불 엄백호와 왕랑, 허공 등에게 잇달아 사신을 보내 구원을 요청했다. 이로써 장강 이남의 중북부 곡창 지대는 원술의 손에 들어가게 되었다.

형주 쪽에서는 장선의 반란 진압에 나선 황조의 공격이 더디기만 했다.

양초 공급이 원활하지 못한 관계로 황조의 공격이 이어졌다 끊어졌다를 몇 차례 반복하면서 장선은 숨을 돌릴 기회를 얻었고, 무릉과 영릉의 반군도 틈나는 대로 장사에 구원병을 파견해 도움을 주었다.

시간이 꽤 흘렀건만 장사성을 함락하지 못하자 황조에 대한 유표의 불만은 점점 더 커져갔다. 그리고 이는 유기가 강하에서 기반을 닦는 데 시간을 벌어주는 기회가 되기도 했다.

이처럼 사방에서 전화가 끊이지 않았지만 서주 5군만은 평온한 나날을 보내며 시간은 어느새 건안 3년 하반기에 접어들었다.

도웅이 날마다 군무를 처리하고 군사훈련을 독려하며 민생을 시찰하는 반복된 일상을 보내고 있을 때, 유엽이 죽간 한 묶음을 들고 도웅의 서재로 허겁지겁 달려와 흥분된 목소리로 말했다.

"주공, 기뻐하십시오. 방금 들은 첩보에 의하면 기주 경내에 깜짝 놀랄 만한 소문이 돌고 있다고 합니다. 기주를 총괄하는 심배가 전풍의 기주별가직을 인계받지 못한 데 대해 불만을 품어 원소가 멀리 친정을 떠난 틈을 타 기주를 조조에게 바칠 계획이라고 합니다!"

도웅의 얼굴에 놀람과 기쁨의 빛이 동시에 드러나며 물었다.

"그게 사실이오?"

"아군 세작 한두 명으로부터 들어온 정보가 아닙니다. 짐작하건대 이는 조조의 이간계 같습니다. 심배는 기주의 명문 호족이라 세력이 강대합니다. 일단 원소가 이런 심배에게 의심을 품으면 내부에 필연적으로 혐극(嫌隙)이 생겨, 조조가 원소의 대오를 이간하고 약화시키는 데 유리해집니다."

여기까지 말한 유엽이 한마디 더 덧붙였다.

"물론 심배가 원상의 심복이기 때문에 원담 쪽에서 소문을 퍼뜨렸다는 사실도 배제할 수는 없습니다. 하지만 그래도 조조 쪽일 가능성이 훨씬 큽니다. 조조는 이미 원소가 허도로 쳐들어올 때 반드시 거쳐야 하는 길목인 관도 일대에 방어 시설을 수축하고 있습니다. 이는 조조가 원소와의 대전을 준비하고 있다는 방증입니다."

"누가 퍼뜨린 소문이건 간에 우리는 절대 이 기회를 놓쳐서는 안 되오."

도웅은 즉각 낯빛을 바꾸고 진중하게 명을 내렸다.

"자양은 최대한 빨리 원소의 귀에 이 소문이 들어갈 수 있도록 당장 사방으로 사람을 보내 이 소문을 퍼뜨리시오. 그리고 진웅은 원상에게 줄 편지 한 통만 써주시오. 이는 그의 측근을 모해하려는 원담의 계략이니 조심하라고 말이오."

유엽과 진웅은 일제히 명에 응한 후 유엽은 총총히 밖으로 나갔고, 진웅은 붓을 들어 편지를 썼다.

유엽이 나가자마자 도응은 다시 조굉을 불렀다. 조굉은 앞으로 나와 공수하고 예를 갖췄다. 하지만 도응은 조굉을 본체도 하지 않고 진응에게 다시 분부했다.

"그 편지는 그리 급하지 않으니 잠시 멈추시오. 참, 조굉 장군이 가져온 공문서가 하나 있는데 필적을 모방할 수 있겠소?"

조굉은 이 말을 듣고 아무 말 없이 품속에서 편지를 꺼내 진응에게 건넸다. 편지를 자세히 훑어본 진응은 필체가 그리 까다롭지 않아 가능하다고 대답했다.

도응은 흡족한 얼굴로 고개를 끄덕이고는 잠시 생각에 잠겼다가 입을 열었다.

"그럼 기주 총관 심배의 명의로 조조에게 줄 편지를 받아 적으시오. 지금 업성이 텅텅 비어 조조가 당장 기주로 쳐들어오면 심배가 약속에 따라 조조와 접응하고 기주를 바치겠다는 내용이오. 만약 이런 절호의 기회를 놓쳐 원소가 역경을 공파하고 남하하는 날에는 영원히 기주를 차지할 기회가 없을 것이라고 재촉하시오."

"네?"

도응의 말에 진응은 깜짝 놀라 눈이 똥그래졌다. 진응은 잠자코 서 있는 조굉을 다시 한 번 쳐다보다가 홀연히 깨닫고 경악성을 내질렀다.

"설마! 설마 심배가 조조와 결탁해 기주를 바치려 한다는 유언비어를 퍼뜨린 사람이 바로……."

도응와 조굉은 아무 말 없이 음흉한 웃음을 교환한 뒤 한동안 진웅을 바라보았다. 그제야 진웅은 일의 내막을 모두 깨닫고 서둘러 서신을 작성했다.

진웅이 편지를 쓰는 사이, 도응이 조굉을 불러 명했다.

"진웅이 편지를 다 쓰면 이를 가지고 기주 경내 여양으로 가시오. 아무 객잔에나 들어가 홀로 묵는 자를 없애 버린 다음 그의 품속에 이 편지를 감추고 재물을 노려 사람을 죽인 것처럼 꾸미면 그만이오. 객잔에서 일을 처리하기 쉽지 않다면 성밖 거리에서 손을 써도 괜찮소. 다만 무고한 사람이 다치지 않았으면 좋겠소."

조굉은 도응의 말뜻을 알아채고 고개를 끄덕여 대답한 후 조용히 물러갔다. 한편 도응은 이 계략을 좀 더 완벽하게 포장할 방법이 없을까 고민하다가 좋은 생각이 떠올랐는지 급히 진웅을 다시 불렀다.

"지금까지 쓰던 건 모두 버리고 새로 한 통 작성해 주구려. 심배가 원소의 시기와 인색함을 견디다 못해 원소가 북상한 틈을 타 기주를 조조에게 바친다고 쓰시오. 이어서 원소가 남하하면 첫 번째 공격 목표는 분명 조조가 될 터이니, 소극적으로 공격을 막아내는 것보다 차라리 선제공격을 가하는 편이 훨씬 유리하다고 이르시오."

진응이 걱정스러운 투로 물었다.

"간사하기 이를 데 없는 조조가 과연 이 계책에 넘어갈까요?"

그러자 도응이 웃음을 띠며 대답했다.

"상관없소. 그저 조조가 이 편지를 보기만 하면 충분하니까."

진응이 이 말에 어리둥절한 표정을 짓자 도응이 고개를 끄덕이며 침착하게 설명했다.

"조조는 간사하고 의심이 많아 이 편지를 보고 믿진 않더라도 반드시 사전에 철저히 대비하기 위한 움직임을 보일 것이오. 조조가 움직이면 우리에게 저절로 기회가 오게 돼 있소."

*   *   *

도응은 위조된 심배의 투항 편지로는 예리한 조조의 눈을 속일 수 없다고 여겼다. 이에 세작들을 시켜 조조 군영에 몰래 이 편지를 떨어뜨리라고 명했다.

조조군이 편지를 발견하고 조조에게 바치자 조조는 편지의 출처가 불명한 데다 심배가 갑자기 자신에게 투항할 이유가 없다는 생각에 이를 아무렇게나 던져 버렸다.

조조의 모사들 역시 편지를 보고 대수롭지 않게 여기고 있을 때, 곽가가 기침을 하며 조조에게 간했다.

　"편지의 진위 여부는 논외로 치더라도 안에 틀림없는 사실한 가지가 있습니다. 바로 원소가 공손찬을 멸하고 남하한 후 아군이 첫 공격 대상이 될 것이라는 사실입니다. 따라서 소극적으로 적의 공격에 대비하기보다 차라리… 먼저 출격하는 것이 낫지 않겠습니까?"

　곽가의 말에 대당 안은 일순간 쥐 죽은 듯 고요해졌다.

　세력이 가장 막강한 원소에게 선제공격을 가하는 것이 말처럼 쉬운 일인가. 누구도 감히 쉽게 입을 열지 못할 때, 순욱이 가장 먼저 침묵을 깼다. 그는 가라앉은 분위기를 바꾸려는 듯 카랑카랑한 목소리로 말했다.

　"봉효의 말이 지당합니다. 원소는 주공께서 조정 대권을 쥔데 대해 불만이 가득하고, 지리적으로도 아군은 원소가 남하하는 길목 바로 아래에 위치해 있어서 머지않아 연주로 쳐들어올 것입니다."

　이에 만총이 이의를 제기했다.

　"그렇게 빨리 개전이 이뤄질까요? 제가 몇 차례 기주에 사신으로 다녀와서 하북 상황을 잘 알고 있습니다. 원소의 경내는 이미 부세(賦稅)가 날로 가중돼 민생이 몰락하고, 군대도 피로에 지쳐 있어서 남하를 결심하려면 적어도 한두 해 휴양

생식의 시간을 가져야 합니다."

"원소는 민생을 돌보지 않고 출병을 강행하고도 남을 인간이오. 이밖에 아군 세작 보고에 따르면, 올해 서주에 대풍이 들어 양식이 풍족하고 하비의 구리산(九里山) 철광에 다수의 인원을 투입해 무쇠를 대량으로 채굴했음에도 경내의 곡가(穀價)와 철 가격은 떨어지지 않고 오히려 올랐습니다. 이 식량과 무쇠가 어디로 갔겠습니까? 도응이 비밀리에 전쟁 준비를 하고 있다는 반증 아니겠습니까? 기주와 멀리 떨어진 서주에서도 이처럼 철두철미하게 원소의 남하에 대비하는데, 원소와 영토를 마주한 우리가 아무 준비도 없다면 나중에 가서 후회해도 늦습니다."

이 말에 조조가 코웃음을 치며 목소리를 높였다.

"흥, 비밀리에 원소의 남하에 대비한다고? 언제든지 내 등에 칼을 꽂을 기회만 노리는 거겠지! 애당초 이놈을 죽이지 않은 게 천추의 한으로 남는구나!"

조조의 탄식에 모개가 조심스럽게 건의했다.

"얼마 전, 심배가 기주별가에 임명되지 못한 데 불만을 품고 반란을 일으켜 아군에게 투항하려 한다는 소문이 돌지 않았습니까?"

"이 소문은 필시 원담이 사람을 시켜 퍼뜨린 것이라 믿을 수 없소. 심배는 원상은 심복이고, 원소도 그를 신임해 업성을 총괄하게 하자 원담이 질투심에 이간계를 쓴 것뿐이오."

모개도 굴하지 않고 꿋꿋하게 간했다.

"하지만 주공, 이 항복 요청 편지가 거짓이 아니라면요? 이 편지가 정말 심배가 보낸 것이라면 일거에 기주를 취할 천재 일우의 기회를 놓치게 됩니다."

기분이 별로 좋지 않았던 조조는 큰소리로 모개를 꾸짖었다.

"대체 언제까지 그 얘기를 꺼낼 작정이오? 이제 그만 떠드시오! 아군이 기주를 기습했다간 필시 속임수에 떨어……."

여기까지 얘기하던 조조의 말이 갑자기 뚝 끊겼다. 그의 머릿속으로 한 가지 생각이 스쳐 지나갔기 때문이다.

현재 원소의 주력군이 대부분 북상해 남쪽 전선에는 군사가 많지 않은지라 설사 심배의 투항이 거짓이라 하더라도 업성 기습의 위험성은 그다지 크지 않았다. 기왕 원소와 개전해야 한다면 선수를 치는 것도 좋은 방법이 아닐까?

조조의 안색을 살피던 곽가 역시 문득 깨닫는 바가 있어, 급히 편지를 다시 쥐고 자세히 읽은 뒤 조조에게 다급히 말했다.

"주공, 이 편지가 정말 심배가 쓴 것이라면 정황상 거짓 항복일 리가 없습니다. 속임수를 썼다 해도 얼마 되지 않는 군사로 아군에게 큰 타격을 줄 순 없을 테니까 말입니다."

조조는 곽가에게 그 편지를 건네받아 굳은 표정으로 읽고 또 읽었다. 조조가 한참 동안 아무 말도 없자 곽가가 낮은 목소리로 말했다.

"밀사에게 이 편지를 가지고 심배를 몰래 만나보게 하십시오. 만약 사실이라면 이득이 무궁하고, 설사 거짓이라 해도 손해 보는 건 전혀 없습니다."

조조는 결심을 굳힌 듯 비장하게 고개를 끄덕인 후 명을 내렸다.

"당장 밀사를 심배에게 보내 접촉을 시도하라. 그리고 사신을 도응에게도 보내 전에 만나던 곳에서……."

조조는 여기까지 말하더니 갑자기 고개를 내젓고 다시 명했다.

"아니다. 호류과 소패 접경 지역 시장에서 공개적으로 그를 만날 것이다. 우리의 회담 사실을 숨기지 말고 대외적으로는 변경 시장 곡물 가격을 협의한다고 알려라. 이놈이 서주 5군의 가을밀이 풍작이면서도 후안무치하게 곡물 가격을 2할이나 올리지 않았느냐! 아군이 원소군과 대전할 때 양식이 끊기면 그에게 어떤 이익이 돌아가는지 묻고 싶구나!"

*   *   *

원소는 처음에 심배가 반란을 꾀한다는 소문을 듣고 콧방귀를 뀌었다. 심배는 절대 자신을 배반하고 조조와 결탁할 사람이 아니라고 믿었기 때문이다.

하지만 이 소문에 대한 보고가 여기저기서 속속 올라오자 원소도 점차 마음이 흔들리기 시작했다.

삼인성호(三人成虎)요, 증삼살인(曾參殺人)이라 하지 않았는가. 성인도 소문에 마음이 동요하는 법이거늘, 질투심 많은 원소는 말해 무엇 하겠는가.

이때 사건의 반전을 맞는 편지가 원상 손에 도착했다. 바로 심배에 관한 소문은 원담이 원상의 심복을 제거하고자 꾸민 일일지도 모른다는 도응의 편지였다. 일찌감치 원담을 의심하고 있던 원상은 봉기와 함께 즉각 이 편지를 들고 원소에게 달려가, 심배는 모략에 떨어진 것이라며 원담을 중벌에 처해달라고 요구했다.

곽도와 신평 형제의 도움으로 역경 공략 선봉에 서서 대공을 세우고 있던 원담은 부친에게 자신에 대한 좋은 인상을 심어주고, 자신을 다시 보게 될 계기가 마련된 데 대해 흡족한 미소를 짓고 있었다.

이처럼 아름다운 꿈을 꾸고 있는 와중에 돌연 원상의 모함을 받게 되자 원담의 분노는 이루 말할 수가 없었다.

원담은 원상과 설전을 벌이며 자신은 절대 심배를 모함한 일이 없다고 극구 해명에 나섰다.

형제간의 치열한 공방으로 사태가 점입가경으로 치달을 즈음, 기주 감군 맹대(孟岱)로부터 또다시 서신 한 통이 날아들었다.

내용인즉, 여양의 한 객잔에서 살해당한 시신이 발견됐는데 그의 품속에서 나온 편지에 심배가 조조와 결탁해 업성을 바친다는 내용이 쓰여 있어서, 여양령이 이를 알고 깜짝 놀라 감히 심배에게 이 편지를 바치지 못하고 자신에게 주었다는 것이다.

이에 맹대는 속히 심복을 역경으로 보내 편지를 바치고, 심배에 대한 감시와 감독을 몰래 강화했다고 알렸다.

이에 원소가 책상을 걷어차며 불같이 화를 내자 순심이 재빨리 간했다.

"주공, 잠시 노여움을 가라앉히고 제 얘기를 들어주십시오. 이 사건에는 세 가지 가능성이 존재합니다. 첫째, 이 편지가 진짜라면 심배가 배반한 것이 틀림없습니다. 둘째, 조조가 기주 군신 사이를 이간하고 혼란에 빠뜨리기 위해 꾸민 계략입니다. 셋째, 제삼자가 주공의 손을 빌려 심배를 제거하고자 꾸민 일입니다."

"제삼자가 꾸민 일이라고?"

원소는 눈을 부라리며 분노의 시선을 원담에게 옮겼다. 원담이 억울한 마음에 해명하려고 할 때, 순심이 먼저 입을 열어 말했다.

"주공, 이는 대공자와 관련이 없을 듯합니다. 제 생각을 말씀드리면 조조가 계략을 썼을 가능성이 가장 큽니다. 공손찬이 곧 멸망하면 다음 상대는 자신이 되리라는 것을 알고 아군을 혼란에 빠뜨리기 위해 미리 선수를 친 것이죠. 조조라면 능히 그러고도 남습니다."

억울한 마음을 해명할 길이 없었던 원담과 곽도, 신평은 순심의 말에 즉각 맞장구를 치고, 이는 조조의 계략이 분명하다고 목소리를 높였다.

그러자 원소도 원담에 대한 화를 거두고 주먹으로 책상을 내려치며 분개했다.

"조아만, 네놈이 감히 날 건드렸단 말이냐! 조금만 기다려라. 공손찬을 멸한 다음은 네놈 차례가 될 것이다! 네놈의 뼈를 잘근잘근 씹어 가루로 만들어 버리고 말리다!"

          *   *   *

건안 3년 7월 스무엿새 날, 조조는 친히 천여 경기병을 이끌고 서주와 접경한 호륙성에 당도했다. 이튿날 도응도 일지 군마를 거느리고 소패성에 이르렀다.

양측은 사신을 보내 협상을 거친 뒤, 셋째 날 오전 조조가 3백 보병을 데리고 먼저 소패성 북쪽 15리 떨어진 사수에 도착했다. 이어 도응도 3백 보병을 이끌고 소패성을 출발해 조조와 만나기로 약속한 장소로 나갔다.

양측이 서로 대면하자 도응은 너른 공지에 술과 고기를 차리라고 명한 후 가후와 허저를 대동해 자리로 가서 앉았다. 조조 역시 전위와 곽가만 이끌고 자리로 나가고, 나머지 군사들은 백 보 밖에서 경계를 섰다.

도응과 조조 일행이 오랜만에 만나 회포를 풀며 술이 거나하게 취했을 때, 조조가 비로소 에둘러서 말을 꺼냈다.

"도 사군, 내 호류에 이르러 변경 시장을 둘러보니 모든 산업이 번창하고 거리는 사람들로 북적거려 백성이 안거낙업(安居樂業)하고 있더이다. 백성과 상인들이 모두 노역을 줄이고 세금을 낮춘 우리의 조치에 감읍하고 있는데, 도 사군은 이를 계속 이어나가 서주와 연주 생령에게 복을 베풀 의향이 있으신지요?"

도응은 단숨에 술을 한 잔 들이켠 후 웃음을 띠며 대답했다.

"물론이지요. 조 공만 원한다면 저야 당연히 지속해 나갈 생각입니다."

이 말에 조조는 돌연 얼굴에서 웃음기를 거두고 진지하게 얘기했다.

"정말이오? 그렇다면 어떤 상황이 벌어진다 해도 나와 우호 관계를 유지하며 이 방식으로 날 계속 돕겠단 말이지요?"

도응도 놀란 표정을 지으며 물었다.

"네? 어떤 상황을 말하는지 알려주시겠습니까?"

잠시 침묵하던 조조는 마침내 본심을 드러냈다.

"내 사군의 악부와 개전하려 하오! 내가 원소와 개전해도 사군은 나와 계속 동맹을 유지하며 날 지지할 생각이오?"

도응 역시 입을 꾹 다물고 아무도 말도 없다가 한참이 지나 서야 고개를 저으며 대답했다.

"모르겠습니다. 정말 그런 일이 벌어진다면 과연 어떤 선택을 해야 좋을지 모르겠소이다."

도응의 반응에 조조의 얼굴이 굳어지며 또박또박 물었다.

"그 말은 결국 도 사군은 상황에 따라 유리한 쪽으로 결정하겠다는 것인지요?"

이때 가후가 끼어들며 말했다.

"명공, 외람되지만 제가 한 말씀 올리겠습니다. 모르겠다는 대답이 대충 얼버무리는 말처럼 들리시겠지만 사실은 명공과 우호 관계를 계속 이어나가고 싶다는 의지의 표현입니다."

조조 등이 고개를 갸웃거리자 가후가 계속 설명을 이어나 갔다.

"잘 생각해 보십시오. 우리 주공이 정말 그럴 마음을 먹었다면 이 자리에서 당장 명공을 지지한다고 선언해 원소와의 개전을 종용한 다음 먼 산 불구경하듯 양군의 싸움을 지켜보다가 어부지리를 취해야 정상 아니겠습니까? 하지만 우리 주공은 전혀 그렇게 하지 않고 딱 잘라서 모르겠다고 대답했습니다. 이는 명공을 속이지 않겠다는 성의를 보인 것이 아닌지요?"

조조는 눈을 감고 잠시 생각에 잠기더니 곧바로 도응에게 공수하고 말했다.

"내 생각이 짧아서 도 사군을 오해했소이다. 용서해 주시오."

도응은 손을 크게 휘저으며 진솔한 어조로 대꾸했다.

"아이고, 아닙니다. 조 공이야말로 제 난처한 입장을 이해해 주십시오. 원소는 제 악부일 뿐 아니라 중한 은혜를 베풀어 조 공과 개전하게 되면 제 입장이 곤란해집니다. 명공을 돕자니 은혜를 저버린 것이 되고, 악부를 돕자니 신의를 팽개치고 식언한 것이 되고 맙니다. 따라서 진퇴양난에 처한 저로서는 누구도 도울 수가 없습니다."

'누구도 도울 수가 없다고? 제발 그래 주기만 바랄 뿐이다.'

조조는 속으로 이렇게 중얼거린 후 말했다.

"그래서 말인데, 태산군과 기주 절반, 청주 전역이면 나와 동맹을 맺고 원소를 공격하는 데 흥미가 있으시오?"

철저히 준비하고 나온 듯한 조조의 제안에 도웅과 가후가 놀라 여러 차례 눈빛을 교환하자 조조가 여유롭게 입을 열었다.

"이 제의가 사군에게 이익인지 손해인지 잘 따져 보시오. 개전이 집중적으로 이뤄질 지역은 허도와 업성 일대가 될 터라 청주 일부와 경계를 마주한 서주는 아무 타격도 입지 않을 것이오. 게다가 사군 휘하에는 청주 지리와 민정에 밝은 그곳 출신 장수 장패, 손관, 오돈 등이 있어서 마음만 먹는다면 청주를 취하는 것쯤이야 일도 아닐 것이오. 따라서 손해를 보는 건 나뿐이잖소?"

이 제안에 도웅의 마음이 흔들리지 않았다면 거짓말이다.

시공을 초월한 존재로서 조조와 원소의 대전 결과가 어땠는지, 그리고 조조가 기주, 유주, 병주를 손에 넣는 데 얼마간의 시간이 걸렸는지 누구보다 잘 알고 있지 않은가. 따라서 이 기회에 속히 청주와 기주 일부 지역을 병탄한 다음 조조와 결전을 벌이는 것이야말로 가장 이상적인 선택임에 의심이 없었다.

하지만 도웅은 깊이 생각해 본 끝에 목까지 차오른 대답을 다시 안으로 밀어 넣었다.

"조 공의 호의는 감사합니다. 하지만 악부의 대은을 입은

응이 만약 은혜를 원수로 갚아 조 공과 연합해 그를 공격한다면 세상 사람의 조롱을 면치 못합니다. 게다가 저는 오직 강남에 뜻이 있을 뿐, 청주나 기주에는 흥미가 별로 없습니다. 이 제안은 못 들은 걸로 치겠습니다."

조조는 도응의 거절에 크게 실망했다. 그러나 조조는 이런 일을 마음에 담아두는 성격이 아닌지라 곧바로 미소를 짓고 말했다.

"사군이 옹서의 정을 염두에 둔다면 나도 강요할 생각은 없소이다. 내가 방금 전 꺼낸 제안은 영원히 유효하니 사군이 원한다면 언제든지 사신을 보내 연락을 취하시오. 내 버선발로 달려 나가리다."

도응은 웃음으로 화답한 데 이어 조조와 곡식 가격 문제에 대한 협상을 진행했다.

먼저 회남에 가뭄이 심각해 서주의 곡가 상승을 야기했다고 핑계를 댔지만 어쨌든 조조의 기분을 맞춰주고 또 조조의 전력을 지나치게 약화시켜선 안 됐기에 한발 양보하기로 마음먹었다.

이에 곡식 가격을 1휘당 1천 8백 전에서 1천 6백 전으로 내리고, 연내에 양식 백만 휘를 공급하기로 약속했다.

조조로서도 만족할 만한 제안은 아니었지만 스스로 아쉬운 입장이었기 때문에 마지못해 도응이 제시한 가격을 받아들였다.

곡가 협상이 마무리될 즈음에 도응은 갑자기 뭔가 생각났다는 듯 이마를 치며 말했다.

"참, 중요한 일 하나를 깜빡할 뻔했습니다."

조조가 무슨 일이냐고 묻자 도응이 장황하게 말을 늘어놓았다.

"명공도 필시 보고를 받았을 겁니다. 황건 잔당인 곽조(郭祖)와 공손독(公孫犢) 등이 태산 중부에 도사리고 있으면서 시도 때도 없이 접경한 서주 낭야로 쳐들어와 온갖 못된 짓을 저지르고 있습니다. 낭야태수 손관과 낭야상 소건이 몇 차례나 저들을 소탕하려 했지만 재빨리 태산으로 도망쳐 버리는 통에 매번 실패하고 말았습니다."

"그래서 사군은 어찌하겠다는 말이오?"

"태산군을 잠시만 빌려주십시오. 그러면 응이 군대를 주둔시키고 관원을 파견해 이 도적놈들을 일망타진하겠습니다."

여기까지 말한 도응은 미소를 지으며 한마디 더 덧붙였다.

"물론 이 기간 동안 태산군에서 본 부세 손실은 제가 부담해 드리지요. 매년 식량 20만 휘면 되겠습니까?"

'흥, 네놈도 마음이 동하긴 동했구나.'

조조는 속으로 몰래 욕하면서도 겉으로는 짐짓 기쁜 빛을 띠며 대꾸했다.

"그럼 사군이 너무 손해 아니오? 태산군은 연주 가운데서 가장 빈궁한 지역이라 한 해에 징수하는 부세와 전량이 20만 휘에 한참 미치지 못하오. 게다가 기근과 가뭄이 조금만 들면 오히려 전량을 보태주어야 하는 실정이오."

"상관없습니다. 낭야 백성이 아무 걱정 없이 살고 또 우리 양군의 변경이 안정을 되찾는다면 그깟 손해가 대수겠습니까?"

"좋소이다. 사군이 발 벗고 나서서 우리 경내의 비적들을 섬멸한다는데 당연히 도와야지요. 내 당장 태산군 11개 현에 명해 방어 임무를 사군에게 넘기라고 할 터이니, 사군은 군대를 파견해 이를 인계받기만 하시오."

도응은 조조에게 공수하고 감사를 표한 후 말했다.

"응이 팽성으로 돌아가는 대로 식량을 준비해 호륙으로 곧바로 보내겠습니다."

도응과 조조는 서로 흡족한 협상 결과를 얻은 양 양손을 맞잡고 뜨거운 악수를 나눴다.

이어 조조가 곧바로 몸을 일으켜 자리를 떴고, 도응도 가후 등과 함께 조조를 전송한 후 소패로 돌아갔다.

소패로 돌아오는 길에 가후가 도응에게 물었다.

"주공이 조조에게서 태산군을 빌린 이유를 잘 알고 있습니다. 하지만 이 일로 원소의 격노를 살까 걱정이 드는군요. 원소와 조조가 싸우는 틈을 타 우리가 그의 측면을 노리려 한다고 여겨 청주의 방비를 강화하고 적의를 드러내지 않을까요?"

도웅은 고개를 내젓더니 큰소리로 웃으며 대답했다.

"하하, 이번엔 문화 선생이 오해했소이다. 내가 태산군을 빌린 건 사태를 관망하다가 어부지리를 취하려는 것이 아니오. 방금 전에 조조의 동맹 제의를 거절한 이유는 갑자기 한 가지 고사가 떠올랐기 때문이오."

가후가 궁금한 얼굴로 그것이 무엇이냐고 묻자 도웅이 대답했다.

"떡 하나와 어린 곰 두 마리, 그리고 여우에 관한 이야기요. 여우가 어떻게 두 형제 곰의 다툼을 이용해 떡을 자신의 배 속으로 삼키는지 두고 보시오."

같은 시각, 조조 진영에서도 조조와 곽가가 이번 협상에 대한 득실을 따져 보고 있었다.

곽가가 왜 이렇게 시원시원하게 태산군을 도웅에게 빌려주었는지 묻자 조조가 웃으면서 대답했다.

"도웅이 도적 토벌을 핑계로 태산군을 빌린 목적은 두 가지

일세. 하나는 나와 원소의 싸움을 가만 앉아서 구경하다가 전세가 기우는 쪽에 몸을 맡길 생각이고, 또 하나는 원소의 미움을 사지 않고 청주로 출격할 준비를 하기 위해서네. 하지만 애석하게도 도응은 원소의 됨됨이를 제대로 읽지 못했어. 그래서 아예 장계취계를 써서 군말 없이 태산을 빌려주고, 그의 손을 빌려 원소의 측면 압력을 막아내려 한 것이네."

곽가도 문득 조조의 의도를 깨닫고 말했다.

"원소는 의심이 많고 화를 잘 내는지라 이런 민감한 시기에 태산군을 도응에게 빌려주면 원소는 필시 도응이 아군과 몰래 동맹을 맺었다고 여겨 그의 주력군 일부를 청주 방어 강화에 돌린다는 얘기로군요. 그렇게 되면 도응이 우리를 위해 원소의 측면 압력을 감당하는 꼴이 되고, 또 우리로서도 원소의 주력군을 분산시키는 효과를 얻을 수 있겠군요."

이 말에 조조는 더욱 음흉한 미소를 지으며 말했다.

"그것뿐만이 아니네. 허도로 돌아가면 당장 원소에게 사신을 파견해 동맹을 요청하고, 몰래 원담에게도 사람을 보내 힘을 축적한 후 남정에 나서도록 원소를 설득하라고 권할 요량이네. 원소가 이를 받아들인다면 우리는 귀한 시간을 벌게 되고, 외려 전장이 태산군으로 옮겨갈 테니 일거양득이 아니겠는가?"

"주공, 영명하십……."

조조의 계략에 감탄하던 곽가가 갑자기 말을 멈추더니 허리를 굽히고 심하게 기침을 해댔다. 조조는 고통스러워하는 곽가가 너무 안쓰러워 그의 등을 두드려 주며 물었다.

"병이 또 도졌는가? 얼른 성으로 돌아가 쉬도록 하세."

하지만 곽가는 일그러진 표정으로 손을 내저으며 겨우 기침을 가라앉히고 말했다.

"주공, 큰일 났습니다! 제가 이번에 엄청난 실수를 저질렀습니다. 아군과 원소 간에 다시 화해할 기회는 영영 사라지고 말았습니다!"

"봉효, 그게 무슨 말인가?"

조조가 깜짝 놀라며 이유를 묻자 곽가가 절망적으로 울부짖었다.

"사신, 심배와 연락을 취하러 보낸 사신 말입니다! 심배가 정말 항복하는 것이라면 아군은 당장 분노한 원소의 공격을 당해내야 합니다. 그리고 심배의 편지가 거짓이라 해도 사자의 입을 통해 아군이 업성을 기습할 것이란 사실이 금방 탄로 나게 됩니다! 원소가 이 사실을 안다면 그의 성격과 지금의 형세로 봤을 때, 첫 번째 목표는 도응이 아니라 바로 우리가 될 게 분명합니다!"

*　　　　*　　　　*

실제 역사에서 목이 달아날지언정 항복하지 않았던 심배가 언감생심 조조에게 투항할 마음을 먹었겠는가?

곽가의 우려는 현실이 돼 심배를 떠보려 업성에 도착한 조조의 밀사는 심배를 만나자마자 바로 함거에 실려 편지와 함께 역경의 원소에게 압송되었다.

또한 심배는 조조의 수중에 자신의 필적을 위조한 항복 편지가 있다는 사실을 알고, 이는 분명 원담 일당이 꾸민 수작이라고 여겼다.

당연히 도응이 주범이라는 의심은 추호도 못한 채 말이다. 이에 그는 진술서를 작성해 원소에게 철저한 조사를 거쳐 이 사건 배후의 원흉을 반드시 가려내 달라고 요구했다.

그러자 이 사건의 혐의는 온통 조조와 원담 두 사람에게 쏠리게 되었다.

원상 일당이 끈질기게 물고 늘어지자 원소도 장자가 이 일에 연루되었을 것이라 의심했지만 원소의 분노는 조조에게 집중되었다. 자신이 북상한 틈을 타 본거지인 업성을 기습하려 했으니 조조를 더 증오하는 것도 당연했다.

원소는 역경 공격의 고삐를 늦추지 않는 동시에 대장 안량에게 3만 주력군을 이끌고 즉시 남하해 황하 북쪽 기슭 여양에 주둔하며 조조의 업성 기습에 대비하라고 명했다.

이에 대해 양측 간의 군사 충돌을 우려한 저수가 반대를 표명하며 방어선을 청하(淸河) 상류로 옮겨 양도를 단축하고 갈등이 촉발되는 걸 막자고 건의했지만 원소는 들은 척도 하지 않았다.

안량 대군의 남하 소식이 허도에 전해지자 조조 이하 관원들은 허둥대는 기색이 역력했다. 하지만 이미 엎질러진 물을 다시 담을 수는 없는 법. 조조도 속히 전쟁 준비에 돌입했다.

동군태수 유연(劉延)에게는 백마, 연진 두 주요 나루에 수축 공사를 서둘러 원소군의 도강을 막으라고 명했고, 서주군에게 태산군을 이관하는 작업도 더욱 속도를 내 서주군을 이용한 원소군의 분산 배치 효과를 노리고자 했다.

이밖에 원소 주력군이 북상한 틈을 타 기주를 선제공격하려는 계획이 조조의 책상머리에 놓였다. 이를 통해 공손찬에게 숨을 돌릴 기회를 줌으로써 원소군을 남북으로 압박할 생각이었다.

하지만 안량의 대군이 이미 남하한 데다 도응마저 등 뒤에서 호시탐탐 자신을 노리고 있자, 조조는 주저하며 공격 명령을 내리지 못했다.

이 기간에 조조에게 악재가 될 사건이 터지고 말았다. 조조와 사이가 좋지 않은 하내태수 장양이 돌연 병사했는데, 그의 근거지와 군대를 물려받은 휴고가 장양의 유명에 따라 영토와 군대를 원소에게 바치려 한다는 것이었다.

하내는 허도 상류에 위치해 지리적으로 매우 중요했기 때문에 일단 이곳이 원소에게 떨어지면 조조에게는 큰 위협이 될 것이 자명했다.

조조는 서둘러 휴고가 도사리고 있는 사견(射犬)에 조인과 사환(史渙) 그리고 하내의 항장 양추(楊醜)를 급파해 이 전략적 요지를 점령하라고 명했다.

이로써 조조와 원소는 사실상 전시 상태에 돌입하게 되었다.

第五章

출병을 결심하다

　조조의 소식이 속속 서주로 전해지자 도응은 흐뭇한 미소를 지으며 전쟁 준비 속도를 가속화했다.

　장패를 태산태수에 겸임시켜 2만 군사를 이끌고 태산군에 진주하라 명하고, 현령 11명까지 단숨에 임명해 장패를 따라 북상한 뒤 태산군 각지로 부임하라고 했다.

　이와 동시에 역경에도 사신을 보내 자신이 태산군을 접수한 건 경내의 황건 잔당을 소탕하기 위한 것뿐이지 그 어떤 의도도 없다고 해명했다. 물론 원소의 오해를 피하기 위한 조치였다.

원소는 서주군이 태산군에 진주했다는 소식을 듣고 속이 부글부글 끓어올랐다.

도웅도 조조와 마찬가지로 자신이 북상한 틈을 노려 몰래 자기 영토를 탐하려 하는 도둑놈이라고 욕을 퍼부었다. 하지만 공손찬을 멸하기 전까지는 손을 쓸 수 없었기에 원소는 그저 이를 바득 갈며 사위의 해명을 받아들이고, 서주군이 태산군에 주둔하는 걸 묵인했다.

상황은 비록 도웅이 원하는 대로 돌아갔지만 휘하의 모사들은 형세를 그리 낙관적으로 보지 않았다. 그중 유엽이 인상을 찡그리며 조심스럽게 말을 꺼냈다.

"주공, 이 상태로 원소와 조조의 전면 개전을 이끌어 내기에는 아직 부족합니다. 저들 사이에 여전히 긴장된 국면을 완화할 가능성이 남아 있기 때문에 전면 개전을 유도할 결정적인 한 방이 필요합니다."

도웅도 고개를 끄덕이며 유엽의 의견에 찬동했다.

"자양의 말이 옳소. 나 역시 조조와 원소 사이의 화약통을 폭발시킬 도화선이 필요하다는 생각이오. 하지만 방법이 없구려. 아무리 머리를 쥐어짜도 도화선에 불을 붙일 방법이 떠오르지 않소이다."

그러자 가후가 도웅을 다독이며 권유했다.

"주공, 너무 초조해하지 마십시오. 공손찬이 아직 멸망하지 않아 원소 주력군이 북쪽 전선에 머무는 상황에서는 아무리 조조와 원소를 도발한다 해도 전쟁 규모가 절대 커질 수 없습니다. 서두르다간 외려 역효과가 날 수도 있으니 인내심을 가지고 상황 변화를 조용히 지켜보십시오. 시기가 무르익어 전기가 마련됐을 때 다시 손을 써도 늦지 않습니다."

도웅은 가후의 위로에 마음이 진정됐는지 천천히 고개를 끄덕이고는 꿈틀거리는 야심을 억누르고 진득이 원소의 소식을 기다리기로 마음먹었다.

＊   ＊   ＊

건안 3년 9월 열여드레 날, 모든 사람의 이목이 집중된 가운데 원소는 장연과 공손속(公孫續), 공손탁(公孫度)의 원군을 잇달아 물리친 뒤 직접 기주 주력군을 휘몰아 견고하기로 손에 꼽는 역경성을 마침내 함락했다.

원소군이 역경성 안으로 물밀 듯 쇄도해 들어오자 높은 누각에 거주하며 밑으로 한 발짝도 내려오지 않던 공손찬은 자기의 손으로 처자를 모두 죽인 후 불을 질러 스스로 목숨을 끊었다.

한때 북방을 호령하던 백마장군 공손찬은 원소와의 전투에서 패배를 거듭하자 기백과 의지를 잃고 역경성에 틀어박혔다가 결국 허무한 최후를 맞고 말았다.

공손찬이 죽고 역경성이 함락되자 유주의 각 현은 싸울 의지를 잃고 일제히 원소에게 항복했다.

청주, 유주, 기주, 병주 4주의 토지가 모두 원소의 손에 들어감으로써 원소의 세력은 역사상 최전성기를 맞이했다.

4주의 병사는 60만 명을 상회했고, 그중 기병 숫자만 6만이 넘었다.

총병력이 조조와 도응의 병력을 합친 것보다 배나 많았으니, 그 위세가 어떠했을지 보지 않아도 가히 짐작이 간다.

10월 보름, 원소는 대장 장기에게 유주를 지키라고 명한 뒤 친히 25만 대군을 거느리고 업성으로 남하했다.

열을 맞춰 호호탕탕하게 이동하는 대군의 대오는 그 끝이 보이지 않을 정도였고, 칼과 창, 깃발은 마치 숲을 이룬 듯해 보는 것만으로도 절로 두려움이 밀려들었다.

사실 원소는 장자 원담에게 유주를 맡길 생각이었다. 그러나 현무문의 변 고사를 들은 원담은 단호하게 이를 사절했다. 그는 아주 겸손한 어투로 한 주를 다스리기에는 자신의 위망(威望)과 재능이 부족해 아직은 부친 곁에 남아 공을 세우고 싶다고 간청한 뒤, 명망 있는 인물을 가려 유주를 맡기라고 권했다.

원소는 아들의 겸허한 모습을 크게 칭찬하고 그의 청을 받아들여 친신 장기에게 유주를 지키게 했다.

납월 초하루, 원소가 위풍당당하게 업성으로 회군하자 심배와 맹대는 모든 군민을 이끌고 성 밖 30리까지 나가 원소의 귀환을 환영했다.

도응과 조조도 각각 장간과 왕칙을 사신으로 보내 역경 대첩을 축하했다. 그런데 원소는 서주 사자 장간만 접견을 허락하고, 왕칙에게는 멀리서부터 길을 막으며 전혀 만날 기회를 주지 않았다.

원소가 이처럼 조조군 사자를 홀대하자 저수는 성으로 들어간 즉시 원소를 찾아가 간했다.

"주공, 조조가 사신을 보낸 것이 형식적인 예이긴 하나 호의를 보인 것인데 지나치게 홀대하는 건 옳지 않습니다."

원소는 코웃음을 치며 대답했다.

"홀대라고? 조조의 사자를 단칼에 죽이지 않은 것만도 이미 그의 체면을 봐준 것이오. 아군이 북상한 틈을 타 업성을 기습하려 하고, 또 우리에게 항복한 휴고를 공격해 하내 요지를 탈취하려 한 못된 놈을 내 당장 갈아 마셔도 시원찮은 판에 그의 사자에게 예를 차려야겠소?"

"주공의 말씀이 옳습니다. 조조가 몰래 기주를 엿본 짓은

만 번 죽어 마땅합니다. 하지만 지금은 성급하게 조조와 결판을 볼 때가 아닙니다. 아군은 해마다 전쟁을 치르느라 병마가 피로에 지치고 민생이 피폐해졌으며 창고는 텅 비었습니다. 당장 조조를 토벌하러 출병했다가 양식과 물자를 감당하지 못할까 염려됩니다. 때문에 휴양생식하고 군대를 정비했다가 기회가 무르익은 뒤 출격해도 때가 늦지 않을 것입니다."

원소가 생각해도 자신의 군대는 몹시 지쳐 있었다. 게다가 지금 저수와 원소가 단둘이 대화를 나누고 있어서 팔랑귀 원소의 마음을 흔들 사람이 아무도 없었기 때문에 원소는 마지못해 저수의 건의를 받아들이고 잠시 조조 정벌 건은 접어두기로 했다.

하지만 하루도 채 지나지 않은 다음 날 아침에 원상이 심배와 봉기를 대동해 원소를 찾아갔다. 이들은 허도로 즉각 출병해 조조를 토벌하고 천자를 탈취한 다음 천자를 끼고 제후를 호령한다면 천하를 도모하는 일쯤은 손바닥 뒤집는 것처럼 쉽다고 극력 간했다.

심배와 봉기가 말한 출병의 이유도 설득력이 있었다.

원소군의 총병력은 조조군보다 무려 세 배나 많고, 뒷걱정이 없는 관계로 전장에 투입할 수 있는 병력은 적게 잡아도 30만이 넘었다. 또한 공손찬을 멸해 군사들의 사기가 충천한 지금이야말로 조조를 공파할 적기라는 것이었다.

반면 조조군의 총병력은 20만이라고 하나 사방이 적으로 둘러싸여 유표, 도응, 마등, 장수 등을 동시에 방어해야 하기 때문에 실제로 전장에 투입할 수 있는 병력은 기껏해야 7, 8만이어서 절대 원소군의 적수가 될 수 없다는 것이었다.

저수와 심배 등의 견해가 각기 일리가 있어서 원소로서도 주저하며 쉽사리 결정을 내리지 못했다. 이에 하는 수 없이 순심, 허유, 곽도, 신평 등을 소집해 이 일에 대해 논의했다.

그런데 이때 곽도와 신평은 뜻밖에도 심배 등의 의견에 찬동해 당장 조조를 손봐줘야 한다고 간했다.

사실 이들은 도응을 먼저 치자고 종용하고 싶었지만 지리적으로 공격이 거의 불가능했기 때문에 한시라도 빨리 원담이 병권을 잡을 기회를 얻기 위해 잠시 원상과 한 배를 타기로 결정했던 것이다.

허유도 조조와 개전하는 데 찬성을 표했다. 다만 그는 당장 주력군을 출동시키는 것이 아니라 먼저 일부 군사를 보내 연진과 백마, 하내의 요충지를 공격해 조조의 병력을 분산시킨 다음 기회가 무르익었을 때 전 병력을 동원해 단번에 승패를 결정짓자고 건의했다.

한편 순심은 허유의 병력 분산 계책에 찬성하는 것 외에 한 가지 건의를 더 올렸다.

"주공, 지금이야말로 주공 사위의 효심을 알아볼 수 있는 기회입니다. 서주군이 역량을 키우고 예기를 모은 지 이미 1년이 넘은 데다 양초가 풍족하여 병력은 비록 조조군에 미치지 못한다 하나 조조를 견제하는 데는 전혀 무리가 없습니다. 따라서 먼저 의대조를 만천하에 알리는 격문을 써서 조조의 악행을 낱낱이 밝히고 그의 죄를 성토하십시오. 그런 다음 천자의 혈조로서 도응에게 연주로 출병하라고 명하십시오. 도응이 연주 남부를 공격해 조조가 어쩔 수 없이 병력을 남쪽 전선에 증파하게 된다면 우리 주력군이 조조를 공벌하고 허도를 함락하는 건 시간문제일 뿐입니다."

순심의 계책에 원소는 손뼉을 치며 기뻐했다.

"우악, 그거 정말 멋진 생각이구려. 도응이 내게 중한 은혜를 입었으니 지금처럼 중요한 시기에 보살펴 준 은혜를 갚는 건 당연하오."

이어 그는 곧바로 웃음을 거두고 쌓였던 불만을 토로한 뒤 어금니를 깨물고 말했다.

"이번에 도응 놈이 또다시 잔꾀를 부려 출병을 거부한다면 내 군대를 두 길로 나눠 서주까지 침공하고 말리다!"

*   *   *

…종묘사직을 바로잡으면 비상한 공적이 드러나게 되리로다. 조조의 수급을 가져오는 자에게는 5천 호후(戶侯)에 봉하고 5천만 금을 내릴 것이며, 조조의 사병과 장수, 아전들 중 항복하는 자에 대하여는 죄를 묻지 않을 것이다.

이렇듯 은혜와 신의를 널리 베풀고 규정에 따라 상을 내릴 것을 천하에 포고하나니, 천자께서 간적 조조에게 핍박당하는 사실을 널리 알리고 일제히 떨쳐 일어나 시행토록 할지어다!

천고의 명문으로 꼽히는 진림의 '조조 토벌 격문'. 이를 끝까지 읽어 내려간 도응의 입가에는 웃음이 떠나질 않았다.

이 격문이 마침내 세상에 나옴으로써 원소와 조조 양대 세력 간의 충돌은 더 이상 피할 수 없었기 때문이다.

도응은 세작이 앞서 보내온 격문을 내려놓고 유엽에게 물었다.

"참, 악부의 사신 진진(陳震)은 어디쯤 도착했소?"

유엽이 대답했다.

"반 시진 전에 받은 전서구에 의하면, 진진은 어제 정오에 담성에 도착했다고 합니다. 빠르면 이틀 안에 팽성에 당도할 것으로 보입니다. 하지만 여유 장군은 그가 온 이유를 정확히 모르겠답니다."

이 말에 도응이 코웃음을 치며 비아냥거렸다.

"흥, 의대조를 빌미로 우리에게 조조를 공격하라고 명하려는 것 아니겠소? 원소가 조조와의 전쟁을 준비하면서 우리에게 강 건너 불구경하도록 내버려 둘 리가 있겠소?"

유엽도 고개를 끄덕이며 대꾸했다.

"저 역시 같은 생각입니다. 그럼 주공은 어찌 대처하실 요량입니까?"

도응은 잠시 침묵하다가 미소를 띠고 말했다.

"응해야지요. 악부가 천자의 혈조를 받들어 역적을 토벌하는데, 사위 된 도리로 어찌 돕지 않을 수 있겠소?"

예상치 못한 도응의 대답에 유엽은 눈이 동그래지며 걱정스러운 투로 말을 꺼냈다.

"주공, 이는 농담으로 치부할 일이 아닙니다. 출병해 싸움을 돕는다면 아군과 조조 모두 전력이 약화돼 원소만 거저 이득을 얻게 되고, 출병에 응하지 않거나 출동해도 건성으로 싸우게 되면 낭야의 일이 재연될까 염려됩니다."

"아니오. 이번에는 내 친히 5만 대군을 거느리고 북상해 연주의 요지 창읍성을 공격할 것이오."

도응이 웃는 낯으로 아무렇지도 않게 출병을 거론하자 유엽은 말할 것도 없고, 진등도 농담이 아닐까 의심해 도응을 깨우쳤다.

"주공, 신중하게 일을 처리하십시오. 5만 대군을 출동시키는 건 애들 장난이 아닙니다. 팽성에서 창읍까지 거리가 가깝고, 또 수로가 연결돼 있어서 양초를 운반하기 수월한 건 사실입니다. 하지만 인부가 수만 명에, 무수한 수레와 전선이 동원돼야 하는 관계로 지불하는 대가가 만만치 않습니다. 무엇보다 이번 출병이 몰고 올 파장에 대해서 먼저 고려해 보십시오."

그러자 도응이 웃음을 거두고 진지하게 대꾸했다.

"얻고자 하면 먼저 잃을 각오를 해야 하오. 내 결정은 변함없으니 당장 북벌 준비에 착수하시오. 그리고 조조의 아들 조앙도 거처로 불러 감시하는데, 그를 으르거나 다치게 하진 마시오. 이 일은 자양에게 모두 일임하겠소. 조앙에게는 천자의 혈조를 받들어야 하기에 어쩔 수 없다고 설명하고, 조조가 내 형을 서주로 돌려보내면 나도 곧 그를 허도로 보내겠다고 알리시오."

유엽과 진등 등이 서로 얼굴만 바라보며 명한 표정을 짓고 있을 때, 가후가 담담하게 말했다.

"그럼 밀사를 조조에게 파견해 연락을 취해야 하지 않을까요?"

도응도 태연자약하게 대답했다.

"당연히 사자를 파견해야지요. 하지만 밀사가 아니라 진군(陳群)을 당당하게 허도로 보내 인질 교환을 요구할 것이오.

나머지는 굳이 말하지 않아도 조조라면 분명 내 뜻을 알아차리리라 믿소."

수하 관원들은 도응의 말이 농담이 아님을 깨닫고 즉각 일사불란하게 명령을 집행했다.

먼저 유엽과 조굉은 사졸들을 이끌고 팽성 관아로 가 조앙을 거처로 옮기게 한 다음 무사 3백 명을 배치해 그를 잘 감시하게 했다.

이와 동시에 1년여 동안 휴식을 취한 서주 군사들도 이튿날 아침 군영에 집결해 출정 명령을 기다렸다.

창고에 가득 쌓인 양초와 군수물자도 배에 실어 먼저 소패로 보내고, 인부 징집 및 전선과 수레 징발을 서두르는 한편, 소패의 변경 시장을 폐쇄하고 변경을 삼엄하게 감시했다.

각종 준비 작업이 얼기설기 뒤엉키면서 서주 관원들은 뜬눈으로 밤을 지새우며 바쁘게 움직였다.

이렇게 사흘이 지나 원소의 사자 진진이 팽성에 당도했을 때, 고순은 이미 1만 군사를 이끌고 소패로 달려가고 있었다. 도응은 친히 문무 관원을 거느리고 성 밖 10리까지 나가 진진을 영접한 후 단도직입적으로 말했다.

"효기(孝起) 선생이 온 뜻을 내 이미 알고 있소이다. 악부의 조조 토벌 격문을 탐마가 이미 베껴 서주로 보내왔소. 이에 호응하기 위해 서주 선봉이 벌써 소패로 출발했고, 나도 며칠 안에 5만 대군을 이끌고 북상해 조조를 공격할 예정이오. 그러니 선생은 돌아가 악부께 강을 건너 군사를 관도에 집결시키고 함께 조적을 공벌하자고 아뢰시오!"

효기는 진진의 자다. 전쟁 준비로 분주하게 움직이는 서주군의 모습을 두 눈으로 똑똑히 목격한 진진은 크게 기뻐하며 재빨리 도응에게 공수하고 감사의 말을 전했다. 그러자 도응이 슬쩍 이렇게 말했다.

"내 한 가지 작은 부탁이 있소이다. 연주는 지세가 드넓어 기병 숫자가 대단히 중요하오. 근자에 조조가 임명한 장안태수 종요(鍾繇)가 강족(羌族)으로부터 대량의 전마를 얻었다고 들었소. 반면 우리 서주에는 전마가 너무 부족해 연주에서 작전을 펼치기 매우 불리한지라, 효기 선생이 악부께 이 문제를 해결해 주십사 부탁 좀 드려주시겠습니까?"

어쨌든 결정은 원소가 내리는 것이었기에 진진은 흔쾌히 이에 응하고 그날 당장 도응의 요청을 편지로 써서 쾌마로 업성에 보냈다. 그 김에 물론 서주군이 이미 출병했다는 희소식도 함께 알렸다.

*   *   *

원소는 이 소식을 듣고 뛸 듯이 기뻐하며 눈치 빠른 도응을 입에 침이 마르도록 칭찬했다.

하지만 조조 쪽은 상황이 심상치 않았다. 관도에는 역마(驛馬)가 쉬지 않고 왕래했고, 연주 각 군과 성에는 모두 비상령이 내려졌다.

가장 충격에 휩싸인 이는 당연히 조조였다.

서주군에게 도적을 소탕하라고 태산군을 빌려준 지 얼마 되지도 않았는데 도응이 안면을 싹 바꾸고 자신과 개전할지 누가 알았겠는가.

그러나 서주치중 진군이 개전을 위해 인질 교환을 요구하러 지금 허도로 달려오는 중이라는 소식을 들었을 때, 조조는 금세 얼굴색이 바뀌어 크게 웃음을 짓고 말했다.

"간악한 도응 놈의 허장성세가 너무 기세 드높아 하마터면 나도 속을 뻔했구나."

조조의 말에 좌우에서 의아한 어투로 물었다.

"허장성세라고요? 도응이 군사를 휘몰아 대거 북상하고 있는데, 승상은 어찌 이를 허장성세라고 단정하십니까?"

"인질 교환에서 이를 단박에 눈치챘소. 조앙은 내 장자이고, 도상은 도응의 형장으로 절대 버릴 수 없는 골육이오. 도응과 내가 막다른 골목에 몰리지 않는 이상 인질을 해칠까 두려워 함부로 상대방을 격노케 할 일은 없다는 말이오. 그런데 지금 도응은 아무 예고도 없이 돌연 출병해 우리가 미처 준비하지 못한 틈을 노리면서도, 한편으로는 사신을 보내 먼저 인질을 교환한 후 개전하자고 요구하고 있소. 일부러 이런 모순된 행동을 보인 건 내게 이런 사실을 알려주려는 것이오. 그가 어떤 행동을 취해도 이는 단지 원소에게 보이기 위한 허장성세라고 말이오!"

그러자 순욱이 엄숙한 표정으로 말했다.

"만약 승상의 예측이 빗나가 도응이 돌연 아군을 급습하는 날에는 우린 위험에 빠지고 맙니다!"

하지만 조조는 못을 박듯 단정적으로 얘기했다.

"다른 사람이라면 그리했겠지만 도응은 절대 그럴 리 없소. 현재 도응의 군사력은 아군만도 못해 홀로 원소와 대적해서는 전혀 승산이 없소. 이를 빤히 아는 그가 무슨 이득이 있다고 우리가 무너지길 바라겠소? 따라서 그가 제 손으로 보호벽을 허무는 어리석은 짓을 할 리가 없다는 말이오. 단언컨대, 도응이 이처럼 기세 드높게 판을 벌인 이유는 분명 원소의 핍박에 못 이겨 어쩔 수 없이… 악! 도응 네놈이… 네놈이 정녕……."

단호하게 말을 이어나가던 조조는 불현듯 무슨 생각이 떠올랐는지 갑자기 욕을 퍼부었다.

"천하에 간사하기 이를 데 없는 도적놈아! 네놈이 날 구렁텅

이로 밀어 넣을 심산이구나!"

좌우의 모사들이 조조의 변덕에 고개를 갸웃하며 이유를 묻자 조조가 노호성을 터뜨렸다.

"이 간적 놈의 허장성세는 원소에게 보여주기 위한 목적 외에 원소가 즉각 출병해 나를 공격하도록 유도하려는 계략이었소! 원소는 과단성이 없고 의심이 많아 현재 일부 군대만 여양에 주둔시키고, 강을 건너 우릴 공격할지 아니면 도중에 물러갈지 주저하고 있는 중이었소. 그런데 도응 놈이 기세등등하게 진군하는 모습을 보여줌으로써 원소도 덩달아 출병할 가능성이 높아졌단 말이오. 아, 결국 이놈의 계략에 또 말려들었단 말인가!"

조조의 분석에 휘하 모사들 역시 문득 이를 깨닫고 탄식을 내뱉었다. 하지만 마땅한 대안이 없어 침묵이 길어지는 가운데 순욱이 앞으로 나와 조조에게 말했다.

"승상, 도응의 출병에 대해 욱에게 세 가지 대응책이 있습니다. 이를 모두 병용해도 무방합니다."

"오, 문약은 얼른 말해보시오."

"첫째, 천자의 명의로 원소 수중의 밀조는 위조된 것이라고 선포하십시오. 이를 구실로 서주 사자 진군에게 효력 없는 원소의 협박에 못 이겨 연주를 침공할 목적으로 인질을 교환할 필요는 없다고 설득하십시오. 둘째, 사신을 몰래 도응에게 파견해 직접 연락을 취하고 그의 저의를 탐문하십시오. 이를 통해 도응이 어떤 조건이면 아군과 연합해 원소를 합공할지 알아낸 다음 상황에 따라 기민하게 움직이십시오. 셋째, 몇몇 장수에게 명해 승상의 깃발을 내걸고 창읍 전투를 돕도록 해도 괜찮습니다. 물론 경솔하게 나가 싸우지 말고 겁만 주라고 당부해야겠지요. 이때 만약 도응군이 놀라 물러난다면 원소는 필시 도응이 또 자신을 속였다고 여겨 둘 사이의 관계가 틀어질 수 있습니다. 그리 된다면 아군에게 저들을 이간할 절호의 기회가 찾아올 것입니다."

조조는 눈을 감고 깊이 고민하다가 한참만에야 고개를 끄덕이고 말했다.

"그럼 문약의 대응책에 따라 유대(劉岱)에게 내 깃발을 걸고 정도(定陶)에 주둔하고 있다가 기회를 엿봐 도응의 군대를 으르라고 명하시오. 그리고 도응에게 비밀리에 연락을 취할 밀사로는… 효선(孝先)이 한 번 다녀오는 게 어떻겠소?"

효선은 모개의 자다. 조조의 지명에 모개가 공수하고 대답하자 조조가 갑자기 목소리를 높여 고함을 질렀다.

"내가 호랑이를 키웠어, 호랑이를 키웠다고! 서주성 아래에서 도응 놈을 놓아주는 것이 아니었는데! 그때 그놈을 단칼에 죽였다면 그깟 원소쯤이야 무에 두렵단 말이냐!"

　　　　　*　　　　　*　　　　　*

　조조의 밀사 모개가 비밀리에 남하하고 있을 때, 도응은 친히 서주 주력군을 이끌고 이미 연주 남단의 호류성 아래에 이르렀다.

　호류을 지키는 조순의 부장 고천(高遷)은 병력의 열세로 인해 감히 응전하지 못하고 굳게 성을 사수했다.

　이때 도응은 두 가지 명령을 내렸다. 하나는 무고한 살인이나 강간, 약탈을 엄금한 것이었고, 다른 하나는 헌제의 의대조와 원소의 조조 토벌 격문을 백성에게 알려 이번 출병에 명분을 부여한 것이었다.

　병력이 압도적으로 우세한 상황에서 도응은 사흘 동안 주밀한 준비를 거쳐 마침내 호류성 공격 명령을 내리고, 위연이 이끄는 단양병에게 선봉의 임무를 맡겼다.

　건안 4년(199년) 정월 열엿새 날, 북소리가 천지를 진동시키며 공성이 시작되었다.

　벽력거 20대에서 일제히 퍼붓는 거대한 석탄을 시발점으로 방패수들이 화살비를 뚫고 성큼성큼 앞으로 나아가고, 궁노수들이 그 뒤를 바짝 따랐다.

　해자 앞에 이르자 긴 방패와 모래주머니를 엄폐물로 삼아

궁노수들이 그 뒤에 숨어 성벽을 향해 비 오듯 화살을 날려댔다.

순서대로라면 해자를 메우는 작업이 이어져야 했지만 호류성 해자가 비교적 협소해 가장 넓은 곳이라야 고작 세 길 정도에 불과했다.

이에 서주군은 해자 메우는 작업을 생략하고 해자에 직접 부교를 놓은 후, 방패수의 엄호 아래 비교를 실은 수레 30대를 건너게 했다. 호류성 남문의 수비군은 불화살과 횃불로 이에 대응했지만 수레에 온통 두터운 진흙이 발라져 있던 탓에 비교를 실은 수레를 불태우려는 계획은 무위로 돌아가고 말았다.

선봉에 선 단양병들은 위연의 지휘에 따라 2천 군사가 순식간에 20개 부대로 나눠져 각기 비교 하나씩을 성벽에 걸치고, 손에 든 작은 방패로 화살을 막아내며 성 위로 기어 올라갔다.

쏟아지는 화살과 낙석에도 굴하지 않고 하나가 떨어지면 다른 병사가 그 뒤를 이으며 마치 기계처럼 끊임없이 성벽 위를 향해 오르자 산전수전 다 겪은 조조군도 등골이 오싹해짐을 느꼈다.

잠시 후 단양병 하나가 마침내 성벽 위로 뛰어올랐다. 비록 몰려든 조조군에 의해 몸은 갈기갈기 찢겼지만 그의 희생 덕에 다른 단양병들이 잇달아 성벽 위로 올라가 한 치의 땅을 점거하고 동료들이 올라올 시간을 벌어주었다.

이와 동시에 후발대도 공성에 합류했다. 윤례와 창희가 거느린 낭야군은 함성을 지르며 각각 동문과 북문을 향해 돌격해 들어갔다.

단양병의 공격으로 남문에 수비군이 집중된 틈을 타 약점을 노리기 위해서였다.

어쨌든 주전장은 위연이 진두지휘하는 남문이었기에 도응은 다시 2천 병력을 남문에 투입하고 공격에 박차를 가하라고 명했다.

사실 전투 전에 도응의 관원들은 사상자가 많이 날 것을 우려해 강공보다는 유인책이나 우회 전술을 건의했다.

도응의 출병 목적을 알고 있는 유엽은 심지어 호륙성에서 대충 시간을 때우며 원소의 출병을 유인해 내자고 건의했다. 하지만 도응은 단호히 수하들의 건의를 물리치고 가장 힘든 길을 택했다.

수하들이 궁금해 그 이유를 묻자 도응은 이렇게 대답했다.

"당연히 군사들의 사기 문제 때문이오. 5년 전, 서주군은 조조군에게 피가 강물을 이루고 시체가 산처럼 쌓일 만큼 처

참히 도륙당해 마음속에 조조군을 두려워하는 심리가 각인
돼 있소. 훗날 아군이 조조의 호표기를 전멸시켰다 하나 이
는 군자군의 전적일 뿐, 다른 부대와는 아무런 관련도 없어서
대다수 서주 장사의 마음속에는 이런 심리가 여전히 남아 있
소. 따라서 이런 패배 의식을 떨쳐 버리는 유일한 방법은 전
장에서 당당하게 조조군을 격파하는 것이오! 그렇지 않으면
이런 공포감이 영원히 아군을 따라다닐 것이오."

고심 끝에 내린 도응의 결정은 마침내 효과를 나타냈다.

단양병이 선봉에 서서 돌격해 들어가자, 후방에서 이를 지
켜보던 서주 장사들의 마음속에서 조조군을 두려워하는 심리
가 크게 감소했다.

자신들의 전투력이 이 정도로 급속히 상승했다는 자신감이
생겼고, 옛날 조조군과 비교해도 전혀 손색이 없다고 여겼다.

치열한 전투가 전개되는 가운데 서주군의 병력 우세가 서서
히 드러나기 시작했다. 동문과 북문에 가세한 서주군까지 개
미 떼처럼 성벽을 기어오르자 병력이 워낙 적었던 조조군은
그 한계를 드러냈다.

서주군은 이 틈을 타 성벽 위로 뛰어올라 성벽 진지를 두
고 수비군과 쟁탈전을 벌였다.

그중에서도 위연이 거느린 단양병의 위세가 하늘을 찌를

듯했기 때문에 고천은 할 수 없이 남은 예비군을 모두 남문 전장으로 증파했다.

조순이 호류에 배치한 조조군은 비록 숫자가 많지 않았지만 전투력이 막강한 역전의 용사들인지라 서주군의 수적 우세와 고양된 사기로도 이들을 꺾기가 쉽지 않았다.

공격을 개시한 지 족히 두 시진이 흘렀건만 서주군은 성안으로 발을 디디지 못한 채 성벽 위에서 공방전만 벌이고 있었다.

미시(未時:오후 1시~3시)도 절반이 지났으나 호류성 공격이 지지부진하자 도웅은 세 번째 부대의 출격을 준비시키고 교대로 공성에 나서도록 명하려고 했다.

그런데 이때 위연이 사람을 보내 이미 전장에 투입된 4천 단양병으로 반드시 호류성을 취할 것이니, 교대 공격을 잠시 미뤄달라고 간청했다.

약속을 지키지 못할 경우 군법을 달게 받겠다고 하자, 도웅은 위연의 의기를 가상히 여겨 그 자리에서 그의 요청을 받아들였다.

유시(酉時:오후 5시~7시) 전에는 절대 임무 교대를 명하지 않고 한 시진의 시간을 더 주겠다고 말한 후, 높은 곳으로 올라가 직접 북을 울리며 위연의 부대를 독려했다.

흰 도포에 은빛 갑옷을 입은 도웅이 친히 격려에 나서자 호륙성 남문 위의 단양병들은 사기가 크게 고양돼 성문이 떠나갈 듯 환호성을 지르고 적군을 향해 필사적으로 덤벼들었다.

온몸에 피칠갑을 한 위연은 정예 단양병 20여 명을 거느리고 고천의 깃발을 향해 맹렬히 돌진했다.

"나를 막는 자는 죽음뿐이다!"

위연은 큰소리로 고함을 지르고 길을 막는 적병 둘을 단칼에 베어버렸다.

고천도 위연이 공성을 지휘하는 주장임을 알아보고, 친히 칼을 들고 위연을 향해 달려가며 벽력같이 소리를 질렀다.

"필부 놈아, 내 칼을 받아라!"

두 장수의 칼이 파열음을 내며 부딪치는 순간, 고천은 위연의 힘을 당해내지 못하고 그만 손에서 칼을 놓치고 말았다. 이어 고천이 깜짝 놀랄 틈도 없이 위연의 칼이 그대로 고천의 가슴을 뚫고 지나가 버렸다.

다른 부대와 달리 조조군은 주장 고천이 허무하게 전사했음에도 붕괴 조짐을 보이지 않았다. 고천의 부장 고령(高靈)은 지체 없이 지휘권을 이어받아 계속 부대를 지휘하며 서주군과 혈투를 벌였고, 밀고 들어오는 서주군의 공세를 일사불란하게 막아냈다.

하지만 병력의 우세는 어쩔 수 없는 법.

다시 반 시진이 지났을 무렵, 서주군 선봉대는 마침내 성 내부로 진입했다.

성문을 향해 쇄도해 들어간 단양병이 성문을 지키는 적군과 사투를 벌이는 사이, 일부 군사는 성루 앞 도르래로 달려가 도끼로 도르래 줄을 끊어버렸다.

높이 매달려 있던 조교가 쿵 소리를 내며 땅에 떨어졌을 때, 마침 단양병도 성문을 가로막던 적군을 모두 베고 성문을 활짝 열어젖혔다. 성문이 열리자 성 위와 아래의 서주군이 일제히 환호성을 지르는 가운데, 도웅은 과감하게 총공격을 명하고 군사들을 성안으로 투입시켰다.

이때 고령은 이미 난군 중에 서주군의 칼에 의해 도륙됐고, 남문 성벽에 남아 있던 3백여 수비군은 전세가 기울자 성안으로 달아났다.

단양병이 이들을 놓치지 않고 바싹 뒤쫓아 가면서 양군 사이에 다시 시가전이 벌어졌다. 전령이 이 사실을 도웅에게 보고하자 도웅은 주저 없이 명을 내렸다.

"위연에게 호륙성 안에 남아 있는 조조군을 한 명도 살려두지 말라고 일러라! 조조 놈에게 아군이 얼마나 무서운지 똑똑히 보여주도록 해라!"

전령이 이에 대답하고 물러가자 곁에 있던 진응은 걱정스러운 투로 얘기했다.

"주공, 그건 너무 심하지 않습니까? 아군은 이번에 원소에게 보여줄 목적으로 출전한 것이지 조조와 전면 개전하려는 것이 아닌데, 그러다가 조조가 격노하게 되면……."

이 말에 도응이 냉소를 지으며 대꾸했다.

"여기 약자 앞에서 강하고 강자 앞에서 약한 사람이 있다고 칩시다. 그런 자에게 참고 양보하며 사정을 봐줄수록 그자는 상대방을 더욱 업신여기고 무시하게 돼 있소. 조조가 바로 그런 자요!"

진웅이 고개를 갸웃거리며 반신반의하자 가후가 송양지인 (宋襄之仁) 고사를 예로 들어 말했다.

"송양공의 인정은 제후들이 비웃었고, 진(秦)나라의 흉포함은 제후들이 두려워했습니다. 지금 주공이 원소에게 호응해 연주로 출병한 상황에서 만약 양공의 인정을 흉내 낸다면 원소는 노하고 조조는 얕보게 돼 있습니다. 노하면 아군에게 분풀이하고 얕보면 아군을 영격하는 것이지요. 반대로 주공이 진나라의 흉포함을 본받는다면 원소는 기뻐하고 조조는 두려워하게 돼 있습니다. 기뻐하면 출격해 접응하고 두려우면 관계를 원상회복하려 들 것입니다."

도응은 가후의 멋진 비유에 미소를 보낸 후 진웅에게 분부했다.

"당장 원소에게 승전을 알리는 편지 한 통만 써주시오. 아군이 이미 호류성을 접수하고 조조군 5천을 섬멸했다는 편지와 함께 고천의 목을 쾌마로 기주에 보낼 것이오."

진응은 예 하고 대답하고 편지를 쓰려다가 문득 사실과 다른 점이 있어서 물었다.

"주공, 적군의 수가 틀립니다. 호류성 안에 조조군은 고작 1천 5백 명이었습니다."

이 말에 도응이 웃으면서 대답했다.

"그대는 너무 성실해서 탈이오. 이런 건 조금 과장해야 효과가 더 큰 법이오."

이번 전투에서 서주군은 호류의 조조군을 대부분 섬멸했지만 몸을 숨기고 있다가 요행히 목숨을 건진 병사 10여 명이 서문 수로를 통해 호류성에서 도망쳐 창읍으로 가 이 소식을 조순에게 보고했다.

조순은 대경실색해 창읍성 수비를 더욱 강화하는 한편, 쾌마를 통해 조조에게 패전을 알리고 급히 구원을 요청했다.

호류의 수비군이 전멸했다는 급보를 받은 조조는 한동안 멍한 표정을 지으며 아무 말도 하지 못했다. 그러더니 갑자기 핏대를 올리며 고함을 질러댔다.

"도응, 네놈이 감히 나를 건드렸단 말이냐! 네놈의 도발쯤은 전혀 두렵지 않다! 원소가 북쪽에서 위협을 가하고 있지 않다

면 내 진즉 친히 대군을 이끌고 남하해 네놈과 끝장을 봤을
것이다!"

하지만 아무리 분개해 욕을 퍼붓는다고 해서 무슨 뾰족한
수가 있으랴.

조조는 조순에게 창읍을 사수하고, 서주군의 동정을 유심
히 살피라는 것 외에 도응을 손봐줄 어떤 방법도 제시하지 못
했다.

왜냐하면 도응이 서주군을 이끌고 연주에 맹공을 가해 전
쟁 규모가 확대될수록 우유부단한 원소가 연주를 침공할 가
능성이 더욱 높아진다는 사실을 깨달았기 때문이다.

　호류성을 점령한 서주군은 사흘간 충분히 휴식을 취한 뒤, 연주의 요지 창읍을 공격하기 위해 다시 서쪽으로 진군을 시작했다.

　이때 원소는 도응이 이미 출병했다는 보고를 받고도 시종 안병부동하고, 또 전마를 원조해 달라는 도응의 요청에도 일절 반응을 보이지 않았다.

　마치 이는 자신과 무관한 일이라는 양, 업성에 들어앉아 도응과 조조의 싸움을 수수방관하는 태도를 취했다.

　이런 원소의 태도에 서주군 내부에서는 불만의 목소리가

점점 더 높아졌다. 하지만 도응은 전혀 원망하는 내색을 보이지 않고 외려 관원들을 무마하며, 조금만 기다리면 원소가 반드시 서주군과 접응해 조조를 공격하리라 믿는다고 말했다.

군심이 흐트러질까 우려해 말은 이렇게 했지만 도응 역시 속으로는 초조함을 감추기 어려웠다.

닷새 후, 서주군은 전란으로 폐허가 된 방여와 금향 두 성을 지나 창읍성에서 20리 떨어진 곳에 영채를 차리고 무기를 점검하며 성을 공략할 준비에 돌입했다.

창읍 수장 조순은 조조가 신신당부한 대로 시종일관 성문을 굳게 잠그고 방어에만 치중할 뿐, 절대 밖으로 나와 응전하지 않았다.

이리하여 양군 사이에 잠시 평화가 흐르던 그날 밤에 조조의 밀사 모개가 몰래 서주 대영을 찾아와 도응을 만나게 해달라고 청했다.

모개 역시 도응이 절대 이판사판으로 나올 리 없다는 사실을 잘 알고 있었다. 하지만 형세가 이 지경까지 이르자 모개는 감히 호류의 일을 따지지 못하고 고분고분한 태도를 취했다.

도응과의 대화 중에 그는 순망치한의 이치를 거듭 강조하며 창을 거꾸로 잡고 조조군과 연합해 막강한 실력자 원소에 대항하자고 권하는 한편, 일이 성사된 후에는 기주 절반과 청주 전역을 떼어주고 양군이 영원히 서로 침범하지 말자고 제안했다.

이밖에도 도응이 원하는 결맹 조건이 더 있다면 충분히 의논해 볼 수 있다는 뜻을 내비쳤지만 도응은 미동도 하지 않은 채 이를 거절하고 장광설만 늘어놓았다.

"웅의 이번 출병은 나 자신을 위한 것이 아니라 바로 나라를 위한 일이오. 조맹덕이 기군망상하고 권력을 멋대로 휘둘러 천자께서 혈조로 천하의 제후들에게 역적을 토벌하라는 명을 내리셨소. 한의 신하로 대대로 한의 녹을 먹은 내가 어찌 천자의 조서를 받든 원소 공을 공격할 수 있겠소?"

도응의 모욕적인 언사에 모개는 얼굴이 붉으락푸르락했지만 이내 마음을 진정시키고 차분한 어조로 말했다.

"그건 사군이 잘못 아셨습니다. 진정한 역적은 바로 원소입니다. 그가 가진 혈조는 위조된 것이라고 천자께서도 이미 조서를 내리시지 않았습니까? 사군이 계속 그를 도와 출병을 고집하는 것이야말로 역적의 앞잡이가 되는 일입니다."

도응이 코웃음을 치자 모개가 곧바로 말을 이었다.

"사군, 우리 주공의 호의를 계속 무시한다면 우리도 사군과 끝장을 볼 수밖에 없습니다. 솔직히 말하면, 우리 주공은 친히 3만 정예군을 거느리고 창읍으로 동진하는 중입니다. 이에 선례후병의 예로 저를 파견한 것이고요."

이 말에 도응은 다시 한 번 코웃음을 치고 비꼬아 말했다.

"조 공이 3만 정예군을 이끌고 온다고 했소? 참, 기백도 대단하구려. 기주군이 여양에 주둔하며 백마와 연진, 동군을 호시탐탐 노리고 있는데 무슨 배짱으로 친히 창읍으로 온단 말이오? 그 기백에 박수를 보내드려야겠구려."

모개가 정색하고 대답했다.

"믿지 못하겠다면 사람을 보내 탐문해 보십시오. 노정으로 봤을 때 오늘쯤 제양(濟陽)에 당도했을 테고, 이틀 안에 정도에 도착할 것입니다."

순간 도응은 동공이 축소됐지만 이를 전혀 내색하지 않고 웃으며 말했다.

"그것 참 잘됐구려. 악부에게 드디어 사위 된 도리를 다할 수 있게 해주시다니. 고맙다고 엎드려 절이라도 해야겠소."

"우유부단한 원소가 당장 출격할 것이라고 고집스레 믿고 있다면 저도 더 이상 드릴 말씀이 없습니다."

모개는 몹시 안타깝다는 양 고개를 절레절레 흔들더니 공수하고 말했다.

"사군의 환대에 감사했습니다. 더 이상 전하실 말씀이 없다면 전 이만 돌아가 보겠습니다."

"그럼 살펴 가시지요. 군무로 바빠 멀리 전송하지 못합니다. 여봐라, 효선 선생을 영 밖까지 모셔다드려라."

모개는 호위병의 안내를 받으며 막사를 나가려다가 다시 도응을 향해 공수하고 말했다.

"참, 한 말씀만 더 드립지요. 아군과 화해하고 동맹을 맺길 원한다면 언제든지 사자를 보내 연락을 취하라는 우리 주공의 말씀이 있었습니다."

도응은 아무 말 없이 그저 웃으며 고개를 끄덕였고, 모개도 정중하게 작별 인사를 전하고 막사를 나갔다.

모개가 사라지자 도응은 웃음을 거두고 재빨리 모래 위에 그린 모형 지도 쪽으로 달려갔다. 이어 제양의 위치를 찾고 창읍까지의 거리를 계산한 다음 가후와 유엽, 진응 등을 소집해 대책 회의에 들어갔다.

턱에 손을 괴고 고심하던 유엽이 가장 먼저 입을 뗐다.

"조조가 친히 원군을 이끌고 창읍으로 올 가능성을 배재할 수 없습니다. 원소가 조조 토벌 격문을 반포한 지 벌써 여러 날이 지났지만 아직까지 이렇다 할 움직임을 보이지 않고 있습니다. 그 의도야 빤하지 않습니까? 먼저 아군과 조조군의 싸움을 지켜보다가 어부지리를 취하겠다는 생각이지요. 그리고 조조가 이를 간파해 내지 못할 리 만무하고요."

그러자 진응이 고개를 갸웃하며 물었다.

"그랬다가 원소가 허도를 기습하면 어찌합니까? 창읍에서 전투가 길어져 원소가 이 틈을 타 출병한다면 조조는 앞뒤로 공격을 받는 곤경에 처할 텐데요."

유엽이 대답했다.

"두 가지 가능성이 있습니다. 첫째는 속전속결로 전투를 끝내는 것이고, 둘째는 아군을 올러 서주로 물러가게 해 원소가 우리에게 책임을 물을 때를 기다려 아군과 동맹을 맺으려는 것이죠. 모개의 어투로 봤을 때, 두 번째일 가능성이 높습니다."

"어쨌든 간에 정말 조조가 친히 군대를 통솔해 창읍을 구원하러 오는지 알아보는 것이 급선무요."

도응은 낮은 목소리로 읊조린 후 유엽에게 명을 내렸다.

"자양은 당장 척후병을 보내 이 원군의 정황을 하나도 놓치지 말고 알아보시오."

유엽은 예 하고 명에 응한 후 도응에게 물었다.

"그럼 창읍성 공격 준비를 잠시 멈추도록 할까요?"

"아니오. 오히려 더 떠들썩하게 준비하시오. 좀 더 강경하게 나가야만 국면을 아군에게 유리한 쪽으로 이끌어낼 수가 있소."

이후 며칠 동안 서주군은 척후병과 세작을 계속 보내 조조의 원군 정황을 정탐하는 동시에, 조조군에게 겁을 주기 위해 사수를 통해 운반해 온 목재로 공성 무기를 대량 제조했다.

도응의 이런 조치가 과연 조조군을 놀라게 했는지는 모르겠지만 도응 자신이 조조에 의해 간담이 서늘해진 건 확실했다.

나흘 후, 조조군의 정황을 정탐하러 간 세작들이 잇달아 돌아와 대량의 조조군 병마가 창읍을 향해 진군하고 있다고 보고했다.

군사 수는 적어도 3만이 넘으며, 지금 이미 '도응을 평정한다'는 이름도 불길한 '정도(定陶)'에 도착했고, 분명 승상 조조의 깃발이 휘날리고 있다는 것이었다!

이에 깜짝 놀란 도응은 즉각 1만 군사를 창읍 서쪽에 주둔시키고 방어 시설을 구축하여 조조군의 기습에 대비하라고 명했다.

그런데 의외였던 건 이 군사들이 백 리밖에 남지 않은 창읍으로 출격하지 않고, 정도성 밖에 영채를 차리고 주둔했다는 것이다.

전혀 예상치 못한 상황에 가후는 뭔가 낌새를 챘는지 즉각 도응에게 달려가 말했다.

"주공, 만약 조조가 친히 군사를 거느리고 출격했다면 신속히 창읍성까지 동진하여 아군의 퇴병을 유도하고, 직접 주공과 대면해 동맹을 설득하는 것이 정상입니다. 그런데 이 원병이 정도에서 움직이지 않는 걸로 보아, 어쩌면 조조가 오지 않았을지도 모릅니다."

도응이 긍정도 부정도 하지 않고 심각한 얼굴로 계속 고민에 빠져 있자 가후가 건의를 올렸다.

"아무래도 정도에 사신을 파견해 조조가 정말 왔는지 알아보는 게 좋겠습니다. 일전에 모개도 동맹을 맺을 뜻이 있다면 언제든지 사신을 보내라고 하지 않았습니까? 그러니 조앙과 주공 형장의 인질 복귀 문제를 논의한다는 핑계로 군중에 과연 조조가 있는지 알아보십시오."

도응은 가후의 건의에 따라 즉각 허맹을 불러 임무를 단단히 주지시킨 후 정도로 보냈다.

허맹이 정도의 조조군 군영을 찾아가 조조를 배알하겠다고 청하자, 창읍에서 이미 정도로 돌아온 모개는 허맹이 온 뜻을 알아채고 실제로 군대를 이끌고 온 유대와 왕충에게 말했다.

"승상이 정도 군중에 계신지 의심을 품고 사신을 보내다니, 과연 도응이로군요. 도응의 사신이 승상을 배알한다는 건 다 핑계고, 승상이 정말 이곳에 계신지 알아보려는 겁니다."

예전에 연주자사를 지내고, 동탁 토벌 18로 제후군에도 가담했던 유대가 놀라며 물었다.

"그럼 큰일 아니오? 서주 사자의 요구를 거절할 방법이 없겠소?"

모개가 고개를 가로저으며 대답했다.

"그건 안 됩니다. 도응은 간사하기 이를 데 없는 데다 가후, 유엽 등은 지모가 뛰어난 자들입니다. 만약 서주 사자의 접견을 거부하면 저들에게 승상이 여기 계시지 않다는 사실이 바로 들통 나게 됩니다. 그러면 외려 승상의 대사를 그르치고 아군도 위험에 빠질 수 있습니다. 하지만 저에게 한 가지 계책이 있습지요. 이 계책이면 도응에게 승상이 이곳에 계시다고 믿게 하고, 함부로 손을 쓸 수 없게 할 수 있습니다."

"무슨 묘계인지 얼른 말해보시오."

유대와 왕충이 크게 기뻐하며 동시에 얼굴을 들이밀자 모개가 웃음을 띠며 대답했다.

"여기에는 세 가지 단계가 필요합니다. 먼저 두 장군은 도응의 사자에게 사람을 보내 승상께서 군무가 다망하여 지금은 시간을 뺄 수 없으니 막사에서 잠시 기다리고 있으면 승상께서 곧 부르겠다고 말하십시오. 다음으로 두 장군은 군중으로 가 승상과 외모를 빼닮은 군사를 찾아 저에게 데려오십시오. 그러면 제가 그에게 어떻게 대처해야 하는지 일러 놓겠습니다."

모개는 잠시 숨을 고르고 말을 이었다.

"마지막으로 날이 완전히 저물 때를 기다렸다가 가짜 승상에게 승상의 의복을 그대로 입히고, 장중에는 촛불을 희미하게 밝혀 승상의 얼굴을 자세히 분간하지 못하게 하는 겁니다. 이어 우리가 가짜 승상을 호위해 도응의 사신을 접견하고 최대한 말을 아낀 다음 서둘러 도응의 사신을 창읍으로 돌려보냅니다. 이리한다면 도응이 어찌 승상이 여기 계시지 않다고 의심하겠습니까?"

"오, 그거 정말 절묘하구려!"

유대와 왕충은 박수를 치며 크게 소리 내 웃고는 임무를 나누고 급히 자리를 떴다. 왕충은 서주 사자 허맹을 응접하러 갔고, 유대는 조조와 용모가 비슷한 사병을 찾으러 군중으로 갔다.

자리에 홀로 남은 모개는 냉소를 지으며 중얼거렸다.

"흥, 도응 네놈이 한 번도 계략에 떨어진 적이 없었다고? 이번에야말로 네놈이 과연 이 계략에서 벗어날 수 있을지 두고 보리다!"

*   *   *

"조조가 정말 정도 대영에 있었소? 두 눈으로 똑똑히 확인한 것이 맞소이까?"

"예, 그렇습니다. 제가 조조와 직접 만나 얘기까지 나눴습니다. 주공께서 군대를 서주로 철수시키면 인질 복귀 문제는 언제든지 논의가 가능하다고 말하더군요."

일말의 희망을 가졌던 도응은 허맹의 대답을 듣고 크게 실망해 한숨만 내쉬었다. 곁에 있던 유엽과 진응 역시 난처한 표정을 지었는데, 오직 가후만이 미동도 하지 않은 채 뭔가 골똘히 생각에 잠겨 있었다.

잠시 후 도응은 푸념하듯 말을 내뱉었다.

"조조가 정말 올 줄은 꿈에도 몰랐구려. 참 난감하게 됐소. 싸우자니 반드시 이긴다는 보장이 없는 데다 설사 이긴다 해도 남 좋은 일만 시켜주는 꼴이 되고, 그렇다고 철수하자니 원소에게 꼬투리를 잡힐 테고……."

그러자 진응이 건의를 올렸다.

"주공, 우리도 참호를 깊이 파고 보루를 높이 쌓아 여양의 원소군처럼 싸우지 않고 대치하기만 하면 어떻겠습니까? 이렇게 해서 조조를 당분간 붙들어놓기만 하면 원소는 북쪽 전선이 허술한 것을 보고 반드시 출병할 것입니다."

도응은 고개를 가로저으며 대답했다.

"불가하오. 아군의 출병 목적은 조조와 원소의 개전을 유도하려는 것이지, 조조를 남쪽 전선에서 견제하려는 것이 아니오. 게다가 조조군의 전력이 약화돼 원소군의 공격을 막아내지 못하고 무너지는 건 우리 서주의 이익과도 부합하지 않소.

조조와 원소가 양패구상하는 게 이번 출병의 목적이오."

진웅이 조용히 입을 닫자 곁에 있던 가후가 돌연 허맹에게 고개를 돌려 물었다.

"음, 조조군 영중에서 조조 외에 또 어떤 장수나 모사를 보았소?"

"그게……."

허맹은 잠시 멈칫하더니 기억을 더듬어 대답했다.

"조조가 개인적으로 절 부른 관계로 함께 자리한 장수나 모사는 많지 않았습니다. 먼저 절 조조에게 안내한 장수는 왕충이라고 했고, 이밖에 유대와 모개가 그 자리에 같이 있었습니다. 다른 장수들은 보지 못했고요."

"유대, 왕충이라고?"

도응의 눈빛이 갑자기 번뜩하더니 가후와 이구동성으로 외쳤다.

"얼른, 얼른 조조와 만났을 때의 상황을 아주 자세하게 말해보시오!"

허맹은 영문도 모른 채 '예' 하고 대답한 후 당시 상황을 소상히 진술했다. 자신이 정도의 조조군 대영에 당도했을 때, 조조는 군무가 바쁘다는 핑계로 중랑장 왕충을 대신 보내 자신을 응접하게 한 뒤 날이 어두워져서야 자신을 접견했는데, 그때도 필요한 말 몇 마디만 하고 자리를 떴다는 것이다.

허맹의 설명을 들은 가후는 만면에 희색을 띠고 물었다.

"조조와 만났을 때 장중의 촛불 밝기는 어떠했소?"

이 물음에 허맹이 눈을 깜빡이며 기억을 떠올리려고 하는데, 도응이 환하게 웃으며 허맹을 대신해 대답했다.

"굳이 물어볼 필요도 없소이다. 분명 장중의 불빛이 희미해 사람의 얼굴 윤곽 정도는 보였겠지만 오관(五官)은 제대로 볼 수 없었을 것이오."

멍하니 있던 허맹이 깜짝 놀라 소리쳤다.

"주공은 그걸 어찌 아셨습니까?"

도응 이하 모사들은 모두 미소를 짓고 있었지만 허맹은 그저 고개를 갸웃거릴 뿐이었다. 궁금해 이유를 물으려고 하는데, 도응이 손을 휘저으며 말했다.

"이번 임무는 아주 훌륭하게 완수했소. 쉬러 가는 김에 군사를 진도에게 보내 급한 일이니 얼른 이리로 오라고 하시오."

무슨 영문인지 모르는 허맹은 얼떨떨한 표정으로 명을 받고 나갔다. 잠시 후 진도가 다급히 대영 안으로 들어오자 도응이 다짜고짜 명을 내렸다.

"숙지는 3천 정예병을 이끌고 정도로 가서 반드시 조조군을 격파하고 돌아오시오."

뜬금없는 도응의 명에 진도가 깜짝 놀라 물었다.

"네? 3천 병마로 조조가 친히 이끄는 3만 주력군을 물리치라고요?"

유엽도 걱정이 돼 진언을 올렸다.

"주공, 너무 위험합니다. 허맹이 본 조조가 가짜일 가능성이 높긴 하지만 만에 하나 우리 분석이 틀렸을 경우 진 장군은 물론 병사들까지 위험에 처할 수 있습니다."

"조조는 절대 정도에 없소!"

도응은 단호히 고개를 내젓고 진도를 불러 귓속말로 조용히 몇 마디 속삭였다. 진도는 여전히 반신반의하는 표정으로 명을 받고 나가 3천 정예병을 이끌고 곧장 정도 대영을 향해 출격했다.

*　　　　*　　　　*

유대와 왕충은 서주군이 군대를 나눠 서진한다는 소식에 처음에는 당황해 어쩔 줄 몰라 했으나 쳐들어오는 적군이 고작 3천 보병임을 확인하고 안도의 한숨을 내쉬었다. 하지만 모개는 심히 경계하는 빛을 내비쳤다.

"도응이 의심을 거두지 못해 승상이 이곳에 정말 계신지 알아보려고 군대를 출동시킨 것이 분명합니다. 아군은 대부분 남우충수(濫竽充數)의 오합지졸이라 도응에게 허실을 들킨다면 끝장입니다."

유대가 말했다.

"그럼 영문을 걸어 잠그고 영채를 사수하면 어떻겠소? 나가서 응전하지 않으면 도응도 우리의 허실을 알아낼 방법이 없을 거요."

모개가 재빨리 고개를 가로저으며 대답했다.

"그건 절대 안 됩니다! 우리가 영문을 꽁꽁 닫고 싸우지 않으면 승상이 이곳에 계시지 않는다는 사실이 도응에게 바로 들키고 맙니다. 하여 서주군에게 강경하게 반격을 가해야 도응이 비로소 승상이 정도에 계시다고 믿고 감히 경거망동하지 못할 것입니다."

이어 모개는 난처한 빛을 띠고 있는 유대와 왕충의 사기를 북돋우며 말했다.

"그렇다고 너무 걱정하진 마십시오. 도응 휘하에 정예군이 많지 않아 감히 주력군을 보내는 모험을 하지 않았을 겁니다. 이번에 출정한 병사들은 보조군일 가능성이 높으니 두 장군 중 하나가 1만 군사를 이끌고 출격한다면 충분히 격퇴할 수 있습니다."

모개의 말에 유대와 왕충은 다소 마음이 놓이기 했지만 서로 출전을 양보하며 감히 성을 나가려 하지 않았다. 결국 모개의 제안으로 제비를 뽑아 왕충이 출전하기로 결정되었다. 이에 왕충은 마지못해 1만 군사를 이끌고 출전했고, 유대와 모개는 영채에 남아 응전 결과를 기다리기로 했다.

왕충이 영채를 나와 10리쯤 달려갔을 때 서주 군대와 맞닥 뜨렸다.

양군은 즉각 눈밭에 진용을 갖추고 둥글게 대치했다. 이어 왕충이 창을 꼬나들고 앞으로 달려 나와 소리쳤다.

"한의 중랑장 왕충이 여기 있다. 누가 감히 나와 대적하겠 느냐?"

서주군 쪽에서는 진도가 앞으로 나와 창끝으로 적진을 가 리키며 크게 외쳤다.

"나는 서주의 진도요. 주공의 명으로 조 승상에게 전할 말 이 있으니 당장 나오라고 하시오!"

왕충은 처음 들어보는 진도라는 이름에 콧방귀를 뀐 뒤 거 드름을 피우며 말했다.

"너 같은 무명소졸이 감히 승상을 뵙겠다고? 꿈도 야무지구 나! 얼른 돌아가 도응에게 목을 빼고 죽을 날만 기다리라고 일러라!"

진도는 아무 대꾸도 하지 않고 왕충을 향해 곧장 말을 짓 쳐 달려갔다. 왕충도 고함을 지르며 창을 비껴들고 달려 나왔 다. 둘이 가까이 마주했을 때 진도의 창이 바람을 가르며 왕 충의 얼굴을 찔러가자 대경실색한 왕충은 다급히 창을 들어

가까스로 진도의 공격을 막아냈다.

가속이 붙어 왕충의 오른쪽으로 돌아나간 진도는 재빨리 말을 돌려 창을 거꾸로 잡고 왕충의 등을 내려쳤다. 몸을 피할 새도 없이 진도의 창에 오른쪽 옆구리를 강타당한 왕충은 고통스러운 비명을 지르며 자기 진영을 향해 냅다 꽁무니를 뺐다.

진도가 그 뒤를 바짝 추격해 왕충 전마의 둔부를 창으로 찔렀다. 말이 히힝 소리를 내며 바닥에 자빠졌고, 왕충도 말에서 떨어져 눈밭을 뒹굴었다. 진도는 냉큼 왕충에게 달려가 왼손으로 그를 낚아챈 후 자기 진영으로 돌아와 내동댕이쳤다.

서주 군사들이 일제히 달려와 왕충을 꽁꽁 포박했다.

왕충이 순식간에 포로로 잡히자 오합지졸로 구성된 조조군 대오는 크게 어지러워지기 시작했다. 진도는 이 틈을 놓치지 않고 공격 명령을 내려 세 배나 많은 적군을 철저히 궤멸해 버렸다.

일부 병사가 가까스로 대영으로 도망쳐 왕충이 서주군에게 사로잡혔다고 보고했다. 이 소식을 들은 유대와 모개는 얼굴이 하얗게 질리고 말았다.

패배가 문제가 아니라 조조가 정도에 없다는 사실이 왕충의 입을 통해 알려지는 건 시간문제였기 때문이다. 하지만 이들은 두려운 마음에 감히 왕충을 구하러 가지 못하고 영문을 걸어 잠근 채 전군에 영채를 삼엄하게 방어하라고 명했다.

이 광경을 모두 지켜본 진도는 도응의 말대로 조조가 정도 대영에 없다는 확신을 가졌다. 이에 병사 한 명에게 백기를 들게 하고 조조군 대영으로 달려가 모개에게 잠시 이야기를 나누자고 요구했다.

모개가 이 요구에 응해 영채 높은 곳에 모습을 드러내자 진도는 예를 갖추고 말했다.

"효선 선생, 우리 주공의 말을 조 승상에게 전해주십시오. 허허실실 작전이 다른 사람에게는 통할지 몰라도 우리 주공 앞에서는 무용지물이니 고생을 사서 하는 짓은 하지 말라고 말입니다."

모개는 태연한 표정으로 진도의 말을 듣고 있다가 공수하고 말했다.

"장군의 조언은 잘 들었습니다. 제가 꼭 사군의 말을 승상께 전해드립지요."

"번거롭겠지만 한 가지 청이 더 있습니다. 말장이 선생과 독대하고 꼭 드릴 말씀이 있으니 잠시 밖으로 나와주시겠습니까? 제 이름을 걸고 선생을 해하거나 사로잡는 일은 절대 없을 것입니다."

"알겠습니다. 제가 나가지요."

모개는 흔쾌히 진도의 요구를 받아들이고 전혀 두려운 기색 없이 홀로 영채 밖으로 나왔다. 이 모습에 진도도 크게 탄복하고 말을 몰아 전장 가운데로 달려갔다.

잠시 후 모개가 가까이 이르자 진도는 몸을 굽혀 모개의 귀에 대고 낮은 목소리로 말했다.

"선생은 이 말을 조 승상에게 그대로 전해주십시오. 승상이 만약 우리 서주군이 철군하고, 또 우리와 동맹을 맺어 원소에게 대항하길 원한다면 우리 주공도 응할 생각이 있습니다. 하지만 그 전에 한 가지 조건이 있습니다."

모개가 다급히 물었다.

"무슨 조건입니까?"

"거기에 대해서는 아무 말이 없었습니다."

진도의 대답에 모개는 멍한 표정으로 눈만 깜빡이더니 고개를 갸웃거리며 물었다.

"도 사군이 조건을 얘기하지 않는데 승상께서 어찌 사군의 요구 조건을 알 수 있겠습니까?"

진도가 진지한 어투로 대꾸했다.

"우리 주공이 무엇을 원하는지 승상이 알고 있을 것이라는 전언입니다. 뿐만 아니라 순욱, 순유, 곽가, 정욱 등도 이를 분명히 알고 있지만 아까워서 주지 못할 뿐이라고 하더군요. 그러니 선생이 우리 주공의 말을 승상에게 그대로 전하기만 하면 모든 일이 명백해질 것입니다."

진도는 도웅의 말을 모두 전하고 모개에게 공수한 뒤 말을 돌려 대오로 돌아갔다. 이어 이미 모든 준비를 마치고 기다리던 대오를 이끌고 곧장 창읍의 서주군 대영으로 철군했다.

홀로 남은 모개는 일이 대체 어찌 돌아가는지 몰라 한동안 그 자리에서 꼼짝도 하지 않고 혼잣말로 중얼거렸다.

"도웅이 원하는 정전 조건을 주공이 이미 알고 있다고? 순욱 숙질과 곽가까지도? 다만 아까워서 주지 못한다니… 대체 무슨 조건이란 말인가?"

*　　　　　*　　　　　*

모개가 허도로 돌아와 도웅의 말을 전하자 조조의 얼굴에 쓴웃음이 가득했다. 도웅이 언급한 순욱, 순유, 곽가, 정욱도 어쩔 수 없다는 표정으로 고개를 절레절레 흔들며 아무 말도 하지 않았다.

궁금증 가득한 얼굴도 한참 동안 조조의 대답을 기다리던 모개가 결국 참지 못하고 조심스럽게 입을 열었다.

"승상, 도웅이 요구한 조건이 대체 무엇입니까? 혹시 천자의 어가를 서주로……"

곽가가 기침을 하며 조조를 대신해 대답했다.

"당연히 아니오. 이런 때 천자의 어가를 서주로 모셔가 봐야 무슨 쓸모가 있겠소? 우리에게 향한 원소의 분노가 그에게 옮겨가기밖에 더 하겠소?"

순욱이 곽가의 말을 거들었다.

"원소와 아군의 사이가 틀어진 중요한 요인 중 하나가 바로 천자를 허도에 모셨기 때문이오. 이를 빤히 아는 도응이 화를 자초하는 바나 다름없는 천자를 요구할 리 있겠소?"

모개가 여전히 고개를 갸웃거리자 조조가 마침내 무표정한 얼굴로 입을 뗐다.

"도응은 내가 원소와 개전하길 바라고 있소. 내가 원소와 교전해 병립할 수 없는 형세가 돼야만 군대를 철수시킬 것이오. 그리고 결정적인 순간에 우리 편에 서리란 사실을 잘 알고 있소."

모개가 의아한 듯 물었다.

"지금 우리는 원소와 개전 중이잖습니까?"

이 말에 조조의 표정이 몹시 일그러지더니 침울한 목소리로 대꾸했다.

"단지 전쟁을 선포했을 뿐, 아직 진짜 싸움은 벌어지지 않았소. 조인에게 관도를, 우금에게 연진을, 유연에게 동군을 지키라고 명하고, 원소도 안량을 여양에 주둔시켜 강을 사이에 두고 서로 대치한다지만 시종 교전을 벌인 적이 없었소. 게다가 양군 사이에는 화해의 가능성까지 남아 있소. 그래서 도응은 일부러 남쪽 전선에서 물러가지 않는 것이오."

모개는 그제야 깨달았다는 듯 자신의 이마를 쳤다. 이어 조조가 이를 바득 갈며 분노를 드러냈다.

"이 간적 놈은 내가 원소와 전면 개전한 후 불패의 위치에 서서 이번 싸움의 승부와 성패를 자기 뜻대로 결정하려는 심산이오. 내가 그에게 고개를 숙이고 구원을 요청하길 바라고 있단 말이오!"

모개가 건의를 올렸다.

"기왕 그렇다면 원소에게 화친을 청해보는 건 어떻습니까? 주공은 원소와 어려서부터 죽마고우로 지내온 데다 오랜 기간 동맹을 맺어 함께 도적들을 토벌했습니다. 최근 들어 원소와 사이가 틀어진 건 도응이 중간에서 원소를 꼬드긴 결과입니다. 그러니 말재주가 뛰어난 자를 기주로 보내 원소에게 선물을 가득 안기고 감언이설로 퇴병을 설득하여 잠시 화해 분위기가 조성된다면 도응쯤이야 무에 두렵겠습니까?"

조조는 단호히 고개를 가로저으며 설명했다.

"나 역시 그 상황을 고려해 보지 않은 건 아니지만 그건 불가능하오. 아군과 원소의 반목에 도응이 개입된 건 사실이나 갈등의 근원은 아군과 원소의 이익 충돌 때문이오. 원소는 공손찬을 멸한 후 중원 토지에 군침을 흘리며 천하를 병탄하려는 마음을 먹었소. 그 길목에 아군이 떡 버티고 있어서 우리를 멸하지 않으면 남하할 수가 없는 것이오. 이런 이유로 화친은 성사되기 어렵고, 요행히 성공한다 해도 오래 지속될 리가 없소."

모개가 쭈볏쭈볏 물러가자 순욱이 망설이다가 입을 열었다.

"승상, 도응이 기왕 조건을 제시했으니 못 이기는 척하며 그의 요구를 받아들이면 어떻겠습니까? 아군이 원소에게 멸망하면 도응에게도 전혀 이로울 것이 없습니다. 이를 빤히 아는 도응이 우리 등에 칼을 꽂는 짓은 하지 않을 터이니, 아군도 안심하고 원소와의 싸움에 전력을 기울일 수 있습니다."

곽가도 순욱의 견해에 찬동해 조조가 거의 결심을 굳히려는 순간, 정욱이 급히 앞으로 나와 간했다.

"불가합니다. 원소는 군사가 많다 하나 오합지중에 불과하고 내부 갈등까지 심각해 백만 대군이라도 족히 염려할 바가 못 됩니다. 하지만 도응은 군대가 정예롭고 양식이 풍족하며 내부 갈등이 적을 뿐 아니라 도응 본인이 속임수가 많고 교활하기 이를 데 없습니다. 원소에게 화친을 구하는 것은 한신이 가랑이 밑을 지나간 것처럼 잠깐의 치욕에 불과합니다. 반면 도응과 동맹을 맺는 건 독뱀을 가슴에 품는 것과 같아 머지 않아 반드시 화를 입고 말 것입니다. 그러니 신중히 고려하십시오."

조조가 침음을 흘리며 물었다.

"그럼 중덕은 원소와 화친하자는 말이오?"

"그렇습니다. 원소는 겉으로는 위엄이 있지만 담이 적고, 계략을 좋아하면서도 결단력이 없어 결코 승상의 적수가 아닙니다. 조금만 기다리면 반드시 기회가 옵니다. 지금까지 여러 해 동안 참아오셨는데 몇 년을 더 참지 못하겠습니까?"

이때 순유가 정욱의 말에 동조하며 말했다.

"저 역시 잠시 원소에게 고개를 숙이자는 데 동의합니다. 원소가 아무리 한 치 앞을 내다보지 못한다 해도, 아군과 도응의 싸움이 격해질수록 자신에게 유리해진다는 사실쯤은 알고 있습니다. 따라서 승상께서 원소에게 화친을 청할 때 친히 대군을 이끌고 서주를 침공할 준비가 되어 있다고 설명한다면 원소는 기꺼이 화친에 응할 것입니다."

이익을 위해서라면 원소에게 좀 더 고개를 숙이는 것쯤은 아무렇지도 않게 생각하는 조조는 순유와 정욱의 설득에 다시 마음이 흔들리기 시작했다. 하지만 조조로서는 한 가지 마음에 걸리는 일이 있었다.

"하지만 화친의 대가로 원소가 분명 천자를 요구할 텐데, 이는 어찌 처리해야 좋겠소?"

순유가 재빨리 대답했다.

"전에 천자가 도읍을 허도에 정할 때, 원소는 표를 올려 도읍을 견성으로 정하자고 요구했습니다. 물론 이는 승상이 천자의 명의로 거절했지만요. 그러니 지금 도읍을 기주와 연주의 경계인 견성으로 옮기는 조건으로 원소와 화해하면 그만입니다."

이어 정욱이 음산한 목소리로 말했다.

"천자가 비밀리에 제후들에게 혈조를 내려 승상을 토벌하라고 명한 건 실로 은혜를 모르는 처사입니다. 행복을 누리면서도 그 고마움을 모르는 것이죠. 원소가 기어이 천자를 업성으로 모시려 한다면 승상은 천자를 그에게 넘겨도 무방합니다. 장담하건대 천자는 원소 수중에서 석 달도 안 돼 허도의 생활을 그리워하게 될 것입니다. 그때 가서야 누가 진정한 한의 충신이고 누가 난신적자인지 똑똑히 알게 되겠지요."

조조는 아무 대답 없이 한동안 방 안을 홀로 서성거리다가 주저하며 말을 꺼냈다.

"사안이 너무 중대하여 바로 결정을 내리기 어려우니 내일 다시 논의합시다. 좀 더 생각할 시간을 가지게 오늘은 이만 물러들 가시오."

조조의 명에 모사들은 일제히 허리를 굽혀 인사한 후 물러나왔고, 사마랑만이 언제든지 조조의 명령을 받들기 위해 방 안에 머물렀다.

회의를 모두 지켜본 사마랑은 속으로 중얼거렸다.

'큰일이야. 돌아가는 상황을 보아 하니 조조가 원소와 화친하기로 마음을 돌린 것 같아. 천자를 미끼로 원소와 동맹을 맺으려 한다면 연주에 침입한 도 사군에게 여간 골치 아픈 일이 아니겠어. 빨리 아우와 대책을 의논해 봐야 돼.'

*   *   *

순유와 정욱의 건의는 사실 성공 가능성이 매우 높았다. 그 시각 업성에서는 원소가 만면에 웃음을 띠고 빠른 시간 안에 출병을 요청하는 사위의 편지를 북북 찢고 있었기 때문이다. 원소는 좌우를 돌아보며 냉소를 지었다.

"도응이 출병한 지 한 달 만에 편지를 무려 다섯 통이나 보냈구려. 빨리 연주를 공격하라고 재촉하는 것을 보니 내가 출병하지 않을까 애가 단 모양이야. 흥, 제 놈은 절대 손해를 안 보겠다고?"

순심 역시 미소를 지으며 간했다.

"주공의 말씀이 옳습니다. 아군이 언젠가는 출병해야겠지만 지금은 때가 아닙니다. 도응의 압박을 못 이긴 조조가 남하해 연주 북쪽이 빈 연후에 출격하는 것이 아군의 이익에 가장 부합합니다."

심배 또한 원소에게 건의했다.

"주공, 도응에게 편지 한 통을 보내는 것이 좋겠습니다. 이번에 출병할 병력의 수가 최소 25만 이상이어서 준비하는 데만도 시간이 많이 필요하니 조금만 더 기다리라고 하십시오. 또 간접적으로 공격의 고삐를 늦추지 않도록 격려해 좀 더 조조를 옭죄게 하십시오."

"오, 그거 좋은 생각이오. 공장(孔璋)은 정남이 방금 전 말한 내용을 글로 작성하라."

공장은 바로 조조 토벌 격문을 쓴 진림의 자다. 진림이 명을 받고 편지를 쓰는 사이에 곽도가 앞으로 나와 공수하고 말했다.

"주공, 아군의 출병 기일을 늦추는 것 외에 아예 여양의 병마를 철수시켜 잠시 조조 북쪽 전선의 위협을 해소함이 어떨까 합니다. 그리하면 조조도 뒷걱정 없이 도응과의 결전에 전력을 쏟을 수 있습니다. 도응과 조조가 양패구상할 때를 기다려 연주로 쳐들어가면 힘들이지 않고 연주를 손에 넣을 수 있습니다."

원소는 이 계책을 듣고 속으로 크게 기뻤지만 짐짓 탄식하며 말했다.

"하지만 철군의 명분을 찾기 쉽지 않구려. 내가 사위를 버릴 수밖에 없었다는 정당한 명분만 있다면 천하 사람들도 심복할 터인데 말이오."

곽도와 신평 등 원담의 무리는 원소가 여양 철병에 뜻이 있음을 알고 눈을 번뜩이며 구실을 찾기 시작했다.

＊　　　　＊　　　　＊

사마랑은 조조의 두터운 신임을 받고 있어서 항상 곁에서 모시며 조조가 침소에 든 후에야 비로소 집으로 돌아가 휴식을 취했다. 이날은 조금 이른 시각인 이경 때쯤 조조가 잠이 들자 사마랑은 재빨리 멀지 않은 자신의 집으로 돌아왔다.

마침 아우인 아의가 깨어 있어서 조조가 원소에게 화친을 청하려 한다는 사실을 알리고 함께 대책을 논의했다.

아의는 사마랑의 설명을 다 듣고 난 뒤 얼굴빛이 돌변하며 놀라 소리쳤다.

"헉, 조조가 정말 사신을 보내 화친을 청한다면 성공할 가능성이 매우 높습니다. 원소는 본래 자기 이익밖에 모르는 자라 강 건너 불구경할 수 있는 이런 절호의 기회를 절대 놓칠 리 없습니다."

사마랑도 고개를 끄덕이며 아의의 생각에 동의를 표하자 아의가 걱정스러운 어조로 말했다.

"도 사군이 이번에 큰 위기에 봉착하게 생겼습니다. 이에 대한 대비가 과연 있을지 모르겠군요."

사마랑이 목소리를 낮춰 분부했다.

"이 일은 지체해서는 안 되니 아우가 가능한 빨리 도 사군의 세작과 연락을 취해 이 소식을 창읍으로 전하게나."

그러자 아의가 고개를 저으며 대답했다.

"소식을 당연히 전해야 하지만 대응책을 세우기에는 때가 늦을까 걱정입니다. 현재 연주 전역에는 계엄이 내려졌습니다. 허도에서 창읍으로 가는 길은 감시가 더욱 삼엄하고요. 이 때문에 지난번 유대, 왕충이 거짓으로 조조 깃발을 내걸고 출전한 일도 제때 도 사군에게 전달되지 못했습니다. 이번 일은 화급을 다투는지라 당장 알리지 못하면……."

여기까지 말한 아의는 번뜩 무슨 생각이 들었는지 급히 사마랑에게 물었다.

"형님, 조조가 내일 업성에 보낼 사자를 고른다고 하셨지요? 그럼 아직 누가 갈지 결정되지 않았단 말이겠군요?"

사마랑은 고개를 끄덕이고 설명했다.

"정욱과 순유의 흉계를 들은 후 조조는 즉답을 주지 않았네. 그래서 누구를 사신으로 보낼지 논의하지 못했지."

이 말에 아의가 크게 기뻐하며 말했다.

"방법이 있습니다. 내일 아침 조조가 모사들을 불러 사신 인선에 대해 논의할 때, 형님이 공구(孔丘)의 후예 공융을 정사(正使)로, 태위 양표(楊彪)의 후손 양수(楊脩)를 부사(副使)로 추천하십시오. 만약 성공한다면 조조는 화친은커녕 도리어 해를 입고 큰 재앙을 불러들일 것입니다!"

사마랑은 아의가 도통 무슨 말을 하는지 몰라 고개를 갸웃거리며 그 이유를 물었다. 아의는 회심의 미소를 지으며 대답했다.

"실은 이 아우가 허도의 명사에게 가르침을 구하러 다니다가 공융, 양수와 두터운 친분을 맺었습니다. 그런데 며칠 전 그들을 찾아갔다가 평소에 의기가 투합해 그림자처럼 붙어 다니며 마치 친형제처럼 정이 깊은 그들의 친구 하나를 알게 되었습니다. 그 지기는 현재 관직이 없는 몸이라 공융과 양수가 그를 벼슬길로 이끌려 하고 있어서, 조조가 만약 둘을 사신으로 보내면 그들은 틀림없이 이 지기와 동행하려 할 것이니……."

아의는 잠시 주위를 두리번거린 후 사마랑의 귀에 대고 내일 조조에게 어찌 말해야 하는지에 대해 상세히 일러주었다.

第七章
조조의 사신들

    이튿날 아침, 조조는 심복 모사들을 소집해 원소에게 화친을 청하기로 결정했다고 선포했다. 도응에게 타격을 입힐 수만 있다면 설사 헌제를 넘겨주더라도 상관없다고 목소리를 높였다.

    이런 조조의 결정에 바로 곁에서 조조를 모시던 사마랑은 회심의 미소를 지었고, 순유와 정욱은 희색이 만면했으며, 순욱과 곽가는 침묵으로 일관했지만 굳이 반대하지 않았고, 모개와 만총 등도 연신 고개를 끄덕이며 조조의 생각에 동의를 표했다.

아무도 반대 의견을 내놓지 않자 조조가 곧 물었다.

"공들 중 누가 자원해서 원소에게 사신으로 가겠소?"

조조의 모사들이 채 입을 열기도 전에 사마랑이 벌떡 일어나 조조에게 간했다.

"승상, 원소는 사세삼공 가문 출신이라 스스로 지극히 고결하고 고상하다고 여기고 있습니다. 이처럼 중대한 일에 일반 사자를 보내 교섭을 벌이면 승상의 성의가 잘 드러나지 않아 대사를 그르칠지도 모릅니다. 하여 허도의 명사 중 천하에 명성이 드높은 자를 골라 사신으로 보내야 성공할 가망이 높습니다."

조조는 사마랑의 말이 일리가 있다고 여겨 고개를 크게 끄덕였다. 그러더니 갑자기 손뼉을 치며 말했다.

"공문거를 기주에 사신으로 보내면 어떻겠소? 공문거는 공구의 후손으로 천하에 명망이 자자한 데다 지난번 원소의 격문이 허도에 보내졌을 때 나를 찾아와 원소와 화친하라고 권하기도 했었소. 그러니 사신으로 가는 일을 굳이 마다하지 않을 것이오."

순유, 정욱을 비롯한 모사들이 일제히 찬동의 뜻을 표하자 조조는 소리 내 웃으며 공융을 사신으로 보내기로 결정했다. 이 틈을 타 사마랑이 다시 한 번 권유했다.

"승상, 양표의 아들 양수를 공융과 함께 보내면 어떻겠습니까? 양덕조(德祖)가 비록 나이는 어리나 재화(才華)가 출중하고 꾀바르며 청산유수 같은 달변은 공융도 승복할 정도입니다. 게다가 양표 부자는 원소와 인척이어서 사이가 친밀합니다."

덕조는 양수의 자다. 조조 역시 다시 한 번 박수를 치고 크게 소리 내 웃더니 즉각 명을 내렸다.

"속히 공문거와 양덕조를 대당으로 부르라."

공융과 양수는 기주에 사신으로 가라는 명에 담담히 응한 뒤 조조에게 건의했다.

"승상, 저희와 동행할 사람 하나를 추천합니다. 이자의 재능과 학식은 저희들보다 열 배는 낫습니다. 그가 기주로 함께 간다면 원소를 설득하는 일쯤은 손바닥 뒤집는 것보다 쉬울 것입니다."

조조가 호기심 가득한 얼굴로 물었다.

"두 분이 추천하는 자가 대체 누구요?"

"평원군의 명사인 예형, 예정평(正平)입니다."

정평은 예형의 자다. 공융의 대답에 인재를 목숨처럼 아끼는 조조는 크게 기뻐하며 다시 물었다.

"정평은 언제 허도로 왔소? 내 왜 그걸 몰랐을꼬."

"반달쯤 됐습니다. 제가 북해에 있을 때 예정평과 지기를 맺어 여러 차례 편지를 보내 그를 허도로 불렀습죠. 본래 그를 조정에 추천하려 했지만 지금까지 기회가 없었습니다."

"정평의 재주와 명성은 나도 이미 들은 지 오래요. 이런 은 인거사(隱人居士)라면 내가 직접 만나 봐야지요."

조조가 기쁨의 낯을 감추지 못하고 예형을 부르라 명을 내리려 할 때, 아의의 지시를 받은 사마랑이 재빨리 끼어들며 말했다.

"승상, 말씀 중에 죄송하지만 오늘 성 밖의 둔병지 봄갈이를 시찰하셔야 합니다. 전농중랑장 조지가 이미 준비를 모두 마치고 기다리고 있습니다. 곧 있으면 출발 시간입니다."

도응과 반목하면서 서주와의 식량 무역이 단절되자 조조는 식량 수급에 곤란을 겪고 있었다. 따라서 동탁 무리에 의해 폐허가 된 관중 지역의 봄갈이는 가볍게 볼 수 없는 대사라 할 만했다. 조조는 아쉬운 표정을 지으며 말했다.

"오늘은 인연이 아닌가 보오. 정평은 다음에 만나기로 합시다. 두 분이 정평과 함께 기주로 북상해 화친 건을 잘 마무리 짓도록 하시오. 대사가 성공한다면 정평에게 관직을 내리리다."

공융과 양수는 공수하며 감사의 말을 전했고, 혹여 조조가 기어이 예형을 만나자고 할까 봐 조마조마했던 사마랑은 휴하며 가슴을 쓸어내렸다.

　　　　*　　　　　*　　　　　*

　눈발은 잠시 가늘어졌지만 칼바람이 여전히 휘몰아치는 가운데, 일지 군마가 마차를 호위해 남쪽으로부터 북상하고 있었다. 바깥에 흐르는 차가운 공기와 대조적으로 마차 안에서는 웃고 떠드는 소리와 시를 노래하는 소리가 끊이지 않았다.

　따뜻하고 너른 마차 안에서 비단옷과 갖옷을 걸치고 손에 술잔을 들고서 소리 높여 노래하는 젊은이는 바로 양수였다.

　　이제 막 스물네 살이 된 그는 우아하고 준수한 용모에 재능과 학식을 겸비하여 당대 허도 사람의 차세대 기수로 각광받는 인물이었다. 재주를 믿고 방종하며 행동거지가 경망스러웠지만 미치광이가 판치는 이 시대에 그 정도 결점은 흠이라고 보기 어려웠다.

　도포를 입고 방건을 쓰고서 옆에 앉아 손뼉을 치며 박자를 맞추는 중년 남자는 노(魯)나라 무사 숙량흘(叔梁紇)의 21대손 공융이었다.

　1년 반 전에 도응에 의해 청주 북해군에서 쫓겨나 어쩔 수 없이 조조에게 몸을 의탁한 그는 세도가 크게 몰락해 허도에서 말단관직을 맡고 있었지만 문객을 좋아하고 청담을 논하는 성격은 조금도 변하지 않았다.

마지막 한 사람은 양수와 연배가 비슷한 젊은이로 언행과 거지가 보통 사람과 비교하기 어려울 정도로 특이했다. 물방울이 떨어지면 바로 얼음이 되는 혹한에도 얇고 헤진 베옷 한벌만 걸친 채, 머리는 산발에 가슴을 다 드러내고 있었다.

양수와 공융이 소리 높여 노래를 부를 때도 방약무인하게 드러누워 한쪽 다리는 의자에 걸치고 손으로는 연거푸 술잔을 들이켰다. 이 젊은이의 이름은 예형이었다.

양수와 공융이 사부(詞賦)를 모두 노래하고 박수를 치며 서로 치켜세울 때, 예형이 갑자기 얼굴을 가리고 방성대곡했다. 예형을 잘 아는 양수와 공융은 전혀 괴이히 여기지 않고 단지 우는 이유에 대해 물었다. 그러자 예형이 크게 울며 대답했다.

"천 리 길이 너무 짧아 오늘 업성에 도착하면 그대들과 언제 또 이렇게 마음껏 마실 기회가 있겠소!"

예형은 말하는 동안 감정이 북받쳤는지 더 큰소리로 목 놓아 울었다. 양수와 공융 역시 아쉽기는 마찬가지였으나 공융이 예형을 달래며 말했다.

"정평, 너무 슬퍼하지 말게. 업성의 일을 마치고 연주로 돌아가면 오늘처럼 실컷 마시고 노래할 기회가 계속 있을 걸세."

양수 역시 예형을 위로했다.

"우리가 연주와 기주 간의 병화(兵火)를 해결하고 돌아가면 승상은 분명 자네를 불러 중임을 맡길 걸세. 그때 우리가 조석으로 만나 날마다 잔치를 열면 되지 않겠나?"

그제야 예형은 울음을 거두고 얼굴에 희색을 드러냈다. 그러더니 헤진 소매 안에서 작은 약병을 꺼내 통을 열고 가루를 술잔에 부어 마시려고 했다.

이를 본 공융이 다급히 제지하며 말했다.

"정평, 곧 업성에 도착하네. 오석산(五石散)을 복용하면 땀을 내 약성을 발산해야 하는데, 약성이 사라지기 전에 업성에 이른다면 약성을 발산할 기회가 없어진다고!"

"괜찮소이다. 내 고기는 석 달을 끊을 수 있어도 술과 약은 하루도 거를 수 없소."

예형은 큰소리로 웃으며 공융의 권유를 거절하고, 따뜻한 술에 오석산을 타 입안에 털어 넣었다. 이어 그가 공융과 양수에게도 그 술을 건네려 하는데, 마차 밖에서 홀연 사병의 목소리가 들려왔다.

"대인, 업성까지는 이제 2리밖에 남지 않아 마차에서 내려 입성해야 합니다."

"귀찮게 됐군. 어찌 이리 빨리 도착했단 말인가!"

공융이 깊은 탄식을 내뱉었지만 후회해도 이미 때는 늦었다. 그는 양수와 함께 서둘러 의관을 정제하는 동시에 예형에게 마차에서 내려 걸어가면서 약성을 발산하라고 재촉했다.

하지만 예형은 약성이 사라지지 않았다는 핑계로 마차에서 한사코 내리려 하지 않았다. 공융과 양수가 억지로 사정사정해 겨우 예형을 마차에서 내리게 했는데, 예형은 오석산의 약효 때문인지 마차에서 내리자마자 상의를 훌렁 벗고 맨발에 낡은 나막신을 신고서 눈으로 뒤덮인 땅을 걸어갔다.

그러자 공융은 어쩔 수 없이 군사들에게 잠시 행군을 멈추라고 명하고, 예형이 약성을 다 발산할 때까지 기다렸다가 업성에 들어가려고 했다.

하지만 일이 공융의 뜻대로 되지는 않았다. 조조군이야 당연히 공융의 명에 복종했지만, 이들을 감시하며 호송하는 원소군이 웬 미친놈 하나 때문에 살갗을 에는 추위 속에서 떨고 싶어 하겠는가. 게다가 날도 이미 어두워진 관계로 원소군장수는 단호히 명을 거절하고 속히 전진하라고 요구했다.

이들이 한창 실랑이를 벌이고 있을 때, 설상가상으로 귀찮은 일이 또 생기고 말았다. 업성 쪽에서 일지 병마가 달려왔는데, 대오를 이끌고 나온 장수는 원담의 수하인 왕소(汪昭)였다.

왕소는 공융 무리를 향해 공수하고 말했다.

"이 왕소가 원담 공자의 명으로 여러분을 성안으로 모시기 위해 나왔습니다. 원 공께서 가능한 한 빨리 조조군 사자를 만나보겠다고 하셨으니 얼른 성안으로 드시지요. 어쩌면 오늘 당장 만나자고 하실지도 모릅니다."

공융과 양수는 어쩔 수 없다는 표정으로 약성을 발산하는 예형을 부축하고서 원소군을 따라 속히 업성으로 들어갔다.

예형의 명성이 널리 퍼졌다고 하나 다행히 아직 관직이 없는 관계로 원소를 접견할 때 꼭 같이 갈 필요는 없었다. 이에 공융과 양수는 원소가 곧바로 부르지 않으면 그만이지만 만약 당장 만나겠다는 명이 떨어지면 예형을 역관에 두고 가기로 결정했다.

이유야 당연히 예형이 약 기운에 일을 그르칠까 염려됐기 때문이다.

공융 무리가 업성 남문에 이르렀을 때, 뜻밖에 그곳에는 원소의 장자 원담이 친히 곽도와 신평을 데리고 이들을 맞이하러 나와 있었다. 이 광경에 공융과 양수는 속으로 흐뭇한 미소를 지었다.

사실 이번 사절단 파견의 목적은 원소에게 머리를 숙이고 화친을 청하는 것이었는데, 이를 빤히 아는 원소가 장자를 보내 영접했다는 건 조조와의 화친에 긍정적인 반응을 보인다는 증거가 아니겠는가.

그런데 이때 공융과 양수가 잠시 방심한 틈을 타 예형이 갑자기 빠른 걸음으로 원담에게 다가갔다. 공융은 예형이 실수라도 범할까 두려워 재빨리 그를 쫓아가 걸음을 멈춰 세우고 원담 등에게 예를 갖춰 인사했다.

"현사 공자, 그리고 곽도, 신평 선생, 오래간만에 뵙습니다."

"문거 선생, 오랜만입니다."

원담 등도 공수하고 답례했다. 그런데 공융 옆에 웃통을 벗고 서 있는 이 걸인은 대체 누구란 말인가?

원담 등이 수상쩍은 눈빛으로 예형을 위아래로 훑어보자, 예형은 기분이 상한 듯 언짢은 투로 소리쳤다.

"그대들은 눈뜬장님들이신가? 북해의 공문거만 눈에 보이고 평원의 예정평은 보이지 않는단 말이오?"

평원의 예정평이란 말에 곽도와 신평은 깜짝 놀라며 급히 예를 갖추고 물었다.

"선생이 정말 천하에 명성이 자자한 예형, 예정평 선생이십니까?"

예형은 답례도 하지 않고 거만하게 고개만 끄덕거렸다. 이어 공융과 양수가 예형이 이번에 사신으로 오게 된 내력을 설명하고, 웃통을 벗고 있는 이유는 오석산을 복용했기 때문이라고 해명했다.

오석산은 이때부터 점차 복용하기 시작해 위진(魏晉) 시대에 이르면 불로장생약으로 여겨져 문인과 귀족 사이에서 크게 유행하게 된다.

어쨌든 당시 문인들 사이에서는 오석산 복용이 크게 문제시되지 않은 관계로 곽도와 신평은 귓속말로 원담에게 이런 상황을 설명하고, 현자를 홀대했다는 오명을 쓰지 않기 위해서라도 예형을 예우하라고 권했다.

널리 명성을 알리고 인심을 끌어 모아야 했던 원담은 감히 태만히 하지 못하고 겉치레로 예형에게 예를 갖춰 인사하려는데, 예형이 먼저 크게 소리를 질렀다.

"군자는 탄탕탕(坦蕩蕩)이라 했거늘, 너희들은 어찌 소인배처럼 귀에 대고 은밀히 속닥거리는 것이냐!"

원담은 이 말에 크게 노해 벽력같은 고함을 지르고 허리에 찬 보검을 빼 들었다.

일촉즉발의 순간에 공융은 급히 예형을 뒤로 끌어당겼고, 양수는 원담 앞으로 달려가 인척 관계를 내세우며 오석산의 부작용 때문이라고 극력 해명했다.

양수의 생모는 원술의 누이로, 둘은 비교적 가까운 외종사촌 사이였기 때문에 원담도 화를 누그러뜨리고 칼을 거두었다. 물론 여기에는 조조와의 관계를 고려한 점이 크게 작용했지만 말이다.

그는 마치 아무 일도 없었다는 듯 환한 웃음을 짓고 공융과 양수에게 말했다.

"여기는 얘기를 나눌 만한 자리가 아니니 얼른 성안으로 드시지요. 부친께서 이미 부중에 주연을 마련하고 두 분을 기다리고 계십니다. 기주 관원들도 모두 참석할 예정이니 함께 대사를 논의해 봅시다."

공융과 양수는 아무 일 없이 사건이 마무리된 데 대해 안도의 한숨을 내쉼과 동시에 대사를 논의하자는 말에 눈이 번쩍거렸다. 공융 뒤에 몸을 숨기고 있던 예형도 너털웃음을 터뜨리며 나와 말했다.

"그거 잘됐구려! 원소의 성의를 봐서라도 연회에 참석해 잔을 기울이며 담소하고 시부(詩賦)를 읊어주어야지요!"

웃통을 벗고 있는 예형의 모습에 원담이 이맛살을 찌푸리자 이를 눈치챈 공융이 재빨리 예형을 한편으로 끌고 갔다.

원래는 그에게 역관으로 돌아가 쉬라고 권할 생각이었으나 혹시나 그의 재기가 쓸모가 있지 않을까 여겨 조용히 당부했다.

"정평, 우리를 따라 연회에 참석해도 좋네만 먼저 조건이 있네. 꼭 옷을 단정히 입고 머리에 방건을 쓰게나."

북해에 있을 때부터 자신에게 한 번도 격식을 따지지 않았던 공융이 갑자기 이런 말을 하자 예형은 불만스러운 투로 투덜거렸다. 하지만 이내 마음을 고쳐먹고 말했다.

"좋소. 내 문거와 덕조의 얼굴을 보아 이번만은 의관을 정제하리다."

그러고는 즉시 마차로 돌아가 도포를 입고 방건을 쓰고 나왔다. 순순히 말을 듣는 친우의 모습에 한숨 돌린 공융은 원담에게 예형과 함께 업후부 부중으로 가 원소를 뵙겠다고 청했다.

원담은 현자를 홀대했다는 오명을 듣기 싫었던 데다 방금 전 겁박에 고분고분해진 듯한 예형을 보고 고개를 끄덕여 응한 뒤 서둘러 성안으로 들어갔다.

업후부 대당 안에서는 이미 성대한 연회가 벌어져 기주의 문무 관원들까지 모두 참석해 조조의 사절단을 영접했다.

원담의 안내로 대당에 들어선 공융 일행은 이 모습에 크게 기뻐하며 원소에게 예를 갖춰 인사를 올렸다.

"문거 선생은 어서 일어나시오. 덕조 조카도 그만 일어나게. 10여 년 동안 못 본 사이에 조카가 이렇게 장성하다니, 거리에서 만나면 못 알아보겠구먼……."

그런데 이때 갑자기 원소의 얼굴에서 웃음이 사라졌다. 바로 예형이 공융 오른편에 꼿꼿이 서서 무례하게 자신을 노려보며 알아듣지 못할 소리를 계속 중얼거리고 있었기 때문이다.

원소는 굳은 표정으로 노여움을 드러냈다.

"너는 누구길래 절하지 않는 것이냐?"

"정평, 이분이 바로 조정의 대장군이자 업후인 원소 공이시네. 얼른 예를 갖추게."

공융이 식은땀을 흘리며 예형의 소매를 잡아당기자 예형은 그제야 알았다는 듯 말했다.

"아, 저자가 바로 원소였구려. 아무도 소개해 주지 않기에 저 노부가 누구인지 궁금했었소."

이어 예형은 원소에게 형식적으로 공수한 후 몸을 일으켰다. 하지만 노부라는 호칭을 생전 처음 들어본 원소는 모욕감에 온몸을 부르르 떨었고, 원상과 기주 장령들도 잇달아 칼을 빼 들고 예형에게 달려들 태세를 취했다.

이때 공융이 원소 앞에 털썩 꿇어앉아 큰소리로 간했다.

"명공, 용서하십시오. 예형이 말을 가리지 못한 건 모두 미리 명공의 신분을 알리지 못한 제 불찰입니다. 부디 이를 깊이 살펴주십시오."

"숙부, 예형은 천하의 명사입니다. 비록 용서받지 못할 죄를 저질렀으나 그를 죽이면 숙부의 위명에 해가 될까 두렵습니다. 이번만 너그러이 용서하십시오."

양수까지 머리를 조아리며 간청하자 원소는 중요한 대사를 앞두고 불미스러운 일을 만들고 싶지 않았다. 이에 억지로 노기를 가라앉히고 손을 저어 뭇 장수들을 제지한 다음 양수에게 물었다.

"저자가 명성이 자자한 평원의 예형이라고 했나? 그런데 어떻게 함께 온 것인가?"

이에 양수가 예형이 함께 사신으로 오게 된 전후 과정을 대략적으로 설명하자 원소는 고개를 끄덕이며 마지못해 얘기했다.

"기왕 조카와 문거 선생과 동행한 명사이니 함께 자리하도록 하게. 여봐라, 예형 선생에게 자리를 마련해 드려라."

그러더니 원소는 일부러 손가락으로 대당 맨 끄트머리를 가리켰다. 원소의 명에 시종은 예형을 말석으로 안내했다.

예형의 성정을 잘 아는 공융과 양수는 혹여 예형이 오기가 발동해 다시 원소를 자극하지 않을까 조마조마했다. 하지만 다행히 예형은 아무 대꾸도 하지 않고 성큼성큼 말석으로 걸어갔다.

그런데 이때 예형이 사람들 앞에서 갑자기 옷을 벗기 시작했다. 눈 깜빡할 사이에 웃통을 모두 벗고 바지까지 벗어버렸다.

"멈춰라!"

예형이 속옷까지 벗으려 하자 원소는 더 이상 참지 못하고 벽력같이 노호성을 터뜨렸다.

"묘당(廟堂) 안에서 감히 이 무슨 무례한 짓이냐!"

"약소한 이를 업신여기는 것이 곧 무례요. 부모에게 물려받은 깨끗한 몸을 있는 그대로 드러내 더러움을 밝히는 것이 어찌 무례란 말이오?"

예형은 유유히 대답하면서 재빨리 속옷을 벗고 실오라기 하나 걸치지 않은 몸으로 사람들 앞에 섰다.

이 광경을 본 공융과 양수는 하마터면 놀라 까무러칠 뻔했다. 원담 일당의 얼굴도 모두 흙빛으로 변해 버렸다. 원소의 얼굴은 아예 철색으로 굳어 노호했다.

"네놈이 깨끗하다면 무엇이 더러운 것이냐?"

"바로 네놈이다!"

예형은 조금도 두려워하는 기색 없이 당당하게 대답했다.

"명사를 불손히 대하니 눈이 더러운 것이오, 시서(詩書)를 읽지 않으니 입이 더러운 것이오, 충언을 받아들이지 않으니 귀가 더러운 것이오, 고금의 일에 통달하지 못하니 몸이 더러운 것이오, 제후들을 용납하지 못하니 뱃속이 더러운 것이오, 약자를 괴롭히니 마음이 더러운 것이다! 천하의 명사인 나를 말석에 앉히고서 어찌 패왕의 업적을 이루려 한단 말이냐!"

이를 듣다 못한 기주 관원들이 일제히 검을 빼 들고 예형에게 달려들며 분노의 일갈을 내질렀다.

"어디서 감히 우리 주공을 욕하는 것이냐! 당장 목을 내놓아라!"

"제발 멈추십시오!"

공융은 절망의 비명을 지르더니 급히 원소 앞에 무릎을 꿇고 연신 머리를 조아리며 호소했다.

"명공, 아무짝에도 쓸모없는 놈 때문에 칼에 피를 묻혀서야 되겠습니까? 부디 은혜를 베푸시어 목숨만은 살려주십시오!"

이 말에 예형은 대당이 떠나가라 큰소리로 웃음을 터뜨렸다.

"하하하, 그나마 내게는 인성이 있으니 쥐새끼 같은 네놈들보다는 낫지 않느냐!"

"입 닥쳐라!"

원상은 결국 분노가 폭발해 예형의 얼굴에 주먹을 그대로 꽂아버렸다. 입과 코에서 피가 뿜어져 나오자 예형은 더욱 미친 듯 광소를 터뜨리며 외쳤다.

"주먹질 한 번 시원하구나! 네놈들은 약자를 괴롭힐 줄밖에 몰라 도응과 결탁해 연주를 침범한 것도 모자라 이제는 백여 명이나 되는 놈이 일개 서생인 날 한꺼번에 공격하는 것이냐? 하하, 원주양(周陽)이 손자는 참 잘 됐어!"

주양은 바로 원소의 아버지인 원봉의 자다. 이 시대에 당사자 앞에서 상대방 집안어른의 이름과 휘를 함부로 부르는 건 금기를 어기는 매우 무례한 일로 여겨졌다.

원상은 더욱 분노가 치밀어 올라 예형을 발로 힘껏 걷어찬 후 원소에게 몸을 돌려 말했다.

"조조의 사신 놈이 도를 넘어서 조부까지 모욕했습니다. 소자가 당장 이자를 참하겠습니다!"

"주공, 잠시만 참으십시오!"

곽도와 신평은 미간을 찌푸리며 앞으로 나와 예형이 오석산을 복용해 약성이 아직 해소되지 않았으니 이번 한 번만 정상을 참작해 달라고 간청하려던 참이었다. 그런데 뜻밖에 예형이 갑자기 바닥에 큰 대자로 누워 웃음을 터뜨리며 말했다.

"원주양을 언급한 것이 모욕이라고? 그럼 세상 사람들 입에서 항상 중니(仲尼)가 언급되니, 공문거는 매일 모욕을 당하는 것 아닌가? 가소롭구나. 원중예(仲譽)와 원중하(仲河)의 자손은 실로 고지식해, 고지식하다고! 하하하!"

"당장 저놈을 포박하라!"

자신의 조부와 증조부까지 싸잡아 모욕하는 예형의 무례함에 원소도 더 이상 참지 못하고 대갈일성을 내질렀다. 호위병들은 일제히 예형에게 달려들어 양팔을 꽁꽁 묶고 원소 앞으로 끌고 가 처분을 기다렸다.

이렇게 되자 예형 역시 심한 모욕을 당했다고 여겨 더욱 분개했다.

"이게 뭣 하는 짓들이냐! 내 위로는 천지신명에게 절하지 않고, 아래로는 임금과 어버이, 스승과 어른에게도 절하지 않는데 왜 날 사당의 토우(土偶) 앞에 꿇린 것이냐!"

원소는 주먹을 불끈 쥐고 이빨을 바드득 갈며 공융을 향해 노호했다.

"너희들이 이 미친놈을 여기로 데려온 건 나와 화친을 하겠다는 말이냐, 아니면 나에게 선전포고를 하겠다는 것이냐?"

공융은 예형을 데려온 걸 후회했지만 이미 때는 늦었다. 그가 식은땀을 연신 흘리며 채 대답하기도 전에 예형이 몸부림치며 고래고래 소리를 질렀다.

"당연히 선전포고를 하러 온 것이다! 천자께서 허도에 계시는데 네놈이 군사를 이끌고 경계를 침범했으니 이는 불충이오, 네놈은 원성(袁成)의 양자로 들어갔으면서도 원성의 관직이 비천한 것을 싫어해 낯짝 두껍게 다시 친부 아래로 들어갔으니 이는 불효요, 사리사욕으로 유주와 병주, 청주를 공격해 무고한 천만 생령에게 해를 입혔으니 이는 불인이오, 한복을 속여 영토를 빼앗고 공손찬에게 궤계를 썼을 뿐 아니라 지금은 사위를 저버리고 어부지리를 취하려 하니 이는 불의니라! 이에 조조가 불충불효하고 불인불의한 네놈 무리에게 전쟁을 선포하러 나를 보낸 것이다! 조조가 머지않아 네놈의 전 가족을 사로잡고 더러운 네 목을 참할 것이다!"

"당장 끌어내 저놈의 목을 베라!"

분노가 극에 달한 원소는 펄쩍펄쩍 뛰며 연신 고함을 질러댔다. 호위병들이 명을 받자마자 즉각 예형을 밖으로 끌고 나

갔지만 예형은 끌려가는 와중에도 쉬지 않고 원소에게 욕을
퍼부었다.

목이 잘리기 전까지 예형의 욕하는 소리가 사방으로 메아
리치자 원소는 분을 억제하지 못하고 책상을 내려치며 명을
내렸다.

"안량에게 당장 동군으로 쳐들어가고, 도웅에게는 조조를
협공하라고 명하라! 나는 병마를 점검한 후 친히 30만 대군
을 이끌고 조조의 목을 베러 갈 것이다!"

"부친……."

"주공……."

당 아래에서 이를 만류하는 모기만 한 목소리가 들렸지만
원소는 검을 빼 들고 큰소리로 외쳤다.

"내 뜻은 이미 결정됐다! 한 번만 더 조적 놈과 화친하라고
권유하는 자는 이 책상처럼 될 것이다!"

그러더니 원소는 검을 휘둘러 책상을 그대로 두 동강이 내
버렸다.

건안 4년 2월 열여드레 날, 여양에 주둔 중인 안량의 3만
군대가 돌연 황하 남쪽 기슭에 공격을 감행했다.

백마에 주둔 중인 유연은 황급히 군대를 거느리고 안량의
남하를 저지하러 나섰다. 하지만 병력의 절대적인 열세로 인

해 결국 나루를 빼앗기고 백마성으로 물러나 기존에 설치한 견고한 방어 시설에 의존해 안량군과 대치했다.

유연은 허도와 연진의 우금에게 쾌마를 보내 급보를 알리고 속히 구원병을 보내달라고 요청했다.

원소가 마침내 군대를 움직여 허도로 통하는 요지 백마에 맹공을 퍼붓고 있다는 소식이 허도로 전해지자, 원소와 화친할 꿈에 부풀어 있던 조조는 그 자리에서 몸이 얼어붙어 손에 든 붓을 떨어뜨리고 말았다.

자군 주력 부대가 어떤 경로와 방법으로 남하해 도응과 결전을 벌여야 좋을지 논의하던 조조의 모사들도 믿기 어렵다는 표정으로 눈이 휘둥그레져 할 말을 잃어버렸다.

"이… 이것이 대체 무슨 조화란 말이냐?"

조조와 그의 모사들은 화친을 앞둔 이 시점에 왜 원소가 갑자기 백마를 급습했는지 이유를 몰라 곤혹스러운 표정을 짓고 있었다.

아무리 머리를 쥐어짜도 그 목적을 알 길이 없었지만 그렇다고 속수무책으로 당하고만 있을 수는 없는 일.

조조는 남쪽 전선으로 향하려던 창끝을 반대로 돌려 속히 4만 대군을 집결해 군대를 두 길로 나눠 백마를 구원하라고 명했다. 그리고 자신이 직접 2만 정예병을 이끌고 미리 출발하여 도하한 안량군을 제거해 원소군의 예봉을 꺾고 아군의 사기를 북돋우고자 했다.

그런데 바로 이때 날벼락 같은 소식 하나가 더 날아들었다.

조조가 자신의 요구에 좀처럼 답을 주지 않자 도응이 압력을 가하기 위해 정도의 유대 대영을 돌연 기습한 것이다.

유대는 겁을 집어먹고 서둘러 정도성 안으로 들어가 성을 사수했는데, 도응이 투항한 유대군을 창읍으로 보내 조순에게 거짓으로 구원을 청하는 편지를 건넸다.

조순은 정도를 잃으면 허도와 연락할 노선이 끊긴다는 생각에 화급히 5천 군사를 정도로 보내 유대를 구원하게 했지만, 서주군의 함정에 빠져 천 명도 안 되는 군사만 건져 창읍으로 달아났다.

서주군이 이 틈을 타 창읍에 맹공을 퍼붓자, 주력군 다수를 잃은 조순은 적군을 막아내기 어려워 부득불 조조에게 급히 구원병을 요청했다.

눈 깜짝할 사이에 양쪽에서 적군의 공격을 받게 된 조조는 어쩌다가 상황이 이 지경에까지 이르렀는지 몰라 발만 동동 굴렀다.

나쁜 일은 겹쳐서 온다고 했던가? 이때 다시 업성에서 쫓겨난 공융, 양수로부터 서신이 도착했다.

업성에서 벌어진 사건의 경위 및 원소가 친히 30만 대군을 이끌고 쳐들어온다는 소식이 적힌 편지와 함께 예형의 머리가 앞에 놓이자, 조조는 아찔한 생각이 들어 다리가 휘청거렸다.

그의 얼굴에 말로 표현하기 어려울 만큼 복잡한 표정이 드러나며 하늘을 향한 긴 탄식이 울려 퍼졌다.

"아, 머리 없는 미치광이가 내 대사를 망쳤구나! 내 대사를 망쳤어―!"

＊　　　　＊　　　　＊

기주에 사신으로 갔던 예형의 목이 달아나고, 안량이 선제공격에 나섰다는 소식이 속속 창읍의 도응 앞에 당도하자 서주 대영에서는 남의 불행을 기뻐하는 웃음이 터짐과 동시에 급작스러운 정세 변화에 대한 대책 논의에 들어갔다.

유엽이 먼저 입을 열었다.

"주공, 안량이 황하를 건너 백마를 공격함으로써 조조와 원소 간의 싸움은 이제 기정사실이 되었습니다. 이런 때에 우리가 조조를 강하게 압박하면 원소만 도와주는 꼴이 되고 맙니다."

가후도 고개를 끄덕이며 말했다.

"자양의 말이 옳습니다. 조조가 하후돈에게 2만 주력군을 이끌고 견성과 범현을 지키라고 명한 건 명목상으로는 연주 동부로 침입할지 모르는 원소의 남하를 막기 위한 조치이지만 실제로는 아군의 기습에 대비하기 위함입니다. 이에 백마가 아무리 다급한 상황에 처해도 이 정예병들을 함부로 동원하지 못할 것입니다. 이때 조조와 화해해 마음 놓고 이 병력을 백마에 투입할 수 있게 한다면 원소와의 전쟁 규모를 크게 확대시킬 수 있습니다."

조용히 모사들의 의견을 경청하던 도응이 반문했다.

"그럼 어떻게 조조에 대한 압력을 줄이는 것이 좋겠소? 서주로 철군하는 것이 가장 직접적이고 효과적인 방법이지만 원소에게 일일이 해명해야 하는 데다……."

도응이 말끝을 흐리자 가후가 미소를 지으며 대답했다.

"그리 어렵지 않으니 너무 염려 마십시오. 제 예상이 틀리지 않다면 조조의 밀사가 곧 이곳에 당도해 힘을 합쳐 원소에 대항하자고 제의할 것입니다. 이때 주공께서 비밀리에 구두로 화의에 동의하고, 조조가 원소와의 싸움에 전념할 수 있도록 양군이 소수 병력으로 대치할 뿐 교전하지 않겠다고 약속하십시오. 이리하면 두 마리 토끼를 모두 잡을 수가 있습니다."

도응은 좋은 생각이라고 맞장구쳤지만 이내 난처한 기색을 지으며 말했다.

"한데 의심 많은 조조가 구두 약속을 곧이곧대로 믿을까 모르겠소. 우리의 진심을 믿게끔 할 좋은 방도가 없겠소?"

그러자 가후가 음산한 목소리로 대답했다.

"물론 있습지요. 주공은 왜 동 국구를 이용하지 않으십니까?"

도웅이 깜짝 놀라 물었다.

"설마 나더러 그를 배신하라는 말이오?"

가후는 정중히 고개를 끄덕였다.

"서주 만민을 전화의 도탄에서 구하려면 어쩔 수 없이 희생양이 필요합니다. 게다가 조조 내부에 있는 원소의 첩자들이 만에 하나 원소와 내응이 돼 조조를 무너뜨리기라도 한다면 다음은 바로 우리 차례입니다."

도웅은 아무 대꾸 없이 책상에 놓인 화살만 만지작거리다가 갑자기 무슨 생각이 떠올랐는지 곁에 있는 진웅에게 분부했다.

"당장 원소에게 줄 편지 한 통만 써주시오. 조금 과격한 어투로 홀로 조조의 사자를 만난 불의한 행동을 견책하고, 이어 이 웅은 한의 녹을 먹는 신하로 천자의 고난을 좌시할 수 없으니 그가 조조의 화친 제의를 받아들인다 해도 끝까지 조조와 싸우겠다고 하시오. 마지막으로 그가 정말 조조와 화친한다면 옹서의 관계를 절연히 끊고, 기주와의 맹약도 즉각 폐기하겠다고 적으시오!"

"원소 성격에 그냥 넘어갈 리가 없을 텐데요……."

진웅이 걱정돼 한마디 건네자 도웅이 고개를 가로젓고 대답했다.

"상관없소. 이 일은 그가 먼저 도의를 저버린지라 화를 낼수록 내게 더 명분이 생기는 것이오. 어차피 언젠가는 원소와 관계를 끊어야 하는데 좋은 빌미가 되지 않겠소?"

진웅이 더는 대꾸하지 않고 편지를 쓰고 있는데, 마침 이때 장막 밖에서 전령이 들어와 모개가 찾아왔다고 알렸다.

도응은 쾌재를 부르며 미소를 짓고 말했다.

"조조가 급하긴 급했나 보구나. 어서 그를 안으로 들여라. 그리고 내게 다 생각이 있으니 여러분들은 동승 일을 절대 거론하지 마시오."

가후 등이 일제히 '예' 하고 대답했다. 잠시 후 땀범벅이 된 모개가 대영 안으로 들어와 도응에게 공수하고 자리에 앉자마자 다짜고짜 말했다.

"우리 주공이 사군의 제의를 받아들이기로 결정했습니다. 이제 양군이 동맹을 맺고 원소에게 대항할 일에 대해 논의하심이 어떻겠습니까?"

하지만 도응은 코웃음을 치며 반문했다.

"조 공이 내 제의를 받아들였다고요? 그런데 왜 원소에게 사신을 파견해 화친을 구한 것이오? 잠시 북쪽 전선을 안정시킨 뒤 나를 공격하는 데 전력을 기울이려 한 것 아니오?"

모개는 눈 하나 꿈쩍하지 않고 대꾸했다.

"그건 사군의 오해입니다. 우리 주공은 전화에 고통받는 기주와 연주의 백성을 불쌍히 여겨 원소에게 화친을 청한 것뿐입니다. 또한 원소가 아군의 화친 요청을 받아들이면 귀 군도 원소를 본받아 즉각 서주로 철수해 서주와 연주의 백성까지 태평을 누리게 되리라고 말씀하셨습니다."

모개의 후안무치한 변명에 도웅은 다시 한 번 코웃음을 치고 대답했다.

"흥, 그대 말대로라면 악부가 귀 군의 화친 요청을 거절했으니 나도 악부를 따라 끝까지 귀 군과 싸우면 되겠구려."

그러자 갑자기 모개의 말투가 바뀌며 아주 간절하게 청했다.

"사군이 아군에게 불만을 가지는 건 당연합니다. 하지만 지금의 상황을 사군도 잘 아시잖습니까? 우리 주공이 한때 사람을 잘못 쓰는 바람에 도리어 해를 입게 됐습니다. 바라옵건대 양군의 우의와 순망치한의 이치를 고려해 지난 앙금은 모두 잊고 아군과 손을 잡아주십시오!"

모개가 순순히 잘못을 인정하자 도웅도 더는 그를 추궁하지 못하고 말투가 누그러졌다.

"그럼 조 공은 어쩔 계획이오?"

모개가 주저하다가 도웅을 떠보았다.

"사군이 출병해 도와주길 바라십니다. 화살을 돌려 청주로 출격해 주실 수 있으신지요?"

도응은 단호히 고개를 저으며 거절했다.

"그건 아니 될 말이오. 원소는 내 악부요. 악부를 도와 그대들을 공격하지 않는 것도 이미 큰 불효인데, 어찌 윗사람을 범해 청주 토지를 공격할 수 있겠소?"

"그렇다면 더는 강권하지 않겠습니다. 하지만 잠시 서주로 물러나는 작은 청쯤은 들어줄 수 있겠지요?"

도응은 다시 한 번 고개를 내저으며 엄숙하게 말했다.

"아니 되오. 악부가 이미 연주로 출병한 시점에서 내가 돌연 퇴각한다면 악부 혼자 고군분투하게 놔두는 꼴이라 세상 사람이 나를 욕하고 조롱할 것이오."

격앙된 어조로 말을 마친 도응은 창백해진 모개의 얼굴을 살피고서 은근히 말했다.

"하지만 귀 군이 하나만 양보해 준다면··· 아군과 대충 싸우는 척하다가 창읍성에서 물러나 주시오. 아군이 연주에 발붙일 곳을 제공한다면 당장 진공을 멈추고, 또 결정적인 순간에 귀 군 편에 서는 걸 고려해 보리다."

"창읍성을 달라고요?"

모개가 난색을 표하자 도응은 언짢은 투로 말했다.

"매일 황량한 야외에서 침식을 해결하기 불편해 잠시 빌리자는 것 아니오? 때가 되면 다 돌려줄 것을 가지고 너무하는

구려."

모개는 도웅을 구슬릴 수만 있다면 웬만한 요구 사항은 수용하라는 명을 받고 온지라 마지못해 이에 응하고 말했다.

"하지만 사군, 우리 주공도 작은 청이 하나 있습니다. 사군이 승낙한 일을 필묵으로 적고 사군의 서명과 인장(印章)을 남겨주십시오."

"아니 되오! 내 조 공을 믿을 수가 없소이다. 만일 조 공이 악부에게 그 문서를 바치는 날에는 난 끝장이란 말이오. 그러니 이 일은 우리들끼리 구두로 약정합시다!"

모개는 난처한 기색을 보이며 말했다.

"그건… 이처럼 중요한 일을 어찌 구두로만 약속한단 말입니까?"

"내 신용이 어떤지는 조 공이 잘 알고 있소. 효선 선생은 돌아가 조 공에게 보고하기만 하면 되오."

도웅은 정색하고 대답한 뒤 다시 상냥한 얼굴로 미소를 띠며 말했다.

"물론 나도 그만한 보상을 해야겠지요. 내가 준 선물을 가지고 돌아가 조 공에게 바치면 자연히 내 성의를 알아볼 것이오."

모개가 크게 기뻐하며 물었다.

"정말입니까? 대체 무슨 선물입니까?"

도응이 손가락 두 개를 펴며 말했다.

"선물은 두 글자요."

"두 글자라고요?"

도응은 아무 대꾸도 없이 책상에 놓인 붓을 들어 자신의 손바닥에 조조에게 줄 선물 두 글자를 썼다. 이어 모개를 불러 그에게만 그 글자를 보여주었다.

글자를 본 모개는 잠시 멍한 표정을 짓더니 혼잣말로 중얼거렸다.

"길평(吉平)? 무슨 뜻이지? 설마 사람 이름? 어디서 들어본 이름 같기는 한데……."

도응은 웃기만 할 뿐 아무 말도 하지 않았고, 가후와 유엽은 서로의 얼굴을 바라보며 도응이 대체 무슨 꿍꿍이로 그두 글자를 썼는지 몰라 어리둥절해했다.

하지만 도응의 웃음은 금세 사라져 버렸다. 모개의 낯빛이 갑자기 변하며 소리를 질렀기 때문이다.

"기억났다! 태의(太醫) 길평이야! 허도의 길 태의라고! 승상이 이번에 백마로 친히 출정하면서 그를 군중에 대동해 시중을 들게 했는데… 설마……?"

모개는 차마 다음 말을 잇지 못한 채 얼굴이 창백하게 변하고 말았다.

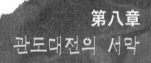

第八章
관도대전의 서막

　백마의 포위를 풀기 위해 4만 대군을 동원한 조조는 혹여 유연이 안량의 적수가 되지 못할까 염려돼 먼저 2만 정예병을 거느리고 백마 전장에 당도했다.

　조조로서는 병력의 우세를 앞세워 원소의 대군이 당도하기 전에 기선을 제압할 요량이었다. 하지만 적군의 군용이 매우 정연하고 빈틈없는 것을 보고 야전을 치르다간 사상자가 많이 발생할까 우려해 생각을 바꿔 일단 군대를 본진으로 거두었다.

　그날 밤, 모사들과 대응 방안에 대해 논의할 때 순유와 정욱 등은 두 가지 계책을 올렸다. 하나는 약간 모험이긴 하지만 조조군 내 최고 맹장인 전위나 장료를 출전시켜 안량과 일기토를 벌이는 것이고, 다른 하나는 견성의 하후돈에게 싸움을 돕게 해 절대적인 수적 우세를 바탕으로 안량의 선봉 부대를 쓸어버리거나 황하 북쪽으로 쫓아버린다는 계획이었다.

하지만 도응에게 화친을 청하러 간 모개로부터 아직 회답이 오지 않은 데다 전위와 장료의 출전 의지가 너무 강력했기 때문에 조조는 이를 앙다물고 이튿날 장수 간의 일대일 대결을 통해 안량을 제압할 기회를 노리기로 결정했다.

다음 날 오전 조조가 대군을 이끌고 막 출전하려는데, 평생 조조를 따라다니던 두통이 갑자기 도져 군대를 지휘할 수 없을 정도로 머리가 어찔어찔했다.

이에 조조의 장수와 모사들은 부득불 출전을 멈추고 군사들에게 굳게 영채를 지키라고 명하는 한편 재빨리 종군 의관을 불렀다. 그리고 군심의 동요를 막기 위해 이 사실을 철저히 비밀에 부쳤다.

조조군을 따라 종군한 의관은 바로 도응이 언급한 길평이었다. 자가 칭평(稱平)인 길평은 조조를 자세히 문진한 후 전위, 곽가 등에게 공수하고 말했다.

"승상께서는 전부터 앓던 두통 외에 새로 비색(鼻塞) 증상이 더해졌습니다. 치료는 가능합니다만 군중에 몇 가지 필요한 약재가 준비돼 있지 않습니다."

길평의 설명을 듣고 보니 조조의 콧소리가 자못 심하고 코도 좀 막힌 듯 보였다. 중대한 시기에 병이 악화돼 조조가 답답함을 가누지 못하자 길평이 미소를 지으며 말했다.

"너무 염려하지 마십시오. 제 아들 길막(吉邈)을 시켜 필요한 약재를 구해 오면 승상의 병환은 단번에 나을 수 있습니다."

곽가가 크게 기뻐 물었다.

"정말이오? 그럼 약재는 언제쯤 구비되겠소?"

"늦어도 내일이면 가능합니다. 자주 쓰이는 약재들이라 구하기는 어렵지 않습니다. 근처 이호성(離狐城)에 약재가 분명 있을 것이니 지금 바로 제 아들을 보내겠습니다."

길평은 즉각 아들 길막을 이호성으로 보내고, 자신은 조조의 두통을 치료할 약재를 가지러 나갔다.

이때 조조의 두통은 더욱 심해져 머리가 빠개질 정도로 극심한 통증을 느꼈다. 하지만 군심에 영향을 미칠까 염려해 조조는 땀을 뻘뻘 흘리면서도 이를 악물고 고통을 참았다.

그사이 길평이 약재와 약탕관을 가지고 조조의 막사로 돌아와 지금은 조조의 고질병인 풍한(風寒)을 없애고 혈맥의 소통을 원활히 하며 기를 다스리고 습사(濕邪)를 없애기 위해 형개수, 감초, 궁궁이, 강활, 백강잠, 방풍, 곽향엽 등의 약재를 쓸 것이라고 설명했다.

그런 다음 순유와 곽가 등에게 약재를 검사해 달라고 청하자, 애가 타는 이들은 대충 이를 훑어본 후 길평에게 빨리 약을 달이라고 재촉했다. 길평은 태연하게 약탕관까지 자세히 보여준 후에야 막사 한쪽으로 가 직접 약을 달였다.

길평이 약을 달이길 기다리는 동안 조조의 병세는 더욱 악화돼 고통스러운 신음을 연신 토해내고 있었다.

얼마 후 탕약이 거의 준비되었을 무렵, 막사 안으로 호위병 하나가 들어와 창읍에서 온 전령이 화급히 전할 소식이 있다고 보고했다. 그런데 모사들이 조조의 병에만 신경 쓰고 이를 거들떠보지도 않자 조조가 크게 소리쳤다.

"다들 군정 대사를 미룰 셈이오? 공달은 어서 나 대신 전령을 만나보시오."

순유는 마지못해 대답하고 총총히 막사를 나갔다.

바로 이때, 다들 조조의 병세에 관심이 집중된 틈을 타 길평이 손에 쥐고 있던 가루를 몰래 약 속에 털어 넣었다.

"약이 다 달여졌습니다."

길평은 침착하게 탕약을 그릇에 붓고 조심스럽게 불어 식힌 후, 직접 약사발을 조조에게 바치며 온화하게 말했다.

"뜨거울 때 복용하시면 땀이 줄면서 두통이 곧 사라질 것입니다."

두통이 너무 심해 신음하던 조조는 정욱 등의 부축을 받아 겨우 몸을 일으켰다. 이어 빨리 고통을 가라앉히려는 마음에 약사발을 입술까지 가져갔을 때……

"멈추십시오! 약을 드시면 안 됩니다! 약을 내려놓으십시오!"

순유가 허겁지겁 달려오며 외치는 소리에 조조는 순간적으로 멈칫하며 약사발을 입에서 뗐다. 그러자 길평이 갑자기 조조의 귀를 꼭 잡고 탕약을 조조의 입에 억지로 부으려고 했다. 하지만 좌우에 있던 곽가와 정욱의 반응이 조금 더 빨랐다.

이들이 재빨리 길평의 손에 든 약사발을 치자 탕약은 그대로 침상 위로 쏟아져 버렸다.

"간적 놈아! 오늘 결판을 보자!"

거사가 성공 직전에 실패하자 길평은 악다구니를 쓰며 두 손으로 조조의 목을 졸랐다. 하지만 호위병을 이끌고 막사 안으로 뛰어 들어온 전위가 매가 병아리를 낚아채듯 길평을 들어 올려 그대로 바닥에 내동댕이쳤다.

죽다가 살아난 조조는 그제야 정신을 차리고 급히 소리쳤다.

"저놈을 죽여서는 안 된다! 내 직접 심문할 것이다!"

길평을 흠씬 두들겨 패던 전위는 조조의 명을 받고 길평을 포박해 조조 앞으로 끌고 갔다. 이 와중에도 길평은 쉬지 않고 조조에게 욕을 퍼부었다. 순식간에 벌어진 일이었지만 조조는 놀람보다 궁금증이 더 강하게 밀려와 다급히 순유에게 물었다.

"공달은 막사 밖에 있었는데 저놈이 약에 독을 탔는지 어찌 알았소?"

순유는 연신 식은땀을 흘리며 대답했다.

"도응입니다! 도응이 천 리 밖에서 이를 경고했습니다! 효선이 도응을 만나러 갔을 때, 도응이 아군과 비밀리에 협력한다는 증거로 길평 역적 놈이 승상을 모해할 것이라고 알려주었습니다."

이 말에 조조는 깜짝 놀라 소리쳤다.

"도응이 알려줬다고? 길평이 나를 해칠지 어찌 알았단 말인가?"

당사자인 길평도 놀라기는 마찬가지였다. 그는 길게 탄식을 내뱉고 하늘을 우러러 욕을 퍼부었다.

"도응, 이 국적 놈아! 네놈이 대사를 망쳤구나! 네놈도 조적 놈과 한패였단 말이냐! 아, 한발만 빨랐어도 나라의 역적 놈을 처단할 수 있었을 터인데! 하늘이 나를 버리는구나!"

그러자 조조가 독살스러운 웃음을 지으며 길평에게 말했다.

"하늘이 내 편이라면 역적은 네놈이 아니더냐? 일개 태의가 감히 홀로 날 독살하려 했을 리는 없을 테고. 네 배후가 누구인지 얼른 밝혀라."

"천하 만민이 내 배후다! 천자를 겁박해 권력을 농단하는 역적이 죽길 모든 백성이 목을 빼고 기다리고 있다! 기군망상하는 도적놈아, 네놈은 절대 제 명에 죽지 못할 것이다!"

길평이 악을 쓰며 고래고래 고함을 지르자 조조는 옷을 떨치며 엄명을 내렸다.

"말로는 안 되겠구나. 여봐라, 당장 저놈을 끌고 가 형틀에 매달고 공모한 자를 모두 밝혀내라. 또한 그의 아들놈과 시종까지 모두 잡아들여 모질게 고문하라!"

길평이 끌려 나가는 순간, 조조는 마치 지난번 진림의 격문을 봤을 때처럼 부지불식간에 두통이 싹 사라지고 머리가 상쾌해지는 기분이 들었다.

이에 너무 기쁜 나머지 자기도 모르게 박수를 치며 미친 듯이 웃음을 터뜨렸다.

그런데 이때 순유가 조심스럽게 입을 열었다.

"하지만 주공, 도응이 서주로 순순히 물러나려 하지 않고, 또 함께 원소에 대항하자는 약속을 문서로 남기는 데 거절했습니다. 게다가 창읍까지 내어달라고 요구하고 있습니다."

조조는 아무 말 없이 모개의 편지를 자세히 살펴본 다음 모사들에게 이를 건넸다. 곽가가 이를 다 읽고 조조에게 간했다.

"주공, 아무래도 도응은 창읍 점령을 핑계로 원소의 표적에서 벗어난 다음 아군과 원소의 전쟁 추이를 지켜보다가 아군에게 붙어 원소에 대항할지 아니면 아군의 등에 칼을 꽂을지 결정하려는 것으로 보입니다."

아무 대꾸도 하지 생각에 잠겨 있던 조조가 잠시 후 책상을 치며 말했다.

"모개에게 편지를 보내 도응이 제시한 조건을 수용하라고 전하시오. 조순에게도 도응과 싸우는 척하다가 창읍을 버리고 승씨(乘氏)로 물러나 참호를 깊이 파고 보루를 높이 쌓아 방어에 치중하라고 이르시오."

그러자 정욱이 걱정이 돼 진언했다.

"주공, 도응에게 너무 많이 양보하다가 그의 욕심이 한도 끝도 없어질까 우려됩니다. 하물며 우리와 동맹을 맺었다는 문서를 쓰지 않겠다는 건 언제 우리 등에 칼을 꽂을지 모른다는 사실을 간접적으로 증명하는 것입니다. 만일 도응이 신의를 저버리고 아군에게서 등을 돌린다면 낭패를 볼 것이 불을 보듯 빤합니다."

조조가 못을 박듯 잘라 말했다.

"장담하건대 마지막 결정적 순간에 이르지 않는 이상, 도응은 결코 우리를 배신하지 않을 것이오. 길평의 일을 알려준 것이 바로 그 증거요. 철저히 자신의 이익에 따라 움직이는 그가 우리라는 방패막이를 버리는 스스로 무덤을 파는 짓을 할 리 없다는 말이오."

조조의 설명에 정욱이 고개를 끄덕여 수긍하자 순유가 이어서 건의를 올렸다.

"기왕 그렇다면 하후돈의 군대를 소환해 안량을 협공하는 것이 어떻겠습니까?"

조조가 막 순유의 건의를 받아들이려고 하는데, 전위가 황급히 막사 안으로 들어와 조조에게 공수하고 말했다.

"승상! 길평의 차자인 길목(吉穆)과 그 수종들은 모두 잡아들였는데, 오직 길평의 장자인 길막만 영채를 나가 아직 체포하지 못했습니다. 경기병을 출동시켜 당장 그를 잡아들이겠습니다."

"당연히 쫓아가서……."

그런데 조조가 갑자기 중간에 말을 멈추고 의혹이 가득한 표정으로 중얼거렸다.

"길평이 그냥 나를 독살했어도 됐는데 왜 굳이 약재가 갖춰지지 않았다는 핑계로 아들놈을 영채 밖으로 보낸 것이지?"

이 말에 조조의 모사들 역시 퍼뜩 깨닫고 일제히 의혹을 제기했다.

"또 하나, 일의 성사 여부와 관계없이 죽는 건 매한가진데 왜 둘째아들은 영채 밖으로 내보내지 않았을까요?"

골똘히 생각하던 조조가 책상을 치며 소리쳤다.

"두 아들을 함께 내보내면 의심을 살까 봐 그랬던 것이오! 이는 장자에게 다른 일을 맡기려 한 것이 분명하오. 얼른 길평 무리를 고문해 길평의 장자가 간 곳을 알아내시오!"

길평은 혹독한 고문을 당해 살점이 다 떨어져 나가는 순간에도 절대 입을 열지 않고 끊임없이 조조에게 욕만 퍼부을 뿐이었다. 하지만 아비의 이런 기개와 달리 차자인 길목은 모진 고문을 이기지 못하고 반 시진 만에 모든 사실을 실토했다.

"내 형은 원소군 대영으로 갔소. 안량에게 부친이 오늘 승상을 독살할 것이니, 이 틈을 타 이곳을 급습하라고 전했을 것이오. 또 우리와 공모한 무리로 내가 아는 자는 동 국구와 왕자복이 있소. 나머지는 나도 정말 모르오."

이 보고를 받은 조조는 당장 동승과 왕자복을 잡아들이라는 명을 내리지 않고 침착하게 말했다.

"전군에 상복을 입고 원문에는 백기를 걸라고 명하라. 또한 군중에 내가 이미 길평에게 독살됐다는 소문을 퍼뜨리도록 하라. 하후돈이 출격하지 않아도 오늘 밤 아군은 안량을 대파하게 될 것이다."

*   *   *

안량은 길막의 말을 온전히 믿기 어려웠다.

서명 문서에 길평의 이름이 없을뿐더러 혹여 중간에 협사라도 있다면 낭패를 보기 십상이었기 때문이다. 이에 안량이 주저하며 결정을 내리지 못하고 있을 때, 마침 척후병들로부터 조조군 영채에서 갑자기 곡소리가 진동하고 원문에 상사(喪事)를 알리는 흰 천이 걸렸다는 보고가 들어왔다.

게다가 조조의 독살을 직접 들었다는 세작의 보고에 모든 정황이 길막이 말한 대로 돌아가자, 안량은 대공을 세울 욕심에 적의 영채를 기습하기로 결정했다.

안량의 대오가 막 조조군 영채에 진입했을 때, 갑자기 북소리가 울려 퍼지며 사방에서 일제히 복병이 튀어나왔다.

예상치 못한 조조군의 급습에 안량군은 진용이 크게 어지러워지며 수미가 상응하지 못하고 다들 뿔뿔이 흩어져 달아나기 바빴다.

혼전 중에 안량은 수십 기를 이끌고 황급히 포위를 돌파하다가 마침 전위가 거느린 대오와 맞닥뜨렸다. 전위는 안량을 보자 눈이 뻘개져 쌍극을 들고 미친 듯이 달려들었고, 안량도 칼을 휘두르며 전위를 맞이했다.

그러나 마음이 산란한 안량은 전위의 괴력을 당해내지 못하고 10여 합 만에 말 머리를 돌려 달아나기 시작했다.

전위는 벽력같은 괴성을 지르며 곧장 안량의 뒤를 추격했다.

"필부 놈아, 어딜 달아나느냐!"

그러더니 오른손에 든 철극을 왼손으로 옮기고 등에서 단극(短戟)을 뽑아 잽싸게 안량에게 날렸다. 바람을 가르며 날아간 단극은 안량의 등에 적중해 그대로 심장까지 뚫고 지나갔다. 안량은 외마디 비명을 지르며 말에서 고꾸라져 즉사해 버렸다.

이로써 문추와 어깨를 나란히 하던 원소의 용장은 허무하게 목숨을 잃고 말았다.

안량이 죽자 이미 붕괴 상태에 이른 원소군은 더욱 혼란에 빠져 7할 이상이 조조군 칼에 섬멸되었고, 나머지는 무기를 버리고 투항하거나 숲속으로 자취를 감춰 버렸다.

겨우 목숨을 건진 병사들이 백마 대영으로 달려가 이 비보를 전하자, 대영에 남아 있던 원소군 장수들은 대경실색해 서둘러 포위를 풀고 나루로 달아나 강을 건너려고 했다. 하지만 틈을 주지 않고 바싹 따라붙은 조조군의 공격에 다시 대패해, 3만 대군 중 살아서 황하를 건넌 자는 6천이 채 되지 않았다.

원소는 조조와 몰래 화친을 맺으려 한 일에 대해 따지는 도응의 편지를 받고서 속이 부글부글 끓어올랐다.

하지만 안량이 난군 중에 죽고 선봉대 태반이 꺾였다는 소식에 화를 억누르고서 도응에게 지난 일은 다 잊고 빨리 창읍과 정도로 출격해 조조의 남쪽 전선을 견제하라고 요구했다.

이때 심배와 봉기는 서주군을 독려하기 위해 전에 도응이 요청한 전마를 내주자고 건의했다. 하지만 원소는 아까운 생각이 들어 한참 동안 주저하다가 입을 열었다.

"나는 말에 신용이 없는 사람이 아니다. 그가 창읍과 정도를 점령하면 상으로 전마 천 필을 내리겠다."

도응에게 회신을 보낸 다음 날, 원소는 원상과 봉기에게 업성을 지키라고 명한 뒤 친히 30만 대군을 거느리고 연주로 남하했다.

규모가 얼마나 방대했는지 청주, 유주, 병주, 기주 4개 군에서 달려온 대오의 길이는 무려 50여 리나 길게 이어졌다.

문추가 거느린 선봉대는 이미 청하를 건넜고, 업성에서 출발을 기다리는 대오는 깃발과 창칼이 숲을 이루고 '조서를 받들어 조적을 멸하자'는 구호가 천지를 진동해 그 위세가 가히 상상을 불허했다.

조조도 이 소식을 듣고 만일의 사태에 대비해 남쪽 전선에 주둔하던 하후돈의 부대를 즉시 소환했다. 이어 유연에게 일부 병마를 주고 대신 견성과 범현을 지키라고 명했다. 도응과의 밀약으로 주력군 차출이 가능한 덕분이었다.

조조는 여기저기서 6만여 군사를 끌어모으고, 다시 백마에 있는 백성을 모두 관도 서쪽의 중모(中牟)로 옮겨 전략적 요지인 백마를 포기했다. 이리하여 모든 군사를 연진에 주둔시키고 언제든지 관도로 물러날 태세를 갖추었다.

그런데 조조가 즉각 관도로 철수하지 않자 순유와 정욱 등이 답답한 마음에 잇달아 권했다.

"승상, 얼른 군대를 관도로 철수시키지요. 만약에 원소가 연진으로 도하하지 않고 백마에서 강을 건너면 연진에 주둔한 것이 아무 쓸모가 없을뿐더러 관도로 철군하다가 적에게 추격당할 위험이 있습니다."

모사들의 재촉에 조조는 그저 웃음만 지을 뿐 아무 말이 없었다. 그러자 곽가가 기침을 하며 설명했다.

"승상은 원소가 군사를 나눠 도하하길 바라며 연진에 주둔하고 있는 것입니다. 연진은 백마 상류에 위치해 원소는 필시 연진을 통해 강을 건너려 할 것입니다. 하지만 도하를 위한 선박이 대부분 백마에 있는 관계로 성격 급한 원소는 군대를 나눠 강을 건널 가능성이 높습니다. 원소가 일단 군대를 나누면 아군에게 기선을 제압할 기회가 생기지 않겠습니까? 연진에서 백마까지는 거리가 얼마 되지 않습니다."

순유와 정욱 등 모사들이 조조의 식견에 탄복하고 있을 때, 원소는 적이 싸우지 않고 도망갔다는 소식에 만족해하면서도 백마를 통해 도하하다가 적군에게 후방을 기습당하지 않을까 걱정이 되었다.

이에 곽도의 계책을 받아들여 문추의 3만 선봉대를 먼저 백마에서 도하하게 하고, 자신은 주력군을 이끌고 연진으로 달려가 조조군과 대치하다가 백마가 온전히 접수된 걸 확인한 후 전군의 도하를 도모하기로 결정했다.

그러자 저수가 앞으로 나와 원소를 극력 만류했다.

"주공, 이는 절대 불가합니다. 조조가 백마를 버리고 연진으로 철수했다 하나 연진에서 백마까지는 겨우 50리에 불과합니다. 경기병은 눈 깜짝할 사이에 이를 수 있고, 보졸도 한나절이면 도달할 수 있는 거리입니다. 군대를 나눠 백마로 도하하다간 조조군에게 기습당할 위험이 있습니다."

여기까지 말한 저수는 일그러진 원소의 표정은 아랑곳하지 않고 당당하게 다시 간했다.

"지금 상책은 전군이 모두 연진에 주둔해 조조군과 강을 사이에 두고 대치하며 도하에 필요한 배를 준비하는 것입니다. 그리하여 식량이 모자란 조조군이 양초를 다 소비하거나 도응이 창읍과 정도를 공파하여 조조가 어쩔 수 없이 철군할 때를 기다렸다가 강을 건너 추격하면 대승을 거둘 수 있습니다!"

원소는 더는 들어줄 수 없다는 듯 고함을 질렀다.

"입 닥치시오! 내 친히 30만 대군을 거느리고 조적 토벌에 나서 사기가 하늘을 찌르는 지금이야말로 적과 속전속결을 치를 절호의 기회요! 그대들 말대로 시간을 질질 끌다간 사기가 쇠진하고 군심이 동요해 외려 대사를 그르치고 말 것이오!"

저수가 죽음을 무릅쓰고 재차 권하려 하자 원소는 분노한 표정으로 손을 내저으며 즉각 명을 내렸다.

"문추에게 속히 백마를 건너 백마 나루와 성지를 점령한 후 함부로 조조군과 교전하지 말라고 일러라! 이어 순우경과 한맹(韓猛)은 각기 1만 5천 군사를 거느리고 뒤이어 차례대로 백마를 도하한 뒤 주력군과 기각지세를 이루며 조조를 협공하라!"

원소의 명에 문추가 서둘러 도하를 시작했을 때, 남쪽 기슭 높은 곳에 잠복하고 있던 조조군 병사들은 즉시 낭연(狼煙)을 피워 올렸다.

5리마다 설치된 낭연이 피어오르자 채 일각도 되지 않아 적군의 도하 소식이 조조 앞에 전해졌다.

이에 조조는 친히 5천 경기병을 이끌고 급히 백마로 달려갔다. 이들이 두 시진도 안 돼 백마 나루에 도착했을 때 문추군은 강을 반쯤 건너고 있었다.

조조는 원소군이 적군이 없는 것을 확인하고 마음을 놓고 있을 때를 노려 기습을 가했다. 하후연과 전위가 선봉에 서서 돌격해 들어가자 원소군은 마치 신병(神兵)을 만난 듯 크게 놀라며 자중지란에 빠지고 말았다.

좌충우돌하며 진격하는 조조군의 공격에 원소군 진영은 순식간에 붕괴하여 적의 칼에 찔려 죽은 자는 물론 앞다퉈 배를 타고 달아나려다가 자기들끼리 서로 죽이고 물에 빠져 죽는 자가 부지기수였다. 문추는 가까스로 배에 올라 겨우 목숨을 부지했다. 이로써 황하를 건넌 1만여 원소군은 거의 전멸에 가까운 타격을 입고 말았다.

백마 나루에서 재차 대승을 거둔 조조는 군사들의 사기를 고취하고 필승의 믿음을 심어준 뒤, 원소군의 배가 아직 완전히 갖춰지지 않은 틈을 노려 군대를 모두 관도로 물렸다.

참패를 당한 원소는 크게 노해 길길이 날뛰었지만 강을 건널 배가 부족한 관계로 조조가 유유히 관도 요해지로 물러나는 광경을 그저 바라볼 수밖에 없었다.

이때 기분이 울적한 원소에게 뜻밖의 희소식이 전해졌다.

조조군이 관도로 철수한 다음 날, 도응이 사신을 보내 악전 고투 끝에 마침내 창읍성을 공파하고 조순을 승씨성으로 몰 아넣었다는 승전보를 알려왔다.

이에 원소는 도응에게 회신을 보내 즉각 정도를 취한 후 관 도로 서진해 함께 조조를 공격하라고 명했다. 이때 심배가 조 심스럽게 원소에게 진언했다.

"주공, 도응이 이번에도 양초 운반에 불편함이 많다며 전마 를 요구해 왔습니다. 창읍을 점령한 공도 있고 하니 전마를 내주는 것이 어떻겠습니까?"

하지만 원소는 다시 머뭇머뭇하다가 미소를 짓고 말했다.

"도응에게 전마는 반드시 줄 터이니 너무 조급해하지 말라 고 전하시오. 내 아군과 회합한 후에 전마를 상으로 내리리 다."

원소의 대답에 심배는 그저 길게 탄식을 내뱉었으나 저수 가 참지 못하고 앞으로 나와 간했다.

"사기는 마땅히 높여줘야지 꺾어서는 안 됩니다. 도응이 팔 을 걷고 나서서 출병했는데 제때 보상하지 않았다가 이를 핑 계로 진병을 거절한다면 아군은 원병을 잃고 맙니다."

그러자 갑자기 원소가 음침한 표정을 지으며 코웃음을 쳤 다.

"홍, 감히 내 명령에 따르지 않는다면 먼저 조적을 멸한 후 바로 그를 멸할 것이오!"

*   *   *

물론 도응은 더 이상 조조에게 압력을 가해서는 안 되었기에 일찌감치 진공을 멈춘 상태였다. 그러나 원소의 회답이 도착한 후 도응은 책상을 치며 노호했다.

"인색하기 그지없는 늙은이 같으니라고! 고작 전마 3천 필도 아까워 주지 못하면서 나더러 사력을 다하라고? 꿈 깨라, 곧 네놈에게 본때를 보여주고 말리다!"

가후가 물었다.

"그럼 어찌 대처할 요량이십니까?"

"이 늙은이에게 다시 편지를 보낼 것이오. 아군이 창읍성을 점령하면서 너무 큰 피해를 입어 정도를 공격할 여력이 없으니 구원병을 보내달라고 말이오."

"그 생각이 나쁘진 않지만 약간의 보완이 필요합니다. 원소의 군사는 조조보다 다섯 배나 많아 조조가 까딱 실수라도 범하면 만사를 돌이키기 어렵습니다. 따라서 지금으로서는 아군이 조조의 압력을 적당히 분담해야만 합니다."

도응이 다급히 그 방법을 묻자 가후가 태연히 미소를 띠고 대답했다.

"서신에 다음 한마디를 더 추가하십시오. 천자께서 아군 대영에 사신을 보내 원소의 혈조는 위조된 것이므로 조조군과 아군이 싸움을 멈추고 함께 원소를 토벌하라는 명을 내렸다고 말입니다. 그런 다음 주공은 원소에게 혈조를 우리 쪽에 보내 의대조의 진위 여부를 당장 증명하라고 요구하십시오."

가후의 계책에 도응은 손뼉을 치며 큰소리로 웃음을 터뜨렸다.

"오, 절묘하구려! 이렇게 되면 원소는 군대를 나눠 아군을 방비할 수밖에 없겠구려. 가는 김에 아예 좀 더 갑시다. 원소에게 조조군 통행증을 보여주어 조조가 아군을 자기편으로 끌어들이기 위해 수단을 가리지 않고 있음을 알리는 것이 좋겠소!"

가후는 아무 말 없이 미소를 지으며 도응의 뜻에 동조했다.

*　　　　*　　　　*

조조군이 백마, 연진 요지를 버리고 관도로 물러나자, 원소가 친히 거느린 대군은 수월하게 황하를 건넜다.

하찮은 원한이라도 반드시 갚고야 마는 원소는 안량의 목숨을 앗아간 백마 성지를 때려 부수고, 조조군을 따라 중모로 철수하지 않은 백마 주변 백성을 모두 도륙하라고 명했다.

이어 전군에 즉각 관도로 진격해 조조와 건곤일척의 결전을 벌여 지난 원한을 깨끗이 씻고자 했다.

이 명령이 내려지자 저수가 달려 나와 극력 권했다.

"이토록 조급히 진병해선 안 됩니다. 아군은 양초가 풍족하고 양도가 원활하여 지구전에 유리합니다. 반면 연주에는 가뭄과 황해(蝗害)가 심각해 조조군은 여러 해 동안 식량 수급에 어려움을 겪은 터라 지구전을 두려워하고 속히 싸우길 원하고 있습니다. 따라서 아군이 일정 거리마다 영채를 세우고 관도로 서서히 압박해 들어간 다음 도랑을 깊이 파고 보루를 높이 쌓으면 석 달도 못 돼 조조군은 저절로 무너질 것입니다. 급히 관도로 달려가 결전을 벌이는 건 조조가 바로 원하는 바입니다."

저수가 또다시 심사를 건드리자 원소는 불같이 노해 소리쳤다.

"입 다무시오! 아군은 30만이고 조조군은 고작 5, 6만에 불과해 일전으로 승부를 결정지을 수 있소! 그대처럼 글이나 희롱하는 무리가 무얼 안다고 감히 허튼소리로 군심을 태만히 하고 사기를 꺾는 것이오!"

저수도 지지 않고 다시 한 번 원소를 자극했다.

"주공, 충언을 가려듣지 않으면 전쟁에 불리합니다. 아군이 비록 수가 많다 하나 용맹함은 조조군만 못하고, 조조군이 정예롭다고 하나 양초는 아군에 미치지 못합니다. 따라서 지구 전을 펼쳐야지 속전속결은 절대 불가합니다!"

귀에 거슬리는 저수의 간언에 원소가 발연대로해 뇌정의 분노를 터뜨리려는 순간, 도응의 편지가 원소 앞에 전해졌다. 그런데 도발과 위협의 문구로 가득한 도응의 편지는 불길에 기름을 붓는 격이 되고 말았다.

뜻밖에 도응이 명령을 거부하고 조조와 연합할 수도 있다는 은근한 협박에 원소는 노기충천해 노호성을 터뜨렸다.

"어린놈이 은혜도 모르고 감히 날 위협하다니! 내가 비호해 주지 않았다면 일찌감치 조조에게 멸망했을 놈이 외려 조조와 손잡고 날 공격한다고? 내 반드시 이놈의 가죽을 벗겨 분을 풀고 말 것이다!"

편지를 본 원소의 관원들도 도응의 배은망덕함에 크게 노해 잇달아 욕을 퍼부었다. 오직 저수와 심배만이 이에 부화하지 않고 도응이 이런 편지를 보낸 의도를 곰곰이 따져 보았다.

원소는 분통이 터져 즉각 명을 내렸다.

"여봐라, 당장 도응 놈의 사신을 끌고 가 목을 베라!"

도응의 사신을 벤다는 건 곧 도응과의 절교를 의미했다. 이에 심배가 급히 앞으로 나와 이를 제지했다.

"주공, 양군이 싸우는 와중에도 사신은 베지 않는 법입니다. 하물며 도응은 주공의 사위입니다. 잠시 노여움을 가라앉히시고 제 말을 들어보십시오. 이번에 도응이 이런 무례한 편지를 보낸 건 어쩌면 주공께서 전마를 원조해 주지 않아⋯⋯."

"시끄럽소! 나에게 이런 배은망덕한 사위는 없소!"

원소는 분노한 목소리로 심배의 말을 끊고 재차 명했다.

"속히 사신을 끌고 가 목을 베고 수급을 원문에 걸어 도응과 절교한다는 뜻을 알려라!"

이번에는 저수가 다급하게 권했다.

"주공, 다시 한 번 숙고해 주십시오. 도응은 병마가 자못 강하고 양초가 풍족하여 절대 아군의 아래에 있지 않습니다. 그가 정말 조조와 연합해 아군에게 대항한다면 아군은 양쪽에서 공격을 받게 됩니다. 잠시 노기를 푸시고 도응의 요구를 수용했다가 조조를 격파한 후⋯⋯."

광분한 원소에게 저수의 말이 들어올 리 없었다. 원소는 저수의 간언을 제지한 후 당장 서주 사신의 목을 베라고 고함쳤다.

좌우의 무사들은 살려 달라고 애걸하는 서주 사신을 끌고 가 목을 베고 그의 수급을 원문에 걸었다.

저수와 심배는 얼굴에 근심이 가득한 표정을 지었지만 원담 일당인 곽도는 흐뭇한 미소를 짓고 원소에게 말했다.

"말로만 주공을 따르는 척하고 뒤로 배신이나 일삼는 도응 놈에게 이는 온당한 처사입니다. 다만 사신을 벤 일로 도응과 관계를 끊은지라 저들에 대한 대비도 철저히 해야 합니다. 이에 일군을 남하시켜 평구와 제양, 두 성을 취한다면 도응이 조조를 원조할 길을 끊고 아군 배후를 노릴 우환을 미연에 차단할 수 있습니다."

원소는 고개를 끄덕이며 곽도의 계책에 동의했다.

"공칙의 말이 옳소. 그럼 국의에게 3만 군사를 이끌고 출정해 평구와 제양을 취하라고 명하시오. 국의의 선등영(先登營)은 공손찬의 백마의종을 대파할 정도로 기병과 상극이라 군자군을 견제하기에 가장 적합하오."

원소가 서주 사신의 목을 베고 국의를 파견했다는 소식은 금세 조조 귀에도 들어갔다. 조조는 손뼉을 치고 기뻐하며 말했다.

"도응아, 정말 고맙구나! 국의 휘하의 부대는 유주를 점령한 최정예가 아니더냐! 더욱이 선등영은 함진영이나 군자군과 비교해도 절대 뒤지지 않는 천하의 웅병이다. 무지한 원소가 뜻밖에 이런 부대를 보내 도응을 견제하다니, 어찌 고맙지 않을쏘냐! 하하하!"

하지만 기쁨도 잠시, 조조 앞에 놓인 상황은 그리 낙관적이지 않았다.

원소가 서전에서 참패하고 도응과 사이가 틀어졌다고 하나 총병력 면에서는 조조를 월등히 압도했다.

이에 조조는 정신을 바짝 차리고 원소군의 일거일동을 엄밀히 감시하는 한편, 도응이 언제든지 자신을 도울 수 있도록 그와의 연락 체계를 강화하는 데 총력을 기울였다.

현재 조조에게 가장 시급한 문제는 바로 식량 수급이었다. 이 때문에 도응에게 원조를 요청하려 했지만 관도와 제수의 물길이 모두 원소군에게 차단된 탓에 도응이 도우려 해도 식량을 보낼 수 없는 형편이었다.

이에 조조는 겉으로 태연한 척했지만 속으로는 초조함에 애가 타들어갔다.

第九章
오소

　건안 4년 5월 초이튿날, 원소가 친히 거느린 기주 주력군은
마침내 관도 애구에 당도했다.

　조조는 당연히 마음의 준비를 단단히 하고 있었지만 밤중
에 높은 곳에 올라 원소군의 진용을 바라보는 순간, 자기도
모르게 심장이 마구 뛰고 호흡이 가빠졌다.

　좌우의 장사들 역시 얼굴이 새하얘지고 두 다리가 덜덜 떨
리며 절망하는 표정이 여과 없이 드러났다.

　원소군의 군세가 어찌나 대단했는지, 칠흑 같은 밤에도 군
영의 불빛이 시선이 미치지 않는 대지 끝까지 대낮처럼 환하

게 비추었고, 끝없이 이어진 장막과 수를 셀 수 없는 각종 군기의 조합은 마치 거대한 바다와 같아 언제든지 관도를 집어삼킬 듯한 위용을 자랑했다.

다들 어안이 벙벙해져 있을 때, 곽가가 기침을 하며 말했다.

"승상, 방금 척후병으로부터 보고가 들어왔습니다. 원소는 관도에서 30리 떨어진 곳에 영채를 차렸고 병영은 총 16곳이며, 가장 후미는 오소(烏巢)라고 합니다."

조조는 한참 동안 미동도 하지 않고 서 있다가 탄식하며 말했다.

"아, 이제야 알겠구려. 왜 도응이 날 도우려 했는지. 그는 내가 굳게 지킬 자신감을 잃을까 걱정했던 것이오. 그래서 재빨리 내게 손을 내민 것이고……."

곽가가 조조를 위로했다.

"승상, 마음을 편히 가지십시오. 도응은 절대 아군이 무너지길 바랄 리 없어 결정적인 순간에 우릴 도울 것입니다. 설사 그가 안병부동한다 해도 상관없습니다. 승상의 영명함과 예지, 그리고 아군 장사의 정예로움이면 원소군을 쉽게 물리칠 수 있습니다."

조조도 고개를 끄덕이며 스스로 용기를 북돋우고 말했다.

"봉효의 말이 맞네. 내일 바로 출전해 원소의 영채가 아직 안정되지 않은 틈을 타 군사들의 사기를 고무하고 적의 예봉을 꺾기로 하세."

이튿날 조조가 3만 군사를 이끌고 나가 원소에게 싸움을 걸자, 원소도 친히 대오를 거느리고 출전했다.

조조가 원소를 크게 꾸짖고 장료를 출전시킴에 원소도 장합을 내보내 겨루게 했다. 수십 합을 싸웠지만 승부가 나지 않아 전위가 싸움을 도우러 달려들 때, 원소 진영에서는 조운이 말을 달려 나왔다.

네 맹장이 일진일퇴의 공방을 벌이며 좀체 승부가 가려지지 않자, 조조는 답답한 마음을 참지 못해 하후돈과 이통에게 각각 3천 정병을 거느리고 적진을 돌파하라고 명했다.

하지만 이미 준비하며 기다리던 원소군 궁노수의 통렬한 반격을 받아 막심한 사상자를 낸 채 부득불 후퇴할 수밖에 없었다. 승기를 잡은 원소가 총공격 명을 내리자 조조군은 대패해 서둘러 관도 대영으로 들어가 영채를 사수했다.

이 싸움이 끝난 후 저수는 조조가 적은 군사로 먼저 싸움을 건 의도를 알아채고, 다시 한 번 원소에게 참호를 깊이 파고 보루를 높이 쌓아 조조군과 대치하면 저들은 금세 식량이 바닥나 손쉽게 승리를 취할 수 있다고 건의했다.

하지만 서전을 통쾌한 승리로 장식한 원소는 전혀 저수의 말을 들으려 하지 않았다. 그는 심배의 계책을 받아들여 조조군 영채 앞에 높은 망루를 세우고, 위에서 굽어보며 화살을 발사해 조조군의 군심을 어지럽히고자 했다.

이를 본 조조는 몰래 미소를 짓고 원소군이 망루를 세울 때까지 기다렸다. 이어 원소군이 망루를 모두 세우고 높은 곳에 올라가 화살을 쏘려고 할 때, 조조는 돌연 벽력거를 동원해 원소가 임시로 세운 망루를 단번에 무너뜨렸다. 또 이 틈을 타 기습을 가해 원소군 궁노 부대를 대파하고 무수한 활과 화살을 노획하는 전과를 거뒀다.

조조군의 벽력거 공격에 원소 역시 그 위력을 아는 터라 즉각 벽력거를 대량 제조하라고 명했다.

원소가 벽력거로 조조군 영채를 박살 내려고 준비할 때, 마침 뜻밖의 사건이 일어났다.

조조군 대장 이통이 야간 순찰을 돌 때 업무를 태만히 해 조조에게 곤장을 맞았는데, 이통이 이에 원한을 품고 아들 이서(李緒)를 원소 진영에 보내 항복을 청한 것이다.

이통은 자신이 그날 밤 조조군 영채에 불을 놓을 테니 원소군이 접응해 대영을 공격하라고 전했다. 원소는 크게 기뻐 이서에게 중상을 내리고 접응 시간을 약속했다.

그런데 문추와 고람이 약속 시간에 조조군 영지를 기습할 때, 갑자기 사방에서 튀어나온 복병을 만나 5천이 넘는 군사를 꺾이고 낭패해 자신의 진영으로 달아났다.

원소는 이를 알고 발연대로해 속히 벽력거를 만들라고 명하고 관도에 대규모 공격을 퍼부을 준비를 했다.

이때 조조는 원소의 공격보다 곧 있으면 떨어질 식량 걱정에 골머리를 앓고 있었다. 하지만 아무리 머리를 쥐어짜도 식량이 나올 구멍이 없자, 조조는 어쩔 수 없이 친히 붓을 들어 도응에게 편지를 썼다.

편지 내용은 '내 양초는 언제든지 끊어질 수 있소'라는 단 몇 글자였다.

조조는 친필 편지를 순유에게 건네며 분부했다.

"이 편지를 믿을 만한 사람에게 주고 창읍의 도응에게 전하시오. 가능한 한 빨리 전했으면 좋겠소."

하지만 순유는 걱정이 돼 조조에게 권했다.

"승상, 신중히 숙고하시기 바랍니다. 원소의 군세가 막강해 지금까지 아군은 승기를 잡기는커녕 수세에 몰려 있습니다. 이런 상황에서 간악한 도응이 만약 다시 낯빛을 바꿔 아군의 식량 상황을 원소에게 알리는 날에는, 아군은 끝장……."

조조는 고개를 내저으며 천천히 입을 열었다.

"그럴 가능성이 없지 않지만 절대 크지는 않소. 도응이 아무리 교활하고 간사하다 해도 난 그에게서 한 가지를 보았소.

바로 그도 나처럼 천하에 뜻이 있다는 것이오. 지금 그가 원소에게 붙으면 기껏해야 구차하게 삶을 연명할 뿐이지만, 만약 나를 돕는다면 원소의 토지와 성지를 나와 나눠 가질 기회가 생기고 계속해서 천하를 다툴 수가 있소. 어차피 도응에게 도움을 청해도 죽고, 도움을 청하지 않아도 죽는다면 한번 도박을 걸어보는 것이 낫지 않겠소? 나는 도응이 내게 도움을 준다는 데 걸리다!"

*   *   *

도응은 조조의 편지를 받고 이맛살을 찌푸렸다. 내 양초가 언제든지 끊어질 수 있다니, 이는 자기를 도와주지 않으면 그대도 위험에 처할 것이라는 반협박조의 어투가 아닌가.

하지만 도응은 조조의 사정을 이미 알고 있었다는 양 피식하고 실소를 짓더니 모사들에게 말했다.

"조조가 큰 위기에 봉착했구려. 군사력도 크게 열세인데, 설상가상으로 식량마저 떨어져 내게 도움을 청해왔소. 내 어찌 같은 배를 탄 그를 모른 척할 수 있겠소?"

그러자 진응이 물었다.

"그럼 조조에게 식량을 보낼 생각이십니까?"

도응이 고개를 가로저으며 대답했다.

"지금 수로는 원소군에게 완전히 차단당했고, 육로는 창읍에서 관도까지 4백 리가 넘는 거리여서 언제 식량이 도달할지 기약이 없는 데다 중간에 원소군 기병의 기습이라도 만난다면 모든 일이 허사가 돌아가오. 하여 다른 방법을 강구하기로 결정했소. 바로 조조와 원소 양쪽 모두 돕는 것이오."

모사들이 깜짝 놀란 눈으로 도응을 바라보자 도응이 미소를 띠며 설명했다.

"그래야지 조조가 이겼을 때 우리가 큰 이익을 얻고, 설사 원소가 이기더라도 잠시 시간을 벌어 차후 전쟁에 대비할 수 있지 않겠소?"

가후가 고개를 끄덕이며 말했다.

"주공의 말씀대로 양쪽에 모두 다리를 걸치는 것이 우리에게 유리합니다. 단지 한 가지만 말씀드리면 조조는 몰래 도와 원소에게 트집을 잡히지 말고, 원소는 드러내 놓고 도와 나중에 혹여 원소가 승리했을 때 아군이 큰 역할을 했음을 각인시키십시오."

"문화 선생의 말이 내 뜻과 꼭 부합하오."

도응은 가후에게 미소를 지어 보이고는 이어 진응에게 분부했다.

"지금 바로 벽력거 도안과 비화창 제조 문서를 가져오시오."

진응이 재빨리 대답하고 이를 대령하자 도응은 이 문서들을 따로 나눈 뒤 벽력거 도안을 진응에게 건네며 말했다.

"원소에게 줄 편지 한 통만 써주시오. 먼저 지난번 불량한 태도에 대해 심심히 사과한 뒤, 이는 내가 직접 개량한 벽력거 도안으로 이전 것보다 훨씬 더 위력적이고 사정거리도 더욱 멀어 조조군을 공격하는 데 큰 도움이 될 것이라 전하시오. 그리고 내게 의대조 원본을 보내주기만 하면 당장 군사를 이끌고 관도로 달려가 함께 조조를 공격하겠다고 하시오."

이어 도응은 자신이 직접 붓을 들어 몇 글자 휘갈기고는 비화창 제조 문서와 함께 이를 조조의 사신에게 건네라고 명했다.

곁에 있던 가후와 유엽은 무슨 서신이 이렇게 짧은지 영문을 몰라 서로 얼굴만 바라볼 뿐이었다.

조조군 사신이 아직 이르지 않아 편지를 어루만지며 골똘히 생각에 잠겨 있던 도응은 다시 유엽에게 명했다.

"자양, 속히 조조군 군복과 깃발을 준비해 주시오. 빠르면 빠를수록 좋소. 그 김에 도기도 이리로 좀 불러주시오."

*   *   *

수백 개에 이르는 거대한 석탄이 공중에서 커다란 포물선을 그리며 관도의 조조군 영채를 향해 매서운 기세로 낙하했다.

2백여 근에 달하는 어마어마한 돌덩이의 위력은 가히 공포 그 자체였다. 석탄이 떨어진 곳마다 방어 시설은 산산이 무너지고 깨졌으며, 이를 미처 피하지 못한 조조군의 살과 피가 사방으로 튀고 처절한 외마디 비명이 여기저기서 터져 나왔다.

조조군 영중에서도 이에 굴하지 않고 똑같이 무수한 석탄을 날려댔다. 바람을 가르며 날아간 석탄은 원소군 벽력거 진지를 초토화시켰다. 원소군이 학습 효과를 통해 더 이상 벽력거를 한곳에 집중시키지 않고 진지 사이의 거리를 넓게 벌렸다지만 비처럼 쏟아지는 석탄 앞에서는 별무신통이었다.

한차례 공격이 지나가면 최소 서너 대의 벽력거가 박살 났고, 수십 명이 석탄에 압사했다. 물론 부상자는 그 배를 넘었다.

이는 당시로서는 극히 보기 드문 투척 무기 공방전으로 원소군의 목표는 주로 조조군의 방어 시설을 파괴하는 것이었고, 조조군은 적의 투석 무기를 분쇄하는 것이 목적이었다.

장장 열흘에 달하는 투석 공방전에서 양군은 천 대가 넘는 벽력거를 동원했다. 사상자는 도합 만 명을 넘어섰고, 파괴된 벽력거만도 7백 대가 넘어 양군 모두 막심한 피해를 입고 있었다.

한편 조조군은 적의 벽력거를 훼손하기 위해 잇달아 여섯 차례나 결사대를 보내 원소군 투석 진지를 급습했다. 이에 벽력거를 보호하려는 원소군과 일진일퇴의 혈투가 벌어지면서 또다시 무수한 사상자를 냈다.

어쨌든 조조군은 전투력에서 원소군을 앞선 데다 좀 더 빨리 벽력거 조작 방법을 익힌 덕에 더 정확하고 빠르게 석탄을 발사할 수 있었다.

이에 병력이나 벽력거 손실 면에서 원소군보다 피해가 훨씬 적었으나 병력이 워낙 차이가 나는지라 원소는 이 정도 결과로도 벽력거 공격에 꽤 만족스러워했다.

설사 이 대 일, 아니 삼 대 일 비율로 사상자가 난다 해도 총병력이 다섯 배나 많으니 나중에 가서는 산술적으로 결국 자신이 이길 수 있다는 계산이었다.

원소는 이렇게 많은 인명과 전량을 소모하지 말고 조조군과 대치하라는 저수의 건의는 물론 허도를 급습해 조조의 후방을 끊으라는 허유의 계책을 모조리 묵살하고 오로지 벽력거로 조조와 대결을 펼쳤다.

이런 단순한 작전은 의외로 큰 효과를 발휘해 조조를 속수무책으로 만들었다.

밑천이 모자란 조조로서는 전력을 다해 원소군에 대항했으나 이는 수동적으로 방어에만 매달린 것이라 고전을 면치 못했다.

난국을 타개할 대책이 전혀 없어 이를 악물고 소모전만 벌이다 보니, 그저 패망 시간만 지연시키는 꼴이 아닐까 라는 생각이 들기도 했다.

날이 어두워지자 원소는 마침내 열흘째의 공격 명령을 거두었다. 오늘도 80여 대의 벽력거 손실을 입었지만 원소는 득의양양한 표정을 지으며 영채로 돌아왔다. 반면 온종일 고전을 치른 조조군 병사들은 누가 먼저랄 것도 없이 만신창이가 된 몸을 바닥에 누이고 거친 숨을 몰아쉬었다.

부상자들의 신음 소리가 군중에 가득 울려 퍼졌고, 절망의 분위기가 모든 조조군 병사의 마음속을 뒤덮고 있었다.

병사들은 자기들끼리 수군거리며 이렇게 가다간 과연 얼마나 더 버텨낼 수 있을지 의구심을 가졌다. 사기가 떨어진 병사들을 보고 조조는 죽을힘을 다해 병영을 사수하라고 격려했지만 사실 그조차도 맘속으로는 초조하기 이를 데가 없었다.

"요해처를 굳게 지키기만 하면 원소의 진격을 능히 막아낼 수 있고, 원소의 성세는 그리 오래가지 못해 머지않아 변화가 생길 것이니 그때에 이르러 기병(奇兵)을 일으킬 절호의 기회를 놓치지 말라……."

조조는 순욱이 보낸 서신 문구를 반복해서 뇌까렸다. 하지만 속으로는 전혀 그럴 것 같지 않다는 생각에 길게 탄식을 내뱉었다.

"아, 문약의 말이 모두 옳소만 현실은 그리 녹록치 않구려. 말처럼 쉬운 상황이 아니라오!"

조조는 고개를 절레절레 흔들고 심호흡을 해봤지만 비관적인 생각은 쉬이 머리를 떠나지 않았다. 이에 그는 순유를 돌아보고 물었다.

"공달, 도응에게 보낸 사신의 소식은 있었소?"

순유는 힘없이 고개를 젓고 대답했다.

"아직 없습니다."

"떠난 지 열흘 하고도 사흘이 지나 돌아올 때가 됐을 텐데… 설마 도중에 변고가 생긴 걸까?"

걱정스러운 반응을 보이던 조조는 이내 실소를 지으며 말했다.

"아니지, 아냐. 중간에 원소군에게 사로잡혔다면 원소 놈이 날마다 석탄을 퍼부을 리가 없지. 아군의 양초가 모자란 걸 알고 양도를 끊는 데 혈안이 됐을 테니까."

이때 순유가 긴장된 얼굴로 좌우를 살피더니 나지막이 말했다.

"승상, 목소리를 낮추십시오. 지금 군중에는 식량이 곧 끊길 것이라는 소문이 돌고 있습니다. 이런 때에 병사들이 승상의 말을 듣기라도 한다면 이를 사실로 믿어 군심이 동요할까 염려됩니다."

"아, 내가 실수했소. 다음부터 조심하리다."

바로 그때 전령병이 나는 듯이 달려와 도응에게 보낸 사신이 방금 전 관도 대영에 당도했다고 보고했다. 조조는 이 소식을 듣고 크게 기뻐 순유 등과 함께 잰걸음으로 중군 대영으로 달려갔다.

창읍에서 돌아온 조조군 사신이 공수하고 문서를 바치자, 조조는 아무 말 없이 냉큼 이를 건네받았다. 조조는 두 통 문서 중 하나를 먼저 뜯어 자세히 보고는 어리둥절한 표정으로 말했다.

"비화창의 화약 배합과 제조 방법이라고? 원소군도 빤히 이 무기를 알고 있는데 전장에서 대체 이게 무슨 효과가 있다고 내게 주었단 말인가?"

고개를 갸웃거린 조조는 재빨리 나머지 한 통도 뜯어보았다. 그런데 이 편지를 보는 순간 조조의 표정이 갑자기 굳어버렸다.

조조가 멍한 얼굴로 편지만 뚫어져라 바라보고 있자 곁에 있던 순유와 곽가도 궁금증을 참지 못해 급히 편지를 들여다보았다. 하얀 비단 위에는 꾸불꾸불한 글씨로 큼지막하게 단 두 글자가 씌어 있었다. 바로 '오소(烏巢)'였다!

"도응이 왜 이 지명을 편지에 쓴 것이지?"

순유가 의아한 표정으로 말을 내뱉었고, 곽가와 정욱도 도응의 꿍꿍이가 무엇인지 몰라 서로 얼굴만 바라보고 있었다. 조조는 재빨리 정신을 차리고 대영 안에 걸린 지도 쪽으로 달려가 오소의 위치를 찾기 시작했다.

오소는 원소군 대영 후방 40리 밖, 산조현(酸棗縣) 북쪽에 자리하고 있었다.

원소군이 그곳에 군영을 차린 것은 분명하나 관도에서 비교적 멀리 떨어진 데다 사방의 길이 원소군 영채에 막혀 있어서 조조군 척후병도 아직까지 그곳의 허실을 탐지하지 못한 실정이었다.

"원소군이 사방에 영채를 설치해 보호하고 있다면 오소가 매우 중요하다는 얘긴데……."

조조의 모사들도 뭔가 낌새를 채고 골똘히 생각에 잠겼다. 그리고 잠시 후 곽가, 순유, 정욱이 퍼뜩 깨닫고 동시에 외쳤다.

"도응이 우리에게 비화창 제조술을 보내고 또 오소라는 지명을 가리켰다면……. 설마 오소가 원소의 식량 저장소?"

조조는 이 말에 뒤도 돌아보지 않고 명을 내렸다.

"즉시 척후병을 오소로 보내시오! 어떤 대가를 치러도 좋으니 오소가 어떤 곳인지 반드시 알아내도록 하시오! 그리고 당장 도응이 준 문서에 따라 밤을 새서라도 비화창을 가능한 한 많이 만들도록 하시오!"

순유 등이 즉시 명을 받고 대영을 나가자 정욱이 걱정스러운 어투로 말했다.

"승상, 오소가 정말 원소의 식량 저장소라고 해도 오소로 가는 길목마다 원소군이 영채를 세워 막고 있어서 돌파를 강행하든 속임수를 쓰든 공략하기 쉽지 않을 듯합니다."

하지만 조조는 정색하게 대답했다.

"그런 건 상관없소. 일단 준비를 갖추고 있어야 기회도 오는 법이오. 만약 아무 준비가 없다면 기회가 찾아온다 해도 무슨 소용이겠소?"

정욱도 고개를 끄덕여 조조의 말에 수긍한 뒤 고개를 갸웃하며 다시 말했다.

"그런데 너무 괴이합니다. 지척에 있는 아군도 오소의 상황을 모르고 있는데, 수백 리 밖에 떨어진 도응이 이를 어찌 알았을까요?"

조조는 별일 아니라는 듯 대수롭지 않게 대답했다.

"내부 첩자가 있는 것이 분명하오. 도응이 원소와 사이가 틀어졌다 하나 원상 등과는 여전히 좋은 관계를 유지하고 있어서, 이를 이용해 첩자를 다수 심어 놓았을 것이오. 어쨌든 오소가 정말 원소의 식량 저장소라면 아군으로서는 전세를 역전시킬 절호의 기회이자 마지막 기회가 될 것이오!"

벽력거 진지를 독려하고 대영으로 돌아온 원소는 심드렁한 표정으로 서주 사신에게서 도응의 편지를 건네받았다.

빌어먹을 사위가 또 무슨 꿍꿍이를 꾸미려는가 싶어 편지를 펼치는 순간, 원소의 얼굴에는 함박웃음이 드러났다. 도응이 공손한 태도로 지난 과오를 사죄하고 위력이 강화된 벽력거 도안을 보낸 것이 아닌가.

원소는 책상을 치고 기뻐하며 말했다.

"하하, 벽력거 제조 기술이 이 정도까지 발전했단 말인가. 사정거리가 4백 보 이상에 3백 근이나 나가는 석탄이라니. 이제 조조 놈에게 본때를 보여줄 일만 남았구나!"

원소는 새 벽력거 도안을 진림에게 주고 속히 현장으로 달려가 이를 시범 제조하라고 명했다. 그러고는 곽도에게 물었다.

"도응이 잘못을 인정하고 사죄하면서 천자의 혈조를 보내 달라는구려. 그러면 진위 여부를 판별한 후 즉각 관도로 진격해 나를 도와 조조를 공격하겠다는데, 공칙의 생각은 어떠하오?"

이때 심배는 군량 운송 도중 사고가 발생해 이를 해결하려 업성으로 돌아간 터였다. 이에 곽도가 심배를 대신해 총참모 직을 수행했다.

곽도가 냉소를 지으며 대답했다.

"주공, 설마 도응이 진심으로 사죄했다고 여기시는 것입니까? 도응은 이미 조조가 필패할 걸 알고, 이번 전쟁이 끝난 후 아군의 창끝이 서주를 조준할까 두려워 아첨을 떠는 것입니다. 그의 음험함과 비열함은 조조보다 백배나 더 심합니다."

이 말에 원소의 표정이 백팔십도 바뀌며 코웃음을 쳤다.

"내 그놈이 후안무치한 줄은 알았지만 이 정도로 흉악한지는 몰랐구나!"

이 틈을 타 곽도가 재빨리 간했다.

"맞습니다. 따라서 응당 서주 사신의 목을 베 절교의 뜻을 알리고, 조조를 공파한 다음 정정당당한 명분으로 동진해 전량이 풍족한 서주 땅을 취하십시오."

하지만 원소는 도응이 고개 숙여 용서를 구하고 뜻밖의 선물까지 안겨준지라 그의 사신을 죽이는 것은 너무 지나친 처사라고 생각했다. 게다가 날이 이미 꽤 깊어 몸도 지친 관계로 고개를 저으며 말했다.

"사신을 죽이지 말고 일단 옥에 가두시오. 내 좀 더 생각해 본 후 결정하리다."

곽도가 다급한 마음에 여러 차례 간했지만 원소는 그의 말을 들으려 하지 않았다. 이에 곽도는 괜히 불호령이 떨어질까 두려워 순순히 물러나왔다.

열흘간 연달아 전투를 치른 탓에 원소군 장수와 사병들은 지칠 대로 지쳐 있었다.

다음 날 원소는 전군에 공격을 멈추고 휴식을 취하라고 명했다. 현재 그의 관심은 온통 새 벽력거에 집중돼 있었다.

그날 오후 새 벽력거가 완성됐다는 보고에 원소는 크게 기뻐하며 즉시 휘하 관원들을 거느리고 공사 현장으로 달려갔다.

실물을 확인한 원소는 만족감을 표한 후 시범 사격을 명했다.

두 발이 발사되자 도웅이 말한 대로 3백 근이나 되는 석탄이 4백 보 이상 날아가는 것이 아닌가?

투척 거리가 기존 벽력거보다 백 보 이상이 더 나가고, 석탄 무게도 백 근이나 더 무거워 자연히 위력이 배가가 되었다.

이를 지켜본 원소는 수염을 어루만지며 웃음을 터뜨린 후 당장 새 벽력거를 3백 대 제조하라고 명했다.

원소군 문무 관원도 잇달아 원소에게 축하를 건네면서도 궁금증이 들어 물었다.

"주공, 이렇게 위력적인 새 벽력거를 대체 어디서 구했습니까?"

기분이 좋아 날아갈 듯한 원소는 손을 휘저으며 소리쳤다.

"얘기하지만 기오. 내 제공들에게 물어볼 말도 있으니 대영으로 가 술을 마시며 이야기를 나눕시다. 마침 오늘은 아무 일도 없을 듯하니 진탕 마셔 봅시다!"

곽도와 신평, 허유 이하 관원들은 원소의 비위를 맞추며 맞장구를 쳤다. 이때 저수가 근심스러운 빛을 띠며 원소에게 간했다.

"주공, 대적을 앞에 두고 술을 마시는 건 절대 금해야 할 일입니다. 또 야간 영채 방어도 준비하셔야지요."

순간 원소의 표정이 일그러지며 퉁명스러운 어조로 대꾸했다.

"그럼 오늘 밤 영채 방어의 제반 일은 그대가 맡으면 되겠구려. 잔치에 참석하고 싶지 않다면 임무를 마친 후 굳이 날 보러 올 필요 없이 그대의 막사로 돌아가 쉬시오."

저수는 조금도 당황한 기색 없이 당당하게 공수하고 말했다.

"저 역시 술을 못하는지라 주공을 번거롭게 하지 않겠습니다. 다만 오늘 밤 각 영채에 전할 야간 통행 구령은 무엇으로 할지 여쭙습니다."

원소는 잠시 생각에 잠기더니 손뼉을 치며 말했다.

"새 벽력거만 완성되면 관도를 공파하는 건 여반장이니, 오늘 밤 구호는 '벽력거로 조조를 대파하라'로 하시오!"

원소는 주연을 준비하는 사이에 문무 관원들에게 새 벽력거를 얻게 된 경위를 설명한 뒤 도응의 사죄 요청 편지를 보여주며 이를 어찌 처리해야 할지 의견을 구했다.

하지만 언제나 그렇듯 내부 갈등이 심각한 원소의 관원들은 의견이 양분돼 치열한 쟁론을 벌였다.

순심과 허유, 문추 등이 먼저 의견을 개진했다.

"주공, 도응에게 기회를 주심이 마땅합니다. 도응의 화친 요청을 받아들여 서주군을 전장에 동원한다면 더 빨리 조적을 공파하고, 아군의 피해도 최소화할 수 있습니다."

"주공, 도응의 화친 요청을 절대 받아들여서는 안 됩니다."

곽도, 신평을 필두로 한 원담 일당은 도응을 용서하자는 데 단호히 반대하고 나섰다.

"아군의 승리는 이미 정해진 바나 다름없어 굳이 서주군의 도움이 필요 없습니다. 게다가 조조군을 격파하면 잔여 부대를 모두 흡수해 서주를 공격하는 데 이용해야 하는데, 여기에 서주군이 끼어들면 일만 번거로워질 뿐입니다."

심배가 업성으로 돌아간 후 원상의 입장을 전달할 사람이 적은 데다 발언권까지 약했던 관계로 이번 논쟁의 추는 자연히 원담 쪽으로 기울 수밖에 없었다.

더욱이 승패가 이미 결정됐다는 분위기 속에서 제삼자의
개입이 굳이 필요하냐는 말에 반대파의 입장은 설득력을 가지
기 어려웠다.

그런데 이때 허유가 분연히 나서서 원담 일당에게 당당하게
말했다.

"그대들은 연주와 예주, 사례, 관중에 있는 조조 무리는 보
이지 않으시오? 예주를 지키는 조인과 만총, 사례와 남양의
조홍과 위충, 관중을 지키는 종요와 배무, 허도를 지키는 순
욱과 임준, 여기에 연주 동부의 유연과 조순 등은 모두 조조
의 심복이 아니면 조조와 한집안이어서 설사 아군이 관도에
서 조조를 무찌르더라도 절대 투항할 자들이 아니오."

허유는 잠시 숨을 고르고 말을 이었다.

"게다가 관도에서 승리한다고 조조를 반드시 사로잡거나 죽
일 가능성이 얼마나 된다고 보시오? 조조가 어디로 달아나든
저들은 여전히 조조의 호령에 따라 권토중래를 노리며 아군
의 골치를 썩이고 주공의 발목을 잡을 것이오. 이런 상황에서
도응의 동맹 요청을 거절한다면 병마가 자못 강한 지원군을
잃을 뿐 아니라 궁지에 몰린 도응이 조조와 합심하는 날에는
아군에게 더 큰 골칫거리가 될 것이오."

이어 허유는 원소에게 허리 숙여 예를 갖추고 충심으로 간

했다.

"주공, 도의에 부합하면 돕는 사람이 많고 도의에 어긋나면 돕는 사람이 적다고 했습니다. 도웅이 깊이 뉘우치는 바, 이번에 한 번만 더 기회를 주십시오. 그가 다시 주공의 위엄을 거역하거나 주공께 홍정하려 들면, 그때 가서 엄히 벌하셔도 늦지 않을 것입니다."

허유의 조리 있는 간언에 원소도 크게 마음이 흔들려 고개를 끄덕이며 말했다.

"자원(子遠)의 말이 내 뜻과 꼭 부합……."

자원은 허유의 자다. 이때 곽도가 다급히 원소의 말을 자르며 진언했다.

"주공, 잠시만 제 얘기를 들어주십시오. 그런데 뭔가 이상한 점을 발견하시지 못했습니까?"

원소가 고개를 갸웃거리며 물었다.

"무엇이 이상하단 말이오?"

곽도가 음흉한 미소를 지으며 대답했다.

"도웅에 대한 자원의 태도 말입니다. 건안 2년 자원이 서주에 사신으로 갔다 온 이후, 도웅에게 갑자기 우호적으로 변해 여러 차례 도웅의 편을 드는 발언을 했습니다. 그 이유에 대해서 깊이 따져 보신 적이 있으신지요?"

이 말에 허유가 발연대로해 소리를 질렀다.

"무슨 헛소리요! 난 단지 사실에 입각해 논했을 뿐인데, 무슨 도웅의 편을 든단 말이오?"

"너무 흥분하지 마시오. 나 역시 사실에 입각해 그대가 왜 도웅의 편을 드는지에 대해 말했을 뿐이니까요."

곽도는 비꼬듯 말을 툭 던지고, 허유에게 음흉한 미소를 흘리며 다시 물었다.

"내 하나만 묻겠소. 그대 부중 후원에 있는 비밀 토굴에는 뭘 감추어두었소?"

순간 허유의 낯빛이 변하더니 곽도를 노려보며 되물었다.

"그대가 그걸 어찌 알았소?"

"내가 그것까지 대답할 이유는 없다고 보는데……. 참, 도웅에게서 받은 귀중한 예물들을 그 토굴에 감추어둔 것이 아니오?"

허유는 갑자기 말문이 막히고 이마에서는 식은땀이 비 오듯 흘러내렸다. 원소는 이들의 대화를 듣고 있다가 갑자기 낯빛이 굳어지며 허유를 보고 비아냥거렸다.

"공칙의 물음에 왜 대꾸가 없는 것이오? 그 말이 사실인가 본데……."

허유는 재빨리 고개를 가로저어 부인한 후 힘없는 목소리로 대답했다.

"제 후원의 토굴에는 지금까지 받은 봉록과 주공께서 내리신 상을 쌓아 놓았을 뿐, 다른 것은 절대 없습니다."

원소가 냉소를 지으며 말했다.

"아, 그렇소? 그럼 내 당장 사람을 업성으로 보내 그대의 토굴을 조사해 보리다. 그대 말대로 그곳에 봉록과 내가 내린 상이 쌓여 있다면 상관없지만 다른 것이 나온다면 과연 어떤 변명을 할지 궁금하구려."

허유는 감히 아무 말도 하지 못한 채 연신 땀만 흘릴 뿐이었고, 원담 일당은 득의양양한 표정으로 자신들에게 대항한 허유의 꼴을 비웃고 있었다.

"주공, 업성의 심배 대인으로부터 서신이 도착했습니다."

바로 이때 대영 밖에서 전령 하나가 급히 달려와 원소에게 편지를 바쳤다. 원소는 이를 펼쳐 보고 갑자기 발연대로해 허유를 가리키며 소리를 질렀다.

"네 이놈, 결국 그런 것이었더냐! 아군의 군량에 곰팡이가 피어 썩은 이유가 네놈의 아들과 조카가 군량을 운반할 때 상품의 양식을 하품의 양식으로 바꿔치기한 탓이라고 심배의 편지에 똑똑히 쓰여 있다. 그래도 할 말이 있느냐?"

"네? 그런 일이 있었다고요?"

허유는 자신의 아들과 조카가 그런 짓을 저질렀다는 데 놀라 어안이 벙벙해졌다.

원소는 허유에게 편지를 던져 주며 고함쳤다.

"네 눈으로 직접 봐라! 네 아들과 조카 놈이 이미 다 자백한 것이다. 그래도 뻔뻔하게 발뺌을 할 셈이냐?"

허유가 손을 벌벌 떨며 편지를 들고 읽고 있을 때, 원소의 불호령이 떨어졌다.

"여봐라, 당장 저 후안무치한 도적놈에게 치도곤을 내려라! 그리고 꼴도 보기 싫으니 오늘 이후로 절대 내 앞에 나타나지 말라!"

*   *   *

가련한 허유는 무사들에게 치도곤을 당한 후 절뚝거리며 대영에서 쫓겨나고 말았다. 치욕을 당한 허유는 분을 참지 못해 씩씩거리며 혼잣말로 중얼거렸다.

"원소는 충언을 가납하지 않아 훗날 반드시 조조에게 패하고 말 것이야. 내 아들과 조카가 이미 심배에게 해를 당한 마당에 계속 여기 남아 있다간 나까지 해를 입고 말겠어!"

허유는 그 길로 몰래 영채를 빠져나가 조조군 진영을 향해 달려갔다.

10여 리쯤 갔을 때 조조군 순라대를 만난 허유는 자신의 신분을 밝히고 긴히 조조에게 할 말이 있다고 알렸다. 이에 순라대는 즉시 허유를 관도 영채로 보냈다.

조조는 이 보고를 받고 맨발로 막사를 달려 나가 허유를 맞이했다. 이때는 바로 건안 4년 7월 초이튿날 오후였다.

신시 삼각, 영문으로 뛰쳐나간 조조는 허유를 반갑게 맞으며 손을 꼭 잡고 간절하게 말했다.

"자원이 오셨으니 드디어 내 일이 이루어지겠구려!"

유시, 원소가 문무 관원을 이끌고 대영에서 통쾌하게 마시며 놀고 있을 때, 허유는 조조의 깍듯한 대우를 받아 조조의 막사로 들어갔다.

조조는 허유를 상석에 앉히고 자신을 찾아온 연유를 물었다. 허유는 도응이 원소에게 동맹을 청하고 새로운 벽력거 도안을 보내, 원소가 현재 위력이 배가된 벽력거를 만들고 있다고 사실대로 고했다.

"간악한 도응 놈아, 양쪽에 모두 다리를 걸치고 만약 내가 원소에게 패했을 때를 대비해 퇴로를 열어놓았단 말이냐!"

조조는 도응의 비열한 행동에 분통을 터뜨린 뒤 다급히 허유에게 물었다.

"자원은 원소 군중의 허실을 잘 알 터이니, 원소를 깨뜨릴 계책을 좀 가르쳐 주시오."

"오소입니다!"

"…오소라고?"

조조는 갑자기 자리에서 벌떡 일어나 놀란 목소리로 물었다.

"설마 원소의 양초와 군수가 모두 비축돼 있는 곳을 말하는 것이오?"

"승상은 이미 이 사실을 알고 있으면서 왜 오소를 급습하지 않으십니까?"

허유는 이상하다는 듯 반문하더니, 잠시 후 황연히 깨닫고 웃으면서 말했다.

"알겠습니다. 원소가 사방에 영채를 설치하고 길을 막고 있어서 뚫을 방법이 없었던 것이군요."

그러자 조조가 허유 앞으로 와 무릎을 꿇고 간곡하게 말했다.

"바로 그렇소. 아군이 원소군의 수비를 몰래 뚫을 계책만 알려준다면 내 반드시 후하게 보답하리다!"

허유는 황급히 조조를 일으켜 세우고 미소를 지었다.

"그건 너무 쉬운 일이니 아무 걱정 마십시오. 하늘이 원소를 멸하려는지 반 시진 전에 원소가 이미 오늘 야간 통행 구령을 알렸습니다. 승상은 이 구령과 함께 원소의 기치를 내걸고 원소군 월기교위(越騎校尉) 한맹을 사칭해 원소의 명을 받들어 오소의 전량을 보호하러 왔다고 말하십시오. 그러면 쉽게 영채를 통과해 오소에 이를 수 있습니다."

조조는 기뻐 어쩔 줄 몰라 연신 허유에게 허리를 굽혀 인사한 뒤 몸을 돌려 크게 외쳤다.

"속히 문무 관원들을 막사로 불러라! 빨리 서둘러야 한다!"

유시 이각, 원소의 얼굴에 취기가 완연하며 관원들과 잇달아 잔을 부딪치고 있을 때, 조조의 막사에는 문무 관원들이 속속 모여들었다.

조조는 허유가 찾아온 경위를 대략적으로 설명한 뒤 순유, 곽가, 하후돈, 이전 등에게는 대영을 지키게 하고, 이통과 우금에게는 각기 일군을 거느리고 대영 좌우에 매복해 원소군의 기습을 방비하라고 명했다. 그러고는 전위, 하후연, 장료, 악진 등과 함께 군중에 있는 5천여 기병을 모두 이끌고 오소를 급습하기로 결정했다.

승부수를 던진 조조의 도박 같은 결단에 문무 관원들은 심히 걱정이 앞서 허유의 항복에 협사가 없는지 먼저 가려야 한다고 간했다.

의심 많은 순유는 심지어 도응이 원소와 짜고 오소에 천라지망을 펼치고서 아군을 유인해 몰살하려는 계략일지도 모른다고 걱정했다.

하지만 조조는 단호한 어조로 잘라 말했다.

"이는 절대 적의 계략이 아니오! 도응이 원소 편에 섰는지는 모르겠지만 그는 원소와 내가 오래도록 치열하게 싸워 양패 구상하기만 바라고 있소. 내가 당장 무너진다면 원소에게 좋은 일만 시켜주는 꼴이잖소? 따라서 오소는 결코 도응이 판 함정이 아니라고 단언할 수 있소!"

확신에 찬 조조의 분석에 순유는 더 이상 아무 말도 하지 않고, 다만 부디 조심하라고 거듭 당부한 후 하후돈과 함께 영채를 방어하러 나갔다.

조조군 정예 기병 5천이 한곳에 집결해 식사를 하고 말을 먹인 후 원소군 기치와 군복으로 바꾸고 무기와 장비를 점검했다.

시간이 촉박해 급히 제조한 비화창 2백여 개가 군중에 보내졌고, 조조는 인화물이 부족할까 염려돼 장사마다 마른풀 한 단씩을 등에 지라고 명령했다.

술시가 되자 초경을 알리는 딱따기 소리가 울리고, 여름 태양도 종내 서산으로 서서히 기울었다.

조조는 친히 갑옷을 입고 말에 올라 5천 기병을 이끌고 비장한 표정으로 영채를 나왔다. 이들은 야음을 틈타 원소군 대영을 피해 소로로 오소를 향해 달려갔다.

조조의 문무 관원들은 모두 영문 앞까지 나와 조조 기병의 뒷모습을 응시하며 하늘에게 제발 저들을 보우해 달라고 기도했다.

*   *   *

그 시각, 원소군 대영에서는 몸을 가누지 못할 정도로 취한 원소가 자리에 그대로 드러누워 코를 골며 잠이 들었다. 문무 관원 대부분도 원소와 마찬가지로 그 자리에서 정신없이 녹아 떨어졌고, 몇몇 관원들은 몸을 비틀거리며 혀가 꼬부라진지도 모른 채 무희들을 희롱하느라 바빴다.

상황이 이러했지만 원소군 지휘 체계는 다행히 완전히 무너지지 않았다. 감군도독(監軍都督) 저수가 소임을 다해 방어 시설을 일일이 순시하며 병사들을 독려한 덕분이었다. 이에 원소군 병사들은 원소 및 다수의 문무 관원들이 취해 곯아떨어진 상황에서도 삼엄하게 영채를 지키며 물샐틈없는 방어를 구축하고 있었다.

저수는 후영을 순시하다가 마침 원소의 눈에 들어 별부사마(別部司馬)로 발탁된 조운을 발견했다. 친병을 거느리고 야간 보초를 서고 있던 조운도 저수가 다가오는 것을 보고 공손히 예를 갖춰 인사했다.

저수는 고개를 끄덕여 화답한 후 조운에게 물었다.

"자룡은 주공이 베푼 연회에 참석하지 않았소?"

조운이 대답했다.

"유시가 반쯤 지났을 때, 주공께서 사람을 보내 소장을 부르셨습니다. 운이 막사에 당도해 보니 주공은 물론 뭇 장수들까지 이미 만취한 상태라, 저마저 취해 있을 수는 없어서 몸이 좋지 않다는 핑계로 주공께서 내리신 술 한 잔만 받고 나왔습니다. 그리고 곧바로 후영으로 돌아와 영채를 지키는 중이었습니다."

"자룡은 그야말로 진정한 장수의 덕을 갖추고 있구려."

저수는 조운을 크게 칭찬한 뒤 탄식을 내뱉었다.

"오소의 순우경도 그대와 같다면 얼마나 좋겠소? 순우경이 군무를 돌보지 않고 날마다 술독에 빠져 지낸다기에, 내 여러 차례 주공께 이자를 교체하라고 간했건만 그가 주공의 애장이라는 이유로 아직까지 아무 기별이 없다오. 그래서 오소의 방비가 허술할까 마음이 아주 조마조마한 상태요."

조운은 말을 아껴 저수의 말에 부화하진 않았지만 오소라는 말을 듣고 문득 한 가지 일이 생각나 저수에게 다급히 물었다.

"광평 선생, 이는 제 권한 밖의 일이긴 하나 선생을 만난 김에 묻고 싶은 것이 하나 있습니다. 아군 기병이 갑자기 출동해 동북쪽으로 달려가던데 혹시 무슨 일이 났습니까?"

저수는 의아한 표정을 지으며 반문했다.

"그런 일이 있었소? 그게 언제 적 일이오? 왜 내가 모르고 있었지?"

"대략 반 시진 전쯤일 겁니다. 소장의 수하들이 영채를 나가 순찰을 돌고 있는데, 멀리서 아군 기병 4, 5천 명 정도가 햇불을 들고 다급히 동북 방향으로 달려가더랍니다. 사졸들은 보병이라 저들의 속도를 따라잡을 수가 없어서 하는 수 없이 영채로 돌아와 이를 알렸습니다."

저수는 더욱 곤혹스러운 표정을 짓고 혼잣말로 중얼거렸다.

"주공께서는 줄곧 대영에서 술을 마시고 계셔서 이렇게 많은 기병을 출동시켰을 리 없을 것 같은데……."

"저도 그 점이 이상했습니다. 유시가 넘어 주공을 뵀을 때, 이미 주공은 만취하신 상태라 이런 명령을 내리는 것이 불가능해 보였습니다. 혹시 무슨 일인지 아시는지요?"

저수는 아무 대꾸도 하지 않고 여전히 혼잣말을 뇌까렸다.

"4, 5천 기병이 동북 방향으로 갔다? 동북쪽에는 무원, 양무, 오소가 있는데… 오소?!"

저수는 갑자기 얼굴이 하얗게 질려 자신의 수종에게 크게 소리쳤다.

"너는 당장 내 인수를 가지고 쾌마로 동북쪽의 왕마(王摩) 장군 영채로 가 그 기병이 간 곳을 물어보아라. 그러고 나서 속히 돌아와 내게 보고하라!"

수종이 이에 대답하고 저수의 인수를 받아 급히 말에 올라 영채를 나가자, 저수는 조운을 데리고 당장 원소를 만나러 대영으로 달려갔다.

그러나 저수와 조운이 가쁜 숨을 몰아쉬며 대영으로 들이 닥쳤을 때, 원소는 이미 호위무사의 부축을 받아 자신의 막사로 돌아간 뒤였다.

저수는 다시 원소의 막사로 향하면서 속으로 몰래 기도를 올렸다.

'제발 그 기병은 주공이 보낸 것이어야 할 텐데……. 그렇지 않으면 우리는 끝장날지도 모른다고!'

저수가 헐레벌떡 원소의 막사로 달려갔을 때, 원소의 침상 여기저기에는 토사물이 낭자해 악취가 코를 찔렀다.

저수가 여러 차례 원소를 깨웠지만 인사불성이 된 원소는 좀체 일어나지 않았다. 저수는 다급한 마음에 온몸에서 식은 땀을 줄줄 흘렸다. 조운은 상황이 긴박한 것을 알고 급히 저수에게 공수하며 말했다.

"광평 선생, 지금은 한가하게 주공의 명을 기다릴 때가 아닙니다. 운이 본부의 5천 보병을 거느리고 속히 오소로 달려가 정황을 살펴보고 올 테니 허락해 주십시오. 주공께서 깨어나셔서 책임을 물으신다면 이 운이 기꺼이 모든 걸 책임지겠습니다!"

속이 바질바질 타들어가던 저수는 조운의 말에 크게 감격
해 눈물이 나올 지경이었다. 그는 정중하게 예를 갖춰 조운에
게 허리를 굽힌 뒤 흐느끼는 목소리로 말했다.

"자룡 장군, 우리의 운명이 바로 장군의 손에 달렸소이다.
책임일랑은 내가 다 질 터이니 꼭 임무를 완수해 주십시오!"

*   *   *

관도에서 오소까지 70여 리를 달려간 조조군 기병은 중간
에 원소군 영채 네 곳을 지났으나 원소군 깃발과 군복, 그리
고 허유가 알려준 통행 구령 덕분에 아무런 제지도 받지 않고
무사히 오소 대영 가까이 이르렀다.

사경을 막 넘긴 시각, 먼 길을 쉬지 않고 달려온 조조군
병마는 이미 지칠 대로 지쳐 있었다. 하지만 조조는 적들이
눈치채기 전에 속히 오소를 공격해야 했기에 즉각 명을 내렸
다.

"장료는 1천 기를 거느리고 왼쪽에, 악진은 1천 기를 거느리
고 오른쪽에 위치하라. 나머지 장수는 나와 함께 중군을 통솔
한다! 북이 울리면 즉각 마른풀에 불을 붙이고 중군은 오소
정문으로, 좌우 양군은 측면으로 삼군이 일제히 진격해 들어

간다! 적을 혼란에 빠뜨리고 오소 영채를 돌파해 군량을 쌓아 놓은 곳에는 죄다 불을 질러라!"

명을 받은 장수들이 자신의 대오로 달려가 이를 각 병사들에게 알리는 사이, 오소 초소에서는 인원이 보강되는 줄로만 알고 아무 경계심 없이 이들이 영문 앞으로 오기를 기다렸다.

잠시 후 조조군이 오소 영문 1리 앞까지 이르렀을 때, 조조는 깊은 숨을 몰아쉰 뒤 허리에서 보검을 빼 들고 오소 영채를 가리키며 큰소리로 외쳤다.

"북을 울리고 총공격에 나서라! 승패존망이 이 전투에 달려 있다. 다들 진격하라!"

둥둥둥 북소리가 울리자 5천 조조군 장사는 동시에 고함을 지르고 마른풀에 불을 붙인 다음 미친 듯이 오소 대영을 향해 돌진했다.

졸린 눈을 비비며 마음을 놓고 있던 오소의 수문장은 갑자기 터져 나온 함성에 놀라 눈을 번쩍 뜨고 서남쪽을 바라보았다.

온통 진홍빛으로 물든 그곳에서는 거대한 불덩이가 영문을 향해 쏜살같이 달려오고 있었다. 수문장은 간담이 서늘해져 잠시 멍한 표정을 짓고는 다급히 고함쳤다.

"적의 기습이다! 적의 기습이야! 빨리 징을 쳐 급보를 알려라!"

하지만 이미 때는 늦어 조조군 기병은 벌써 오소 영문까지 들이닥쳤다.

선두에 선 전위가 도끼로 영문을 부수자 뒤따르던 조조군 병사들이 창으로 영채를 방어하던 원소군을 잇달아 쓰러뜨렸다. 조조군이 조수처럼 영채 안으로 밀려들어 닥치는 대로 불을 놓고 사람을 죽이자 미처 손쓸 새가 없었던 원소군은 진용이 완전히 무너져 앞다퉈 대영 안으로 달아났다.

장료와 악진의 좌우 양군도 동시에 오소 동서 영채로 쇄도해 들어가 울타리에 불을 지르고 영문을 도끼로 부숴 대영으로 들어가는 길을 열었다.

아무 준비도 없다가 기습을 당한 원소군은 조조군의 돌격을 막아내지 못하고 비명을 지르며 사방으로 흩어져 도망가기 바빴다.

오소 수장 순우경은 오늘도 술에 취해 잠들었다가 적이 습격했다는 소리에 잠이 깨 급히 갑옷을 입고 군사들을 소집했다.

하지만 극도로 혼란해 빠진 원소군이 미처 진용을 갖추기도 전에 이미 영문을 돌파한 조조군은 오소 영중까지 쳐들어가 마구 적을 베고 사방에 불을 지르며 후영의 식량 창고를 향해 내달렸다.

주변 성지에 군량을 공급하러 출발했던 원소군 장수 조예(趙睿)는 오소에 불길이 치솟는 것을 보고 크게 놀랐다. 그는 식량을 모두 놔둔 채 전속력으로 오소를 구하러 달려가는 동시에 쾌마를 오소와 가장 가까운 장힐 부대에 보내 구원을 청했다.

조조군 척후병은 조예가 회군하는 것을 보고 즉시 이를 조조에게 보고했다. 하지만 군대를 나눠 적을 막을 겨를이 없었던 조조는 칼을 높이 들고 미친 듯이 소리쳤다.

"전군은 사력을 다해 전진해 원소군 양초를 모두 불태워라! 이번 전쟁의 성패가 여기에 달려 있다! 모두 돌격하라!"

조조군 사병들은 와 하는 함성과 함께 앞만 보고 달려 나갔고, 조조도 전세를 뒤집을 유일한 기회를 놓치지 않기 위해 직접 적진에 뛰어들어 군사들을 독려했다.

조조군이 여기저기 놓은 불에 오소 대영의 식량 창고 곳곳은 불길에 휩싸였고, 후영의 주 식량 창고 근처까지 큰불이 번졌다.

오소 대영 남쪽 절반이 불바다로 변한 가운데, 수적으로 열세지만 사기가 고양된 조조군은 순우경, 수원진, 한거자 등이 창졸지간에 조직한 방어선을 뚫고 중군 대영으로 쇄도해 들어가 장군기를 불태우고 순우경의 막사에 불을 질렀다.

잠시 후 조예가 거느린 4천여 원군이 종내 조조군 배후까지 들이닥치자 전위가 대갈일성을 지르고 쌍극을 휘두르며 조예에게 달려들었다.

조예는 황망히 창을 들고 전위에게 맞섰지만 단 일 합 만에 전위의 창에 투구를 찔려 그 자리에서 비명횡사하고 말았다.

조예가 죽자 그가 거느린 4천여 원소군은 장수를 잃고 진용이 크게 어지러워졌다. 조조군은 이 틈을 놓치지 않고 저들을 마구 도륙했고, 여세를 몰아 원소군 방어선을 돌파해 오소 중군 영지마저 초토화시켰다.

이처럼 조조군이 좌충우돌하며 크게 활약했지만 오소의 식량 창고가 광범위하게 분포한 데다 순우경 등이 조직한 군사들이 차츰 전열을 정비하고 수적 우세와 지리에 익숙한 점을 이용해 반격을 가하자 조조군의 전진 속도도 더뎌지기 시작했다.

조조군이 우세를 점했다고 하나 혈전을 벌인 지 한 시진여가 지나 날이 밝을 때까지 원소군은 주 식량 창고 주변을 사수하며 조조군의 침범을 허락하지 않았다.

바로 그때 남쪽에서 새로운 함성 소리가 들려왔다.

조조가 깜짝 놀라 뒤를 돌아보자 멀리서 원소군 일지 군마가 오소를 향해 쇄도해 들어오고 있었다.

이들은 바로 오소와 가장 가까이 있던 장힐의 부대로, 조예의 급보를 받은 데다 오소에 화광이 충천한 것을 보고 급히 수천 대오를 조직해 구원을 온 것이었다. 조조는 얼굴빛이 크게 변해 속으로 중얼거렸다.

'아, 이 일을 어쩐단 말인가! 아군은 밤새 70여 리를 달려와 쉬지도 못하고 전투에 투입돼 인마가 모두 피로에 지쳐 있는데, 원소군이 이렇게 빨리 들이닥치다니……'

"원군이 왔다! 원군이 왔어!"

오소의 수비군도 원군이 당도한 것을 보고 크게 기뻐 소리를 질렀다. 군사들의 사기가 크게 진작되자 곤경에 빠져 있던 순우경은 큰소리로 웃음을 터뜨리고 외쳤다.

"하하, 하늘이 나를 돕는구나! 내 목을 보전할 기회가 왔다. 제군들, 이제 조조를 몰아내고 우리의 식량 창고를 사수하자!"

순우경의 명에 원소군 병사들이 함성을 지르며 달려들자 이제는 전세가 역전돼 조조군이 수세에 몰리고 말았다.

곧 무너질 것 같던 원소군 방어선은 금세 안정을 되찾았다. 반면 병마가 모두 지친 조조군은 사기가 크게 저하돼 원소군의 반격에 속수무책으로 당하고 있었다.

그런데 이때 또다시 우레 같은 함성 소리와 말발굽 소리가 갑자기 동쪽에서 들려오더니 이번에는 조조군 대오에서 환호성이 터져 나왔다.

"원군이다! 우리의 원군도 도착했다!"

"원군이라고? 우리에게 무슨 원군이 있단 말인가?"

5천 기병만 이끌고 오소를 급습한 조조는 자신의 귀를 의심했다. 이에 의아한 표정을 지으며 동쪽으로 고개를 돌렸을 때, 눈으로 보고도 믿기 어려운 일이 벌어졌다.

오소 동쪽에서 정말로 조조군의 흑색 깃발을 휘날리는 대오가 이리로 질풍같이 달려오고 있는 것이 아닌가! 저들은 오소를 구하러 온 원소군 원병을 막겠다는 듯 곧장 장힐 부대 쪽으로 달려갔다.

조조는 즉각 친병 하나를 보내 저들이 어디서 나타난 대오인지 물어보라고 명한 뒤, 검을 들고 큰소리로 외쳤다.

"원군이 당도했으니 뒷걱정은 하지 말고 전력을 다해 전진하라! 우리는 반드시 승리할 것이다!"

사기가 다시 크게 오른 조조군은 함성을 지르며 곧장 원소군에게 달려들었다.

조조군은 원병의 출현에 원소군이 허둥대는 틈을 타 원소군 대장 수원진을 난전 중에 죽이고 주 식량 창고 쪽으로 쳐들어가 적을 마구 베고 식량 창고에 불을 놓았다.

영채 밖에서는 정체 모를 조조군 기병이 장힐의 군대와 대치했다. 저들은 근접전을 벌이고 싶지 않다는 듯, 장힐의 부대 3백 보 바깥에서 걸음을 멈추었다. 이어 몸체가 우람한 장수 하나가 손에 칼을 쥐고 말을 달려 나와 소리쳤다.

"나는 한의 승상 휘하의 산양태수 조순이다. 누가 감히 내 칼을 받겠느냐?"

장힐은 순간 3백여 리나 떨어진 창읍의 조순이 언제 이곳에 당도한 것인지 몰라 어안이 벙벙해졌다. 하지만 이내 정신을 차리고 말을 달려 나가며 호통쳤다.

"기주의 장힐이 여기 있다. 적장은 당장 목을 내놔라!"

두 장수는 무서운 기세로 달려 나가 칼을 부딪쳤다. 거구의 장수는 단 삼 합 만에 장힐의 목을 땅에 떨어뜨렸다.

이를 보고 장힐의 군사들이 크게 놀라 어찌할 바를 몰라 하는 사이, 거구의 장수는 장힐의 수급을 들고 벽력같은 목소리로 외쳤다.

"돌격하라! 적들을 모두 쓸어버려라!"

정체불명의 천여 기병은 와 하는 함성 소리와 함께 일제히 장힐의 대오를 향해 달려들었다. 이때 이들 기병 선봉대의 손에 쥔 장창에서 갑자기 한 길 길이의 화염이 뿜어져 나오며 장힐의 군사들을 공격했다.

이미 전의를 상실한 데다 괴이한 불 공격까지 당하자 장힐의 대오는 아예 혼비백산이 돼 뿔뿔이 달아나기 바빴다. 정체

불명의 기병은 이 틈을 타 종횡무진하며 적군을 궤멸해 버렸다.

한편 조조가 보낸 전령은 기쁜 표정으로 멀리서부터 달려오며 큰소리로 고함을 질렀다.

"승상, 저들은 조순 장군의 대오입니다! 그리고 조순 장군이 비화창 8천 정을 보냈습니다!"

"비화창 8천 정이라고?"

조조는 크게 기뻐하면서도 믿지 못하겠다는 듯 고개를 뒤로 돌렸다. 그런데 정말로 마차 40대가 오소 영채 밖에서 나는 듯이 달려왔고, 마부들은 나무상자를 열어 비화창을 가리키고는 쏜살같이 자신의 대오로 돌아갔다.

조조는 조순이 어떻게 그 많은 기병을 이끌고 왔는지, 또 이 많은 비화창을 보냈는지 따질 겨를이 없었다.

일단 그는 병사들에게 비화창을 나눠 가지라고 한 후 총공격 명을 내렸다. 병사 하나당 비화창 두 정을 들고 불을 뿜으며 맹렬한 기세로 달려들자, 오소의 수비군은 화염에 얼굴을 맞고 두 눈이 실명돼 고통의 비명을 지르며 두 손으로 눈을 감쌌다.

무시무시한 화염 공격에 전세는 완전히 조조군 쪽으로 기울고 말았다. 이에 순우경은 앞장서서 꽁무니를 뺐고, 한거자는 난군 중에 비참한 최후를 맞았다.

방어막이 사라진 원소군 식량 창고는 비화창에 철저히 유린돼 화광에 휩싸였다. 조조군은 파죽지세로 원소군 주 식량 창고 깊숙한 곳까지 돌진해 양식을 모두 불태워 버렸다.

이때 조순의 기병은 장힐의 부대를 섬멸하고 전장을 정리한 후 서둘러 오소 동쪽의 개활지에 집결했다. 조조 역시 전투가 거의 마무리되고 오소 영채가 불길에 휩싸이자 전령을 보내 조순을 부르고자 했다.

그런데 산 아래에 정연하게 늘어서 있는 대오를 보는 순간, 조조는 황연히 깨닫는 바가 있어 갑자기 큰소리로 웃음을 터뜨렸다.

좌우의 장수들이 의아한 표정으로 조조에게 왜 웃느냐고 묻자 조조가 미소를 지으며 대답했다.

"저들이 누군지 모르겠느냐? 돌격 중에도 저런 엄정한 대형을 유지할 수 있는 기병은 우리의 친구 군자군밖에 없다. 천하의 어느 기병이 저 경지를 따라갈 수 있단 말이냐?"

"군자군이라고요? 도웅의 군자군 말입니까?"

장수들이 하나같이 놀라 비명을 지르자 조조는 고개를 크게 끄덕이며 웃는 낯으로 화답했다.

한편 조조군으로 변장한 도웅은 허저와 함께 군자군을 이끌고 화광이 충천한 오소 대영을 물끄러미 바라보고 있었다.

오소의 불길은 점점 더 맹렬히 타올라 짙은 연기가 하늘을 가리고 들판을 가득 뒤덮었다.

이로써 조조와 도응, 두 영웅은 원소의 생명줄이나 다름없는 오소를 불바다로 만드는 합작품을 완성해 냈다.

*　　　　　*　　　　　*

시간으로 따진다면 조운은 사실 좀 더 일찍 오소에 당도할 희망이 있었다. 그러나 예상치 못한 일이 조운의 발목을 잡고 말았으니, 그건 모두 원소군 내부 사정에서 기인했다.

조운은 저수에게 오소로 출동하겠다고 말한 뒤 즉각 자신의 영지로 돌아와 대오를 집결했다. 이어 군사들에게 출발 명령을 내리고 대영을 나가려는데, 홀연 여광이 나타나 그의 길을 가로막으며 기세등등하게 소리쳤다.

"조운, 이 야심한 시각에 대오를 이끌고 어디로 가려는 것이냐? 주공의 출병 허가서는 지닌 게냐?"

여광은 원담의 심복으로, 원담 무리는 조운을 깊이 증오하고 있었다.

그 연유는 예전 청주 전쟁 때로 거슬러 올라간다.

당시 원담은 도응의 도움으로 원소에게 귀순한 조운을 자기편으로 끌어들이려 했지만 거절당했는데, 지금껏 자신의 자존심을 상하게 한 조운을 손봐줄 기회를 노리고 있었다.

하지만 조운이 원소에게 신임을 받고 중용되자 쉽사리 기회가 찾아오지 않았다. 그러다가 마침 조운이 원소의 명 없이 출병한다는 보고를 듣게 된 것이다.

조운은 당연히 원소의 출병 허가서가 없었기에 자신이 오소로 가게 된 경위에 대해 자세히 설명했다. 여광은 조운의 말을 듣고 사태를 걱정하기는커녕 외려 기쁜 기색을 지어 보이더니 짐짓 대로해 소리쳤다.

"대담하구나! 감군에 불과한 저수에게 무슨 병권이 있어서 중군 병마를 멋대로 파견한단 말이냐? 너는 주공 직할의 보병 교위다. 주공의 명이 없이는 영채를 한 발짝도 나가지 못한다!"

"여 장군, 이는 아군 군량 창고의 안위와 관련된 중대한 일입니다. 제발 보내주십시오. 주공께서 책임을 물으신다면 이 운이 모든 걸 책임지겠습니다."

조운이 재차 간청했지만 여광은 요지부동 조운의 출병을 불허하고 속히 대오를 이끌고서 영지로 돌아가라고 명하는 한편, 이를 따르지 않을 시 군법으로 다스리겠다고 위협했다.

아무리 설득해도 말이 통하지 않자 조운은 하는 수 없이 저수에게 사람을 보내 이 사실을 알렸다.

저수가 이를 듣고 화급히 현장에 달려왔을 때, 마침 저수가 왕마에게 보낸 친병도 대영으로 돌아왔다.

그는 정체불명의 기병은 바로 원소군 월기교위 한맹의 대오로, 원소의 명을 받고서 오소의 식량을 보호하러 가는 길이었다고 보고했다.

"뭐? 한맹의 대오라고?"

이 말에 저수와 조운은 대경실색해 얼굴이 하얗게 변했다. 왜냐하면 방금 전 중군 대영에 들렀을 때, 만취해 몸도 제대로 가누지 못하던 한맹을 두 눈으로 똑똑히 보았기 때문이다.

그 기병이 적이 변장한 부대가 확실해지자 저수는 당장 감군의 신분으로 여광에게 길을 비키라고 소리치고, 조운에게 속히 오소를 구원하라고 명한 뒤 원소에게 급보를 알리기 위해 부리나케 중군으로 발길을 돌렸다.

여광은 자신이 큰 잘못을 저질렀을지도 모른다는 생각에 제 발이 저려 원담과 대책을 논의하기 위해 황급히 원담의 영지로 달려갔다.

기병의 속도를 따라잡기란 쉽지 않았지만 조운은 5천 보병을 독려해 전속력으로 오소를 향해 내달렸다.

오소로 가는 첫 번째 관문을 수비하는 왕마는 조운의 설명을 듣고 즉시 그의 부대를 통과시켜 주었다. 그러나 두 번째 관문에서 길이 막히고 말았으니, 이곳을 지키는 장수가 바로 원담의 심복 여상이었기 때문이다.

여상은 조운에게 원소의 허가서가 없는 것을 알고는 속으로 쾌재를 부르며 절대 길을 열어줄 수 없다고 버텼다. 마음이 타들어가는 조운이 어찌할 바를 몰라 발을 동동 구르고 있을 때, 시각은 이미 사경을 훌쩍 넘겼다. 그런데 이때 사졸들이 놀란 목소리로 소리를 질렀다.

"장군, 보십시오. 북쪽에서 불길이 일어나고 있습니다!"

조운이 급히 고개를 들어 북쪽을 바라보자 그곳에서는 붉은 빛과 함께 연기가 자욱하게 번지고 있었다.

조운은 초조함이 분노로 변해 창으로 여상을 가리키며 노호성을 터뜨렸다.

"네 이놈, 빨리 길을 열어라! 이 일로 주공께서 문죄하신다면 내가 모두 책임지겠다고 하지 않았느냐! 만약 길을 열지 않는다면… 흥!"

북쪽에 불길이 일어나는 것을 보고 여상 역시 대경실색했다. 하지만 여상은 사적인 원한 때문에 대사를 그르쳤다는 문책을 듣느니 차라리 끝까지 직무에 충실했다는 핑계를 대는 것이 낫겠다 싶어 조운에게 큰소리로 외쳤다.

"주공의 허가서가 없으면 절대 길을 비킬 수 없다!"

조운은 더 이상 화를 참을 수 없어 대갈일성을 지르고 곧장 여상에게 달려들었다.

여상이 황급히 창을 들고 맞섰지만 단 일 합 만에 조운의 창은 여상의 목덜미를 관통해 버렸다. 여상이 비명을 지를 새도 없이 말에서 굴러 떨어져 횡사하자 조운은 여상의 휘하 장수들에게 외쳤다.

"오소에 변고가 생겼는데도 여상이 사사로이 길을 비키지 않아 그를 찔러 죽였다. 너희들 중 누구라도 내 앞을 막는 자가 있다면 여상의 뒤를 따르게 될 것이다!"

조운의 위협에 여상의 휘하들은 감히 앞으로 나서지 못하고 순순히 길을 열어주었다.

조운이 자신의 방어 구역을 통과하자 이들은 급히 원소에게 사람을 보내 이 사실을 알렸다.

결정적인 순간에 두 차례나 시간을 지체한 데다 조운의 부대는 전원 보병으로 구성된지라 진군 속도가 빠르지 않아 날이 밝은 뒤에야 겨우 오소 대영에 이르렀다.

애석하게도 때는 이미 늦어 오소 전 영채가 불바다로 변하고, 오소의 수비군도 조조군에게 영채 밖으로 쫓겨난 뒤였다.

패잔병을 이끌고 맨 앞에서 도망치던 순우경은 조운의 부대와 조우하자 다짜고짜 소리를 질렀다.

"자룡, 왜 이제야 오는 겐가? 조금만 빨리 왔더라도 오소가 이 지경에 이르진 않았을 것 아닌가?"

이는 물론 책임을 회피하려는 발언이었다. 자신이 늦은 이유를 설명할 시간이 없었던 조운은 오소 영내의 상황을 대략적으로 들은 뒤 순우경에게 건의했다.

"장군, 조조군이 오소를 접수했다고 하나 저들은 먼 길을 달려와 쉬지도 못하고 대전을 치를 탓에 필시 인마가 모두 더 이상 싸우지 못할 정도로 지쳤을 겁니다. 이때 장군과 제가 군사를 합쳐 조조군을 공격해 조적 놈을 사로잡거나 수급을 벤다면 오소가 불탄 것쯤이야 무에 대수겠습니까?"

원소에게 이 사태를 어찌 변명해야 할지 몰라 걱정이던 순우경은 손뼉을 치며 크게 기뻐했다.

"그거 좋은 생각이네! 다만 내 어젯밤에 고전을 치르느라 병마가 모두 피로하여 당장 싸우기 어려우니……."

"이 운이 앞장서서 적진을 공격하겠습니다!"

조운은 조금도 주저 없이 창을 휘두르며 선봉을 자청했다. 순우경은 기쁜 표정으로 서둘러 패잔병을 조직해 조운의 대오를 따라 다시 오소로 향했다.

조운의 예상대로 조조군은 이미 녹초가 돼 있었다. 하지만 조조는 관도 대전의 승리를 눈앞에 둔 상황에서 이대로 주저

앉을 수는 없었기에 친히 3천여 대오를 조직해 산을 내려가 조운군과 맞섰다.

그는 전위와 장료, 악진에게 명을 내렸다.

"너희들은 필사적으로 조운을 막아라. 조운의 대오 역시 관도에서 여기까지 먼 길을 달려오느라 우리만큼 지쳐 있어 조금도 걱정할 필요가 없다."

상황은 조조가 예측한 대로였다. 야간에 보행으로 40여 리를 달려온 조운군 역시 피로하긴 마찬가지였다.

전위, 장료, 악진 세 장수가 조운을 에워싸고 교전하는 사이에 힘은 다했지만 사기가 어느 때보다 고양된 조조군은 조조의 통솔하에 젖 먹던 힘을 다해 조운군에게 달려들었다.

필사의 각오로 돌격하는 조조군의 공세에 조운군은 체력적으로 어느 정도 우세를 점했지만 기세에 완전히 압도당한 데다 비화창 공격까지 받자 진용이 크게 동요하고 간담이 서늘해져 점점 뒤로 밀리기 시작했다.

조운군의 전세가 불리해지자 아직까지도 떨리는 가슴이 진정되지 않은 순우경은 싸움을 도울 생각은 하지 않고 후군을 이끌고 남쪽으로 철수해 버렸다.

이는 조운군의 군심에도 영향을 미쳐 패퇴의 조짐이 갈수록 두드러지기 시작했다.

조운 역시 고전을 면치 못하고 있었다. 조운이 아무리 용맹

하고 저들의 체력이 고갈됐다고 하나 일대일로 싸워도 승부를 장담할 수 없는 적장 셋의 협공을 당해내기란 말처럼 쉽지 않았다.

결국 조운은 장탄식을 내쉰 뒤 포위를 뚫고서 단기로 서남쪽을 향해 달아났다. 이미 체력이 다한 전위와 장료 등은 조운의 뒤를 쫓을 엄두를 내지 못하고 그 자리에 쓰러져 거친 숨만 몰아쉬고 있었다.

조조도 지치긴 마찬가지였지만 이내 정신을 차리고 명을 내렸다.

"원소의 원군이 곧 들이닥칠 것이다. 여기서 잠시도 지체해서는 안 되니 순우경의 패잔병으로 위장해 서둘러 이곳을 빠져나가자."

조운은 홀로 조조군의 포위를 벗어난 뒤 서둘러 패잔병의 뒤를 따라가 군대를 수습해 다시 한 번 조조군과 결전을 벌이고자 했다.

그러나 연전연패한 원소군은 이미 전의를 상실한 지 오래라 울면서 자신들을 놓아달라고 간청했다.

조운은 한 번만 더 전열을 정비해 공격을 가한다면 조조군을 궁지로 몰아넣고 조조를 사로잡을 수 있다고 확신했다. 이에 선두에 서서 달아나는 순우경을 설득하러 재빨리 앞으로 달려갔다.

하지만 달아나는 속도가 어찌나 빨랐던지 조운이 순우경을 따라잡았을 때, 그는 이미 장힐의 영채로 들어가 죽은 장힐을 대신해 군사들을 지휘하고 있었다.

조운은 순우경에게 군사를 이끌고 가 조조군의 퇴로를 차단하자고 청했다. 하지만 싸울 마음이 전혀 없었던 순우경은 조운의 권유를 들은 척도 하지 않았다. 이에 조운은 하는 수 없이 군사 1, 2천만 내주면 자신이 조조군의 퇴로를 끊겠다고 말했다.

물론 순우경은 이 청도 들어주지 않고, 근처에 조조군이 매복하고 있을지도 모르니 영채를 굳게 지키는 것이 최선이라는 말도 안 되는 핑계를 댔다.

조운은 더 이상 말이 통하지 않자 분연히 영채를 나와 단기로 길목을 지키며 원군이 오기만을 기다렸다. 그리고 조조군이 만약 이 길을 통과한다면 설사 목숨을 잃는 한이 있더라도 반드시 조조의 수급을 베고 말리라 다짐했다.

초조한 마음으로 족히 한 시진을 기다렸을 때, 남쪽에서 마침내 원소군 경기병의 말발굽 소리가 들려왔다.

조운이 크게 기뻐 그들에게 달려가 보니 문추와 한맹이 일지 군마를 이끌고 달려오고 있었다. 조운은 이들에게 오소의 상황을 대략적으로 설명하고, 함께 오소로 가 조조군의 퇴로를 끊고자 했다.

그런데 이때 문추의 입에서 청천벽력 같은 말이 떨어졌다.

"필요 없으니 너는 당장 대영으로 돌아가 주공께 죄를 청해라."

이어 문추는 팔을 휘둘러 대군을 이끌고 조운의 곁을 거들먹거리며 지나쳤다.

조운은 일이 어찌 돌아가는지 몰라 길게 탄식을 내쉬고는 단기 필마로 대영을 향해 출발했다.

조운이 급히 말을 몰아 막 왕마의 영채를 지났을 때, 앞쪽에서 조운의 이름을 크게 부르며 쾌마가 달려오고 있었다.

조운이 눈여겨 자세히 바라보니 그는 바로 어젯밤 저수의 그 친병이었다.

"자룡 장군, 왜 혼자서 돌아오고 있습니까?"

저수의 친병은 조운을 보자마자 이렇게 묻고는 조운이 대답할 틈도 주지 않고 급히 편지를 꺼내 조운에게 건네며 낮은 목소리로 속삭였다.

"이는 저수 대인이 장군에게 주라는 편지입니다. 대인 말로는 목숨과 관련된 중요한 일이라 꼭 편지에 적힌 대로 행하라고 하셨습니다."

"목숨과 관련된 일이라니?"

조운은 깜짝 놀라 서둘러 편지를 뜯어보았다. 그런데 편지

를 읽은 조운은 순간 몸이 얼어붙고 말았다. 저수의 편지에는
이렇게 씌어 있었다.

─속히 달아나시오. 원담과 곽도, 순우경 등이 오소 패배의 수
죄(首罪)를 그대에게 덮어씌우려 하고 있어서 대영으로 돌아오면
죽음을 면하기 어렵소. 가능한 멀리 도망치시오!

『전공 삼국지』 11권에 계속…

이 시대를 선도하는 이북 사이트

이젠북

www.ezenbook.co.kr

더욱 막강해진 라인업!
최강의 작가들이 보이는 최고의 재미.

이들의 "유료연재"가 시작됩니다!

김재한 『성운을 먹는 자』   태제 『태왕기 현왕전』
홍정훈 『월야환담 광월야』   전진검 『퍼팩트 로드』
이지환 『어린황후』   방태산 『완벽한 인생』
좌백 『천마군림 2부』   왕후장상 『전혁』
김정률 『아나크레온』   설경구 『게임볼』

검색창에 **이젠북** 을 쳐보세요! ▼ 🔍

초대형 24시 만화방

신간 100%, 샤워실, 흡연실, 수면실(침대석), 커플석, 세탁기 완비

■ 강북 노원역점 ■

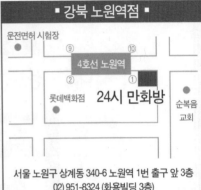

서울 노원구 상계동 340-6 노원역 1번 출구 앞 3층
02) 951-8324 (화용빌딩 3층)

■ 일산 정발산역점 ■

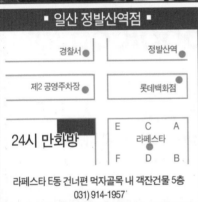

라페스타 E동 건너편 먹자골목 내 객잔건물 5층
031) 914-1957

■ 일산 화정역점 ■

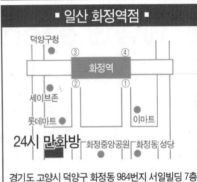

경기도 고양시 덕양구 화정동 984번지 서일빌딩 7층
031) 979-4874 (서일사우나 건물 7층)

■ 부천 역곡역점 ■

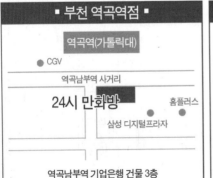

역곡남부역 기업은행 건물 3층
032) 665-5525

■ 부평역점 ■

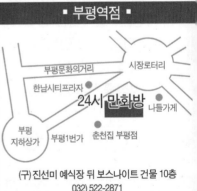

(구)진선미 예식장 뒤 보스나이트 건물 10층
032) 522-2871

허담 新무협 판타지 소설
FANTASTIC ORIENTAL HEROES

신력을 타고났으나 그것은 축복이 아닌 저주였다.

『십자성 - 전왕의 검』

남과 다르기에 계속된 도망자의 삶.
거듭된 도망의 끝은 북방 이민족의 땅이었다.
야만자의 땅에서 적풍은 마침내 검을 드는데……!

"다시는 숨어 살지 않겠다!"

쫓기지 않고 군림하리라!
절대마지 십자성을 거느린
적풍의 압도적인 무림행이 시작된다!

Book Publishing CHUNGEORAM

유행이 아닌 자유추구 -
WWW.chungeoram.com

이계진입 리로디드

임경배 퓨전 판타지 소설

FUSION FANTASTIC STORY

『권왕전생』임경배의 2015년 신작!

『이계진입 리로디드』

왕의 심장이 불타 사라질 때,
현세의 운명을 초월한 존재가 이 땅에 강림하리라!

폭군으로부터 이세계를 구원한 지구인 소년 성시한.
부와 명예, 아름다운 연인…
해피엔딩으로 이야기는 끝인 줄 알았건만
그 대가는 지구로의 무참한 추방이었다.
그리고 10년 후…….

"내가 돌아왔다! 이 개자식들아!"

한 번 세상을 구한 영웅의 이계 '재' 진입 이야기!

Book Publishing CHUNGEORAM

유행이 아닌 자유추구 -
WWW.chungeoram.com

paráclito

빠라끌리또

FUSION FANTASTIC STORY

가프 장편소설

막장 비리 검사가
최고의 검사로 거듭나기까지!
그에겐 비밀스러운 친구가 있었다.

『빠라끌리또』

운명의 동반자가 된 '빠라끌리또'가 던진 한마디.

–밍글라바(안녕하세요)!

그 한마디는 막장 비리 검사, 송승우의
모든 것을 통째로 리뉴얼시켜 버렸다.

빠라끌리또=Helper, 협력자, 성령.

Book Publishing CHUNGEORAM

유행이 아닌 자유추구 –
WWW.chungeoram.com

철백 新무협 판타지 소설
FANTASTIC ORIENTAL HEROES

大武
대무사

피와 비명으로 얼룩진 정마대전의 종결.
그리고…

"오늘부로 혈영대는 해산한다."

혈영대주 이신.
혈영사신(血影死神)이라고 불리는 그가
장장 십오 년 만에 귀향길에 올랐다.

더 이상 전쟁의 영웅도, 사신도 아니다!

무사 중의 무사, 대무사 이신.
전 무림이 그의 행보를 주목한다!

Book Publishing CHUNGEORAM

유행이 이닌 자유추구 -
WWW.chungeoram.com